〔意大利〕黛莱达 ◎ 著
董铮铮 ◎ 译

邪恶之路

图书在版编目(CIP)数据

邪恶之路/(意)黛莱达著;董铮铮译. —福州:海峡文艺出版社,2017.8
(2023.9重印)
(诺贝尔文学奖大系)
ISBN 978-7-5550-1179-8

Ⅰ.①邪…　Ⅱ.①黛…②董…　Ⅲ.①长篇小说-意大利-现代　Ⅳ.①I546.45

中国版本图书馆 CIP 数据核字(2017)第 144507 号

诺贝尔文学奖大系

邪恶之路

[意大利]黛莱达　著　董铮铮　译

责任编辑	刘徐霖
出版发行	海峡文艺出版社
经　　销	福建新华发行(集团)有限责任公司
社　　址	福州市东水路 76 号 14 层
发 行 部	0591—87536797
印　　刷	福州俊丰彩印有限公司
地　　址	福州市晋安区鼓山镇鼓一村福光路 189 号
开　　本	889 毫米×1194 毫米　1/32
字　　数	211 千字
印　　张	9.25
版　　次	2017 年 8 月第 1 版
印　　次	2023 年 9 月第 3 次印刷
书　　号	ISBN 978-7-5550-1179-8
定　　价	58.00 元

如发现印装质量问题,请寄承印厂调换

颁奖辞

诺贝尔基金会主席　亨里克·舒克

瑞典学院将1926年诺贝尔文学奖授予了意大利作家格拉齐娅·黛莱达女士。

格拉齐娅·黛莱达出生在意大利的撒丁岛一个名叫努奥罗的小镇子里。她在未受工业社会沾染的原始环境中度过了童年和青少年的时光，粗犷的大自然和独特的民俗给予她与众不同的灵感，让她日后写出了世间难得的佳作。

从她家的窗口向外望，全是连绵不断的山脉，从近到远依次是覆盖着黑森林的奥索班尼山，在阳光下不断变幻色彩、时而发紫、时而发黄、时而发蓝的灰石山和远处时隐时现的金纳根山。

努奥罗镇就像一个世外桃源，平时非常安静，很少受到外面人的打扰。偶尔来人，也不是开着庞大的汽车轰隆作响地驶入，而只是一两个男人女人骑着马，无声无息地走到镇子的某个地方。只有到了节庆狂欢的时候，镇上的人们才开始在大街上载歌载舞，这时，努奥罗镇才像在沉睡中苏醒了一样,过几天热闹非凡的日子。旋即,又陷入平静。

因为生长在这样一个地方,黛莱达培养出一种简单、直率、朴实的性格。努奥罗人有一个观点在外面人看来难以理解,但在这里却是如此自然的事,那就是崇尚力量。无论什么形式的力量,只要你能以力量在人群中占上风,你就是值得尊敬的。这体现在两个方面:一个是做强盗并不可耻,一个是复仇已经成了一种习俗。

黛莱达借自己小说中一位农妇之口,曾经这样表达努奥罗人对做强盗的看法:"强盗可不是什么坏人,他们是有能力的男人。男人靠什么显示自己的能力?过去靠打仗,现在没有战争了,那股子男人的狠劲怎么显摆?就靠打劫偷盗,连一头牛都偷不来的话算什么男人?他们要的不是那头牛,要的是面子。"在这种逻辑下,偷盗成了合理的事,如果一个人因此被送进监狱,别人也不会在道德上谴责他,而是同情他,觉得他是不凑巧才被逮住的。出狱后,这人更不会因此抬不起头来,周围的人会为他欢呼庆祝,鼓励他,说他仍然是个强者。

对于努奥罗的人来说,复仇一向被认为是理所应当的事。如果一个人为了给自己的族人报仇而去杀人,在族人看来是崇高的事。而如果族里有知情者将这人出卖了,对于族人来说,那就是犯罪了。曾经有作家写道:"对于努奥罗地区的人来说,即使拿三倍于仇人头颅大小的金块交给他,他都不会出卖复仇的人。在努奥罗,力气是第一位的,强有力的人才受到尊敬,至于正义不正义,没人放在眼里。"

努奥罗远离尘嚣,几乎不受意大利本土影响,被粗犷的大自然包围着,人们信仰某些崇高神秘的事物。黛莱达就生长在这样一个环境里，她有一个朴实的家庭，严格遵循圣经的道德标准。黛莱达在书里介绍自己的生活，说："姑娘们更没有机会远足，顶多能去教堂里做弥撒，或顺便到田野上散散步。"所以，想要在这种环境里成长的女孩接受高等教育，在当时是不可能的。黛莱达的家境相当不错，她在当地学校念书，不过，很难接触到意大利本土的东西，连意大利语都不会，学校里教学用的也是撒丁语。她的意大利语和法语都是另外请家庭教师教的。得此之机，她开始涉猎本国和国外的文学作品，限于当时条件，她没有机会读别的书，但仅仅是这些小说，就已经在小女孩心目中埋下了一颗不安分的种子，她开始尝试着自己写故事。她的第一篇故事《撒丁人的血》（1888 年）情节诡异又悲壮，发表在了罗马的一家报纸上。这件事让传统的努奥罗人不屑一顾，在他们看来，女人管好自己的家庭和孩子才是正经事，心思若花在别处，就不是努奥罗人心目中的好女子。但是，黛莱达如果也像别的努奥罗人那样想，就不会有她第一篇小说问世了。很快，她写出了自己的第一部长篇小说《撒丁岛的精华》，并于 1892 年出版了。佳作接踵而至，《邪恶之路》（1896 年）、《深山中老人》（1900 年）、《埃里亚斯·波尔托卢》（1903 年）和许多别的作品陆续出版，这位女作家的名字也从不知名的努奥罗小镇飞遍了整个意大利，成了意大利年轻一代里最优秀的女作家。

黛莱达的贡献在于，她让撒丁岛走入了人们的视野。18 世纪中叶，欧洲文坛的文学风格是延续已久的希腊和罗马式，作家们逐渐把风格偏向一种新的形式，就是卢梭所倡导的自然主义。卢梭推崇朴实原始、未被世俗沾染的风格。就在自然主义发展到浪漫主义鼎盛时，这时，黛莱达出现了，她的作品符合自然主义，她是自然主义后期的重要代表人物。在描写自然风物方面,在她之前,已经有不少优秀的意大利作家了,比如地方主义派的代表人物韦尔加,他擅长描写西西里的风物,还有佛加萨洛·隆巴度——范尼图地区在他的笔下,就像一幅素描的画一样简洁生动。但是撒丁岛地区之前鲜有人在作品中提及,所以我们可以说,是黛莱达发现了撒丁岛。这是她生活了25年的土地,她闭着眼睛都能分辨出它的气息,25岁之前,她甚至没有离开过生长的小村子。直到后来,她才试着走出努奥罗,走到撒丁岛的都城卡利亚里,遇到了自己一生的爱人,并和他结婚。婚后,夫妻俩便前往罗马定居,黛莱达开始一边做家务,一边写作。在这之后的作品里,撒丁岛仍是她写作的主要题材,1908年,发表了小说《常春藤》。不过,也许是生活环境的改变,《常春藤》之后的作品,撒丁岛的地方特色有所削弱,比如《逃往埃及》(1925年)。《逃往埃及》曾被作为诺奖参选的作品接受瑞典学院的审查,并得到一定好评。虽然写作方向有所转变,但是,撒丁岛带给她的人和自然的概念,已经深深地根植在黛莱达的脑中,在她的作品中始终萦绕着。现在,她在艺术上的造诣已经远非当日可比,但通过她的《邪恶之路》《埃里亚斯·波尔托卢》等作品,我们看到,她依然像一个真正的撒丁岛人那样,真实大胆、不矫揉造作。

  限于文化及语言的阻隔,我作为一个外国人,对她的写作风格无法细述,这很遗憾。但是,一位著名的意大利评论家或许可以,他说:"在讲述故事情节方面,和所有的优秀小说家一样,她非常擅长。"黛莱达是现在意大利最好的小说家,在日复一日的写作中,她能一直保持着故事的生动和活力,这是别人很难做到的。她晚期的作品《母亲》(1920年)和《孤独人的秘密》(1921年)仍饱含激情,就像她当年在努奥罗镇写作时一样，并且多了许多成熟的技巧。偶尔，她的小说在情节衔接上有所欠缺，有些段落比较唐突，但这完全不影响小说的整体，因为抛开情节这一点，她的作品有太多优点。对于自然环境的描写，整个欧洲怕都找不到比她写得更好的了。她并不多费笔墨在大自然的色彩上，她运用的更多的是白描手法，线条简洁，寥寥几笔就勾勒得栩栩如生。她不仅描写出自然的形，更写出了它的意，作品中场景的气氛、人物的心境，都通过她手中的风景体现了出来，如此的和谐、朴实和庄严。我们回顾一下她的这种高明的能力吧。在《埃里亚斯·波尔托卢》一书中，对到鲁拉山头朝圣的信徒，她这样描写："在五月的一个早晨，他们统一起程。有的家庭骑马，有的家庭则驾着古老的四轮马车，一家紧跟着另一家，开始向着朝拜的教堂爬上去。他们都随身带着食物，保证一个星期的口粮。教堂旁边有一些可以暂时让一家人住宿的地方，但只有有钱人才能负担得起，这些人都是教堂创办人的子孙。毕竟要待一个星期，所以每家都有自己的地盘，他们在墙上挂起串穗子，在地盘上搭起座灶台来明示，严格把外人拦在外面。到了晚上，每家人都生起火，在自己的地盘中举行祭典。大家围着灶台，聊天、载歌载舞，愉快地度过漫漫夏夜。"

　　同样，《邪恶之路》中，黛莱达对撒丁岛当地丧礼的描写也非常传神。丧礼举行前，所有的门窗必须关好，亮着的烛火都要吹灭掉，谁都不许做饭，这个时候，聘请来的职业哭丧者要开始声泪俱下地号哭了。对于这传统又奇异的风俗的描写她采用一贯的简洁手法，却能真实地表达当时的场景。这种真实自然的作品几乎可以和荷马史诗相类比了。黛莱达作品一个最重要的属性就是自然主义，里面的人物就像从大地上长出来的一棵树一样的天然，没受过现代文明的熏染,几乎可以说,具有刚从伊甸园里诞生的人物的特点,原始又真实。与众不同的是,他们都是撒丁岛特色的庄严、伟岸却又朴实的农民。也许我们一生中从未见过这种人物,但却会相信他们是真实存在的。黛莱达把理想和现实巧妙地糅合在一起,做得天衣无缝,在这方面,她堪称大师。

  黛莱达从来不喜欢在理论上争来争去,像很多别的作家那样。她讨厌这个现实社会中的你争我夺。艾伦·凯曾邀请她参加一个文学评论沙龙,但她拒绝了。她说:"我是一个保守的人,不喜欢参与现今的文学辩论会。"她说得很坦诚,也许,她这么做是不合适的,但她确实受古老的撒丁岛文化影响太深,青少年在故乡的生活已经在她灵魂上打下了烙印。不过,她并不是完全脱离时代的,她懂得与时俱进。在理论上,她没什么兴趣,她只是把自己生活的重点放在享受生活上,她热爱生活中的一切。她曾说:"无所事事地度过每一天,在混沌中等待死亡的到来,这对于我来说是最痛苦的事了。我们应该让生活尽量充实起来,让每天都有意义,品读每一天的欢愉。我们应该像天上的云一样,无拘无束、自由自在地享受生活。"在黛莱达眼里,人生是如此的丰富多彩,有太多美好的体验等着人们,所以把时间花在政治、社会和文学争论上是最没必要的,她压根不会把派系之争放在心上,所以也无所谓偏袒哪一方。正因如此,她可以远离各种纷争之扰,平静地过自己的日子。她曾在一封信中写道:"我的人生上天已经注定了,我就是最纯正的撒丁岛人,过的就是波澜不惊的日子。"随后她又在别的信中写道:"其实,就算我是罗马人或斯德哥尔摩人,也是和现在一样的。我本质就是这样一个人,我着迷般探索着人生的诸多问题,我已经对人类的本质有深刻的了解。我相信，人可以更加完美。但是，人类不可能完美到像上帝一样，没有杀戮、没有争夺。但是，很久以后的未来，或许有一天能够，用我们的善良和理性。"

最后几句话表达了她对人类世界的希冀。听起来就像宗教中的观点似的，简单、深奥。她对人生经常感到哀伤，但是不是悲观，她哀叹人们现今生活的不圆满，却始终相信未来。她相信善的力量，可以超越一切。在她的小说《灰烬》（1904年）中，安纳尼亚的母亲自杀了，做母亲的有着见不得人的一生，为了儿子的名誉和前程，她走上了这条不归路。安纳尼亚拿出了母亲给他的护身符，那是他刚出生时母亲就戴在他身上的。他打开了，发现里面原来只是灰烬。"是的，一切都是灰烬，生命是，死亡也是；人类是，创造出人类的——命运，也是灰烬。现在，他站在这里，面前是他母亲的尸体，她做尽了邪恶之事，也尝尽了人生的苦难，但是她却是为他而死的。他看着手里的护身符，这是她给他的，是她挂在他身上的一颗心，这颗心却经常闪烁出最亮、最纯洁的光辉。他心里有希望了，他依然爱着生活。"

阿弗列德·诺贝尔的遗愿就是，文学奖要颁给这样一位作家：他关注一个正直、有道德的生命，他鼓励这个生命，使这个生命保持健康和充沛的精力。所以，瑞典学院把奖颁给了黛莱达，她就是这样一位作家，"她那为理想鼓舞的创作以明晰的造型手法描绘故乡海岛上的生活；而且用深刻又充满同情心的态度对待人类一般问题"。

致答辞

(黛莱达参加了颁奖典礼,但是没有发表正式的获奖感言。)

目 录

邪恶之路 1

附录一 黛莱达年表 281
附录二 诺贝尔文学奖大系书目 283

邪恶之路

1

彼特罗·贝努站在玫瑰经小教堂前有一会儿了。

"现在才刚刚一点,到诺伊纳家也太早了,"他这么琢磨,"恩,这些有钱人,肯定会睡午觉,他们是这么会享受的一群人。"

他犹豫了一会儿,又接着往前赶,向圣乌苏拉走去——那是个在努奥罗尽头的城市。

九月初的太阳还是热得烤人,滚烫滚烫的阳光把这条原本就荒芜的小路晒得发软。几条饿得不行的瘦狗一路走着,长长的影子映在女儿墙上,和层层的阴影叠加在一起。这叠加的阴影一直伸延着,伸延到前方的低矮石砌房子上。

远处的蒸汽机磨坊的突突声打破了午间的宁静。这是这个枯燥小镇的唯一的、独一无二的脉搏,尽管这脉搏像气喘又带着颤动。

彼特罗短斜的身影跟在他自己的身后,他粗大皮靴嗒嗒的声响使那条通往玫瑰经小教堂的路变得活跃。他从那里开始进入圣乌苏拉地区,他开始放慢自己的脚步。他环顾四周:一块贫瘠的菜地,几户茅草做盖顶的小院,几棵野无花果树和榕树……最后,他停了下来,走进一家门上挂着扫帚的小酒吧。

酒吧老板是托斯坎纳人,当过烧炭的工人,娶了一个名声不大好的乡下女人当老婆。这时,他正躺在"货栈"——他就是如此神气活现地称呼他的贫穷简陋的小酒吧的——仅有的椅子上面。彼特罗的到来使他不得不站起来迎接客人。

他看了看面前的客人,认出了这位来客,于是他就眨着他特有的狡猾的大眼睛,以他特有的圆滑腔调招呼道:

"你好,我的彼特罗先生,"他打了个招呼——他的口音很奇怪:他是锡耶纳人,可是他的话里又带着大量的撒丁岛的方言,就像在黄金上镀上了一层釉彩,"你到这里来做什么?"

"做我想做的和要做的事情呗!你可真啰唆,快点儿拿酒来!"彼特罗多少有点口气轻蔑地回答道。

"我们打个赌怎么样?我知道你要去哪里。"托斯坎纳人给彼特罗上了酒,又用他特有的大眼睛看着彼特罗,"你一定是要去尼古拉·诺伊纳家,你要到他们家里去帮忙,我说的对吗?从此,我就有你这位新客人了,我很高兴为你服务。"

"活见鬼!你是怎么知道这件事的?"彼特罗问道。

"唔……这个么……是从我老婆那里获得的消息,我老婆则是从你的老相好萨碧娜那里知道的消息。……这个你是知道的,娘们儿总是消息灵通。"

想到萨碧娜和这个托斯坎纳人的老婆有来往,彼特罗不禁皱了皱眉头。不过他很快就摆出一副不屑一顾的样子,从左到右地摇了摇头,表示自己已经对这种情景习以为常。他又恢复了刚开始的镇定自若,这种镇定自若是不自觉的,但是里面带着一丝冷嘲热讽。

首先,萨碧娜这个小娘们儿根本就不是他的相好。他是在上一个收获期遇见她的。在那个月圆之夜,成群结队的蚂蚁正在以有秩序的队列搬运着麦子,而彼特罗趴在打谷场的地上睡着了,在睡梦中,他做了一个梦,梦见自己娶这个姑娘为妻。在梦里,俊俏的萨碧娜对彼特罗深情款款,十分温柔。她爱上了他。当彼特罗醒过来的时候,他费了好大的劲才缓过神儿来:他还没有确定向她表达爱意呢……

"喂,我说,这个萨碧娜到底是谁?"彼特罗一边看着被自己喝空了的葡萄酒酒杯,一边问道。

"我呸!你装什么傻啊!她可是诺伊纳大叔的亲侄女!"托斯坎纳人说道。

在努奥罗,大家把上了年纪的人叫作大叔大婶,可是这个托斯坎纳人不是,他把谁都叫作大叔大婶,无论他们是什么年龄。

"实话实说,我真的是不知道,萨碧娜真的说过我要到她大叔家里去帮忙的吗?"彼特罗继续装傻。

"不知道,我想是这样的。"

"你这个外乡来的乡巴佬,我看你是无事可做,太清闲了呢!"彼特罗继续保持着这种轻蔑的态度,"再说了,我是不是到尼古拉·诺伊纳家帮忙,这关你什么事?"

"我再说一遍,我会很高兴!"

"那你告诉我,诺伊纳家到底是怎么样的人家呢?"

"你既然是努奥罗人,自然比那些外乡人更清楚些,"酒吧老板卖弄着,手里一边拿着鸡毛掸子掸灰赶苍蝇一边说道。——那鸡毛掸子还是用纸条来代替鸡毛的。

"一个长期生活在当地的外乡人一定比一个常年在外的本地人知道得多啊。"

酒吧老板赶着苍蝇，絮絮叨叨，活像一个正在烧香的老太婆。

"诺伊纳家的人是这块土地的领主啊，这你是知道的，虽然他们和你一样，都是努奥罗人。"

"你说什么？真是见鬼！诺伊纳那个老婆真的是努奥罗官宦人家的人？"

"是啊，他老婆是官宦人家的人，可是他呢？——谁知道他是从哪里来的！——他是跟着他爸爸一起到努奥罗来的，他爸爸是个生意人。所谓生意人，就是把这种点灯的油低价买进来，然后再当作好油，高价卖出去的那群人。"

"那他们可就发财了！——你难道就敢保证你的酒里就没有掺水吗？"彼特罗一边大发感慨，一边把剩下的酒一滴一滴倒在地上。

他的本能已经让他开始为自己未来的东家辩护了，这也是为了维护他自己的面子。

"在努奥罗，我还没有发现任何人卖的葡糖酒比我更纯净。这个你可以去问问尼古拉大叔，他可是个大行家！"

"哦？是吗？难不成他还是个酒鬼？"彼特罗问道，"人家说，上个月他喝醉了酒，从马上掉下来摔断了一条腿，是从奥利埃纳回来的途中。"

"这个我不清楚，不过大概是因为他一口气品尝了太多种类的葡萄酒吧？那次他的确是去买酒的。不过，他现在急需要一个忠心耿耿又干练肯干的人当用人，因为他摔断了腿，就再也不能亲自料理家务了。"

"那他的老婆,是个怎么样的女人?"

"是个从来没有笑过的女人,是个活着的魔鬼,是个吝啬的女人,是个势力的小人,是你们这里阔太太们的标本:以为自己有一个牧场一个农场一个葡萄园,有马有牛有羊就有了全世界,以为这样她们的时装帽就什么都可以装得下了。"

"在你看来,有这些东西就不算什么吗?外乡佬?那那个姑娘是个什么样的人?她平常架子大吗?"

"玛利亚吗?那可真是个漂亮的姑娘,真的很漂亮的。"对方鼓起面颊这么说,"那是个好主妇,是个没有一点儿架子的人。人人都这么说。可是我认为她比她的妈妈更能摆架子。还有,她们十分吝啬。可是,尼古拉大叔又偏偏那样的大方和慷慨,不过,她们是把尼古拉大叔紧紧攥在手里的。唉,可怜的尼古拉大叔啊!"

"这没什么关系,只要他们对我不吝啬就行了。"彼特罗一边说一边看着酒吧老板。

"哦?那你真的打算到他们家去?"对方问道,并停下了手里的活计。

"要是他们开的工钱可观我就去。——他们家有没有女用人?"

"没有,无论男女,他们家从来就没有过用人。玛利亚干活就像牲口一样,什么都自己做:她自己到泉边洗东西,自己打扫院子,还打扫院子面前的大路。这对于他们这样的人来说简直是丢人!"

"自己干活并不丢人!再说,你刚刚不是也说了,其实他们也没有多少有钱的吗?"

"可是他们以为自己是有钱人啊!再说了,生活在这些一辈子受苦受穷的人当中,很容易就会让人自以为是。尤其是在娘们儿身上,她们会以为自己是王后的。不过，玛利亚还不算十分过分，她还会掩藏一些锋芒；路易萨大婶就大不相同了，她的每一句话都在透露出这样的信息：她家里什么都有，她犯不上去求别人，她是个很有钱的女人，她的抽屉一拉开里面全是金银财宝。总之，就是时时刻刻在告诉别人：她谁都瞧不上。尼古拉大叔称呼她作'王公太太'。她也从来不肯像玛利亚那样，和其他女人一起到广场去乘凉，她坐在自家的院子里，靠在敞开的大门上，任何一个人经过，都要看她的那一副臭架子。"

"哦，那么，那位男东家呢，也是这样？"彼特罗若有所思地打断了酒吧老板的话，向着小路的尽头望去。

"啊，我亲爱的彼特罗，那可是个油嘴滑舌的家伙！他可以开任何人的玩笑，他天天哭穷，说是他自己缺钱花。他是个老奸巨猾的家伙。"

"他们一家和睦吗？"

"他们就像一个巢里的鸟，彼此心照不宣。"这个外乡人顿了一下，"他们看起来是很不错，可是，他们从没朝外人露过自己的家底。"

"嗯，你的消息倒是灵通得很啊，和那些长舌妇八婆也差不了多少！"彼特罗继续用他特定的轻蔑口吻说道。

"那你倒是给我出个好主意啊你！这屋里是娘们儿聚会的地方，自然就是消息满天飞了。你说，对于一个养蜂人来说，让他不听蜜蜂叫，这有可能吗？"托斯坎纳人继续说道。他的比喻逗笑了彼特罗，"嗯，我可是标准的现学现卖。"

"你要是以后想打探什么消息，就直接来找我好了。"

"我怎么觉得你早就来过这里呢？"

"我要走了,结账!"彼特罗解开他腰上的腰包,掏出一枚银币,"对了,你老婆呢,怎么没看见她?"

"她啊?摘无花果去了!"酒吧老板一边回答一边把银币在柜台上敲了敲,以鉴定真假。

说到这里,彼特罗想起了酒吧老板的老婆:一个风姿绰约的女人,她的眼睛很大,一头长发乌黑油亮很是吸引人。——他曾经在她身边厮混过几个钟头。

"那大家伙儿是怎么看待玛利亚·诺伊纳的呢?是个老实人吧?"于是他又发问了。

"啊!你怎么会这么问?"酒吧老板大叫道,"那是个老实得不能再老实的人了!不就是尼古拉·诺伊纳大叔的女儿吗?"

"嗯,那这个老实得不能再老实的人会爱上别人吗?"

"她才不会呢!她这个娘们儿眼光可是高得很!"

"哈,眼光高好啊,等什么时候咱们从大陆给她挑一个好的来!人家还不一定看得上她呢!"彼特罗继续用他那特别的口吻讽刺这个外乡人。

彼特罗其实特别想知道得多一些,但同时他又十分担心酒吧老板会把他的举动都学舌给诺伊纳家的人,或者随便什么人,于是他站起来,打算离开。

"好好谈一谈,强势一点,其实诺伊纳大叔挺好的,你开什么条件他都会答应的。不信你可以去试试看。——记得啊,一定要强势一点!"

"我才不会到他们家去呢!"彼特罗又开始言不由衷了。

事实上,一出门,他就开始向着那所白色的大房子的方向走去。

那座白色的房子就这样兀自立在广场上，蔑视着一切茅草屋顶。这些茅草屋顶的房子是一路沿着小道修建起来的。当彼特罗推开白色房子的朱红色大门，从后院走进去的时候，太阳正在试图融化一切。铺着鹅卵石的后院十分整洁：在左边，彼特罗看到一个顶棚，那是牲口棚和储藏室的屋顶；在右边，一道楼梯伸出闪着白色光芒的小楼，花岗岩材质，上面镶着铁质的栏杆，栏杆上盘着一簇簇小巧而鲜嫩的紫色石钟花……有了这些精致的映衬物，白色的小楼显得愈发精致了。

院子里井井有条地码放着撒丁岛上常用的农具：大车、车备胎、马刺、犁耙、木棍……

楼梯下面开了一扇门，在这扇门的旁边一点点是另一扇木门，木门上还有一扇小门，小门上面烟熏火燎的黑色证明了这是厨房的入口。

"您忙着呢？！"彼特罗朝那边走过去，行了个礼。

"进来吧！"一个矮胖的女人回答道。她的脸色白皙而平静，是还算标志的鹅蛋脸。她围着黄色的布头巾。

我们的彼特罗·贝努推开厨房门，走了进去。

"我想和尼古拉大叔谈一些事情。"

"你坐吧，我马上就去请他过来。"

年轻人在没有点着火的灶台前坐了下来。这时，路易萨大婶迈着她特有的庄重步子走上楼去了。

这间厨房和撒丁岛的其他厨房别无二致：被熏得漆黑的麦秸屋顶、烤肉的大架子、烤面包的炉子、木头砧板……厨具都整整齐齐地挂在墙上。多孔的炉灶上烧着火，其中一眼炉灶上坐着一把精致的咖啡壶，壶里炖着咖啡。

彼特罗坐在门口的一张板凳上四处瞄着房间里的一切：墙上还挂着一个藤编的篮子，里面装着烹调必备的东西和一件女式的衬衫，上面绣着撒丁岛的传统纹样。——这大概是玛利亚的东西。嗯，这个勤劳的姑娘一定是到小溪边洗衣服去了吧。因为在这一段时间内她一直都没有露面。

过了一小会儿，路易萨大婶回来了。她白白的脸上没有任何表情，嘴巴紧闭着，在如此炎热的环境下，她依旧紧紧地系着围裙。假腿的当当声在她身后不远的地方响起来。

来人正是尼古拉大叔。年轻的应聘者彼特罗一看到尼古拉大叔那红润的面色和老好人的样子之后就知道，这事儿肯定谈得妥！

尼古拉大叔坐定，伸了伸他还健康的那条腿，脸色狰狞了那么一瞬间，但随即又恢复了平常的样子。路易萨大婶坐下，继续拿起梭子编织着。她身材矮胖，显得滚圆滚圆的，又按照努奥罗的传统做出一副神圣不可侵犯的表情。她穿着镶着绿色花边的粗呢大衣，黄色的头巾里包着的是她那一张白色的大脸和脸上那永远令人琢磨不透的神情。她的眼睛十分明亮，但同时又十分阴冷。她的这副样子和神像别无二致，就像她的丈夫的长相很容易就能让别人掏心窝子一样。

"尼古拉大叔，我知道，您家需要一个用人。"彼特罗一边陈述，一边折腾着他的那顶黑色的帽子，他把它拿在手里，打开又合上，合上又打开，"要是您乐意雇用我的话，我可以为您家服务。九月份我在安东尼·基苏家的合同就到期了，要是您愿意的话……"

"小伙子，"尼古拉大叔顿了下，用他特有的目光盯住彼特罗，"我要是说了你一准得生气：我听说，你的名声似乎不大好啊……"

彼特罗有一双闪闪发亮的黑灰色眼睛。他也用自己的眼睛回敬尼古拉大叔的目光，满不在乎地接受着审视。但是，他还是感觉到了不自在，他的耳根发红，他开始紧张起来，但他还是尽力维持着一副满不在乎的样子：

"那么，您尽管去打听打听吧！"

"小伙子，别生气，这些都是造谣的，尼古拉他就这样，说话没轻没重的。"路易萨大婶劝慰他。

"大家能说我些什么呢？这个我很清楚，我的路易萨婶婶！这些话怎么就是造谣了？我从来都是老老实实干我的活，我白天辛勤劳动，晚上按时休息，我尊重东家，尊重东家的女人和孩子。谁给我饭吃给我活干我就把谁那里当作我自己的家，我手脚干净，我连一分钱都没有偷过！"彼特罗涨红了脸辩解。

尼古拉大叔微笑着，山羊胡子微微翘起来。他就这么笑着看看面前的这个年轻人：

"算啦，我的小伙子，人家也没有说你别的么，人家只是说你脾气不怎么好罢了。"他叹口气，接着说，"唉，人家说的果然没错啊，就只是这么说说，你就已经开始动气要打架了！你要棍子吗？"

说着，尼古拉大叔递给彼特罗一根棍子，意思是彼特罗可以拿这个去打人，于是，彼特罗也笑了。

"您瞧，我并没有否认我儿时的淘气。又有谁小的时候不淘气呢？我爬树我打人，骑着还没有驯服的马到处疯跑。实在是淘气得过了分，我母亲就把我拿绳子绑起来然后关在家里，我把绳子咬断了就跑了。但是我很快就吃了亏，我母亲去世了，我们家的房子坏了，我没有吃的,我有病没钱医治。我年老的姑父帮助过我。我开始给别人家帮佣了,我开始学会侍候人、学会干农活。——我也知道了什么叫'服从'。现在我到您家里来,也是为了要干活!一旦赚的钱够我把我那间茅草房收拾好,我就要置办东西了:我要添置一辆大车、两头牛、一条狗,这样我就可以讨得上老婆了……"

"哈哈哈,小伙子,讨老婆得先有吃的!"尼古拉大叔借用一句撒丁岛的谚语。

路易萨大婶在一边继续织毛衣,她听着这些谈话,她的嘴角向右翘起,都带起了她右脸颊的皱纹。

"哈哈,这些人,没有钱还想讨老婆……"她心里暗想。

"好了,小伙子,我们现在谈谈生意吧,希望可以谈得拢。"尼古拉大叔言归正传了。

最终,他们谈拢了。

2

九月十五号的晚上，彼特罗正式到诺伊纳家做工。那是个月光暗淡阴云密布的夜晚。对于这个夜晚的悲惨回忆就像梦魇一样，深植于这个年轻人的脑海里，一直挥之不去。

女人们接待他的时候十分冷淡并且抱有疑虑。他走进厨房的时候厨房还没有点灯，当他在黑暗里摸索着把大衣挂在门边的角落的时候，他心里一阵阵酸楚。

玛利亚点上灯，给新来的人倒了一杯葡萄酒。

"喝吧。"玛利亚一边说一边目不转睛地看着彼特罗。

"祝大家健康平安！"彼特罗一边喝着这种深红色的葡萄酒——这是专为用人和穷人喝的一种葡萄酒——一边也同样目不转睛地盯着这位年轻的女主人。

他们看起来是那么的合适：他们都那么的年轻俊俏，他们都穿着彼此很有特点的衣服——这位女主人和这个用人似乎也是同一种人里面选出来的美妙一对儿，可是，他们中间存在的巨大隔阂分开了他们。

彼特罗个子很高又十分灵巧，他上身穿着一件过度磨损的红色外衣，衣服的衬里是天蓝色的天鹅绒，外衣上罩着一件无袖罩衫，是浆染粗糙的小羊皮制成的，但是衣服的裁剪十分得体，做工也十分精致，还有一条条的红的条纹做装饰。他看起来衣冠楚楚风流英俊，尽管那一身工作服看起来十分邋遢。他的脸庞是古铜色的，轮廓清晰，垂直的发际线和黑色的山羊胡子拉长了他的脸型，使他看起来更为英俊了。他灰色的大眼睛闪闪发光却又十分柔和，这双眼睛及他的浓眉和总是带有轻蔑意味的嘴角所透出来的野性恰好相映成趣。

年轻的女主人玛利亚也是高挑身材：她棕色皮肤，动作灵巧。她的头发乌黑油亮，漂亮的秀发梳成两条粗大的辫子垂在脑后。她的皮肤是健康的小麦色，在光线的照耀下闪闪发亮；她戴着金制的耳环，耳环上垂着珊瑚的耳坠，就像是为她量身定做的一样。看到她的样子就会令人想起阿拉伯那片肥沃土地上养育出来的女人，像阿拉伯椰枣一样香甜诱人。玛利亚鼻尖纤细，下巴和嘴唇更是十分迷人；她笑起来的时候总是有两个酒窝，更让人着迷的是，她还有两个笑窝在眼角处显现。——她似乎知道自己笑起来的样子很迷人，于是她就总是笑着。

恰恰因为这种般配，彼特罗不喜欢玛利亚，玛利亚也不喜欢彼特罗。

路易萨大婶还是包着她的黄色头巾，她在准备晚餐，尼古拉大叔还没有回来。

彼特罗坐在门后的角落里面，心情复杂地看着这两个女人。

"你明天就到我们家在谷底的那个牲口圈那边去干活儿。——你知道在哪儿吗？"玛利亚问道。

"怎么会不知道呢？"彼特罗带着他常有的轻蔑语气反问道，还是仰着脸说话。

"紧靠着牲口圈的是我们家的葡萄园，你也知道这个？"路易萨大婶问，不过她并没有转过身来。

"知道，当然是知道的了，又有谁不知道你们的葡萄园呢？"

"可不是？！那可算是巴德马纳谷底最漂亮的葡萄园了。"年迈的女东家很自豪，"尼古拉·诺伊纳不但花了钱，还把他的精力都花在葡萄种植上了。——不过至少现在我们有了一个漂亮的葡萄园，不是吗？"

"我也知道，它确实很漂亮。"年轻的用人回应道，但是声音很凄凉。

"我会常常去找你。"玛利亚说道，它弯下身，把葡萄酒、一大篮面包、干酪还有一碟咸肉放在一个小板凳上，搁在彼特罗面前：

"你快吃吧。——瞧，爸爸回家来了！"

院子里静悄悄的，只能听到尼古拉大叔当当当的假腿声。一想到男东家，彼特罗就开心起来。

"你好你好，彼特罗！欢迎你！"尼古拉大叔一边打招呼一边走进厨房，"这个晚上真是糟糕，我的腿疼得像女人生孩子一样！——好吧，年轻人，我们一起吃！痛快些，彼特罗·贝努。你现在是处在和你友好的人当中，在老实和痛快的人当中！不错，我们穷是穷了一些，但是我们痛快。"

尼古拉大叔在一张没有铺桌布的桌子上坐下来开始吃饭。女人们也把面包篮子放在地上，开始吃饭。

他们不断地重复着某些话题，以活跃吃饭时的氛围。吃完饭，彼特罗请假出去，他遇到和他约好了的一些年轻人，大家一起唱起努奥罗的民歌来，他们还走到这些人的心爱的人门前去唱。

彼特罗也很想到萨碧娜当佣工的那家窗下去唱：

你把我的心偷走了，美丽的金发女郎……

以后几天，彼特罗都到牲口圈去工作，他还负责看管葡萄园里正在成熟的葡萄和水果。

玛利亚果真如她自己说的，每一天都到谷底去，步行或者骑马。看起来，她并不十分关心这个年轻的用人。她回家的时候甚至没有和他说一句话。

彼特罗正沿着低地山溪的方向修筑一条土堤。他看见玛利亚在一行行葡萄架中间，她在被阳光照射的深紫色葡萄园中逛来逛去。葡萄园的上方，奥托贝内山的光亮岩石伸展出来，岩石的顶端是蓝得刺眼的天空，葡萄园里的一条条藤蔓一动不动，心事重重地凝望着对面的天际。

一大片野生植物将山谷两侧蔓延满了：灰绿色的无花果树和橄榄树中间闪耀着翠绿色的葡萄藤蔓，几块岩石，大概是某一天从山上滚落下来的，在嶙峋的狭窄山坡上沿着潺潺的溪水矗立着，这条溪并不算小，它滋润了谷底的一块菜地。常春藤的藤蔓盖满了岩石；才被开挖出来的小路时而往上，时而朝下，深陷在荆棘和灌木丛中；大片大片的无花果树，叶子重重叠叠生长，累累的果实长在树的顶端——这些树生命力很强，在陡坡上生长着，顺着坡面攀缘上去。

玛利亚穿着灰色的镶花边的裙子，上身穿着一件绿丝绒紧身背心，映衬着周围的葡萄藤和橄榄树的绿色，这背心的绿色显得那么柔和那么鲜艳。她迈着轻巧的脚步走来走去。她的举止灵巧又轻盈；她弯下腰去察看一串串葡萄，然后她又直起腰来摸一摸已经差不多成熟的葡萄，还用一根竿子拨弄着金色的无花果。就像果树的树丛中生出的小虫子也染上了果树的绿色一样，她也是这肥沃山谷培育出来的一颗硕果，她像葡萄枝和无花果肉那样的丰满和成熟。

但是，也正像无花果一样，她尚且不懂把自己的芒刺掩藏起来。彼特罗正在斜着眼睛瞅着她，他发觉她瞧不起他，他知道，她不仅是瞧不起，还对他心生猜疑。她不信任他。

"她是奉尼古拉大叔之命来监视我的，"彼特罗心里想，"她怕我把她家里的东西拿走。要是她找我的麻烦，我就好好教训教训她，揍她一顿。"

但是，她没有找他的麻烦，她只是和他言语上有只言片语的交流，只叫他做这个做那个。

她冷冰冰的，拿着小姐的架子。彼特罗开始恨她了，指望着她快从牲口圈滚开，滚得越远越好，他再也不想看到她伪善的面孔和审视的目光，这种侮辱对他来说是不能忍受的。

"哼，看这种人以前就从来没有用过用人。"他这么想着。为了报复，为了争一口气，他一丝不苟地工作着，他仔细地照看着每一颗果实，但是他一颗果实都不去碰。

时间过得很快，转眼就十月了。

就在十月的一天，他正在修剪葡萄藤，以便使阳光更好地照射在葡萄累累的果实上。玛利亚来到他身边，说道：

"你怎么从来不吃葡萄，彼特罗？！"

"这样啊，这样你是不是就好名正言顺地点一点你葡萄的数目呢？"他弯着腰回答道，同时抬起眼睛看着他，用他一贯轻蔑的眼光盯着他，摇了摇头。

玛利亚的脸一瞬间涨红了。她知道自己刚刚是自讨没趣了，但是她马上聪明地转换了话题。

"彼特罗，后天咱们摘梨吧。"她一边用手打了凉棚以便更好地眺望着葡萄园的尽头，那里有一排排的叶子发黄的梨树，上面挂满了成熟的梨子，在阳光的照耀下，这些果实亮晶晶的，就像蜡质的一样，眼看就要融化了。

于是，彼特罗也朝梨树那边望去。

"我听你的。"

"听着，你后天早上摘梨吧，下午的时候我骑马来取。你说，四个筐够了吧？我可以过来两趟。"

这时，彼特罗抱着一大筐葡萄在一排排葡萄架中间走远了，玛利亚紧紧地跟在他的后面。

"今年的梨子多好啊！去年，贼把我们家的梨子都偷走了。今年，我们打算把这些梨子都卖掉，这些梨子至少能赚20里拉。你觉得如何，彼特罗？"

"我？我不知道啊，我从来没有卖过梨子。"

"真的，去年贼把我们家的梨子都偷走了。今年你来看守得这么好，我要送半打雪茄给你。"

"谢谢你，我不抽烟。"他讥笑着。

哈，这位年轻的小姐怎么这么开通？这使他十分纳闷：过去自己一直把她看得那么坏，是不是自己太过分了些？

不过，当他把另一筐葡萄扔到葡萄架尽头的时候，玛利亚对他说：

"听着,彼特罗。我最好后天还是来得早一些,下午两点钟吧。咱们一起摘梨,然后一趟把梨子全弄走。"

"看看吧,这个狡猾的娘们儿,她还是怕我摘梨子的时候偷她们家的梨子!啊,真是个小气鬼!"

但是,突然间,她说出几个魔术般的字眼,使他燃起希望。

"我把萨碧娜也叫过来……"

"萨碧娜也来……萨碧娜也来……"彼特罗在心里默默重复着这句话。在玛利亚回家之后,他还是这样重复这这句话。

苍蝇,隐藏在葡萄藤中的小虫子、用喙敲打着白杨树的啄木鸟、一只在核桃树上婉转鸣叫的夜莺、窃窃私语的树叶、沿着山坡滚下来的石头……它们都像在重复着这句话:

"萨碧娜也要来……萨碧娜也要来……"

在宁静的夕阳照耀之下,这个年轻的用人才觉得自己的心在自由而欢快地跳动。

只有在这个时候,他心中狂乱的感情才像云雾被朝阳驱散了似的,散开了。

"萨碧娜也要来……"

在夕阳余晖的照耀下,萨碧娜的一头秀发在一圈圈繁茂的果树枝叶中若隐若现。蔚蓝色的遥远天际,诗人的不羁灵魂隐藏在岩石处,依旧在吟唱着古老的歌谣,歌谣的词句至今回响在岩石的深处。

在橄榄树后面的一弯新月和黄昏的淡蓝色混合在一起,白杨树和核桃树中间的一丝星光照耀着,反映到流水中。这个时候,彼特罗回过神来,他躺在一面低矮的墙上面,眼神呆滞地望着山谷底部。

微风吹拂在彼特罗的脸上,树叶不再低语,夜晚的虫鸣使得一切产生了一丝丝的颤动，改变了葡萄藤蔓和橄榄树枝的样子，月光的反射又在藤蔓和树枝上洒满了光的珍珠。蟋蟀们在树枝中合唱，溪水潺潺流动；远处，一辆还在被人和马一起拉着正在耕作的大车正在被月光照耀得通体发白的大地上慢慢行动；月亮近乎是悬挂在山峰和谷底中间；这些使人忧郁的声音总是千篇一律，压抑在这个年轻用人周围的静谧而使人孤寂的感情更加强烈了。他不自觉地放平了自己的身体，享受着美好的月光照耀的夜晚。他在这依旧炎热的深秋劳作了整整一天。他要好好在这美好的夜晚享受他自己的个人时光，只有他自己一个人的个人时光。他感觉到舒适，一种使人昏昏欲睡的舒适感向他袭来，他觉得身上就像盖了一层薄薄的绒毯。一种朦胧的美感袭上了他的心灵，就像新月的微光一样：这些都是撒丁岛上劳作的民众最朴素的诗意和幻想，这位年轻的农民出身的用人也不例外。

"萨碧娜也要来……"彼特罗的耳边又响起这句话。他的欲望、爱情和梦幻如今全部系在这句话上面，他的欲望紧紧缠绕着他，就像蛇毒一样，在他的全身扩散、蔓延，正在同他和未来的欲望融为一体：他已经无比渴望和拥有着一头金发的萨碧娜同床共枕、同桌用餐。

"萨碧娜也来！"年轻的用人继续进行他的狂想，"要是那个小气的娘们儿允许我们俩单独在一起的话，我一定要好好吻一吻她。我一定要吻遍她的全身！我一定要把她抱起来！她那鲜艳的樱桃小嘴啊……"

炙热的欲望渐渐冷却，化为更加实用一些的目标：

"我要给我们建一所属于我们自己的小房子，我们会有一辆大车、两头牛。她在家里收拾家务烤面包，我就出去找活干，好赚钱养家，让日子过得更加容易一些……"

月亮好像听见了彼特罗的梦想，她微笑着。但是这微笑就像她朝着田野里的其他正在做梦的梦想家微笑一样，是无差别的。她并不分辨他们的梦想是好是坏。她就像是一位高傲的皇后，朝着她的民众微笑，但是她的眼睛里看不到任何人。

第二天，玛利亚并没有如约而来。彼特罗十分热情地盼望着他的女主人在路上出点什么事情，他好找个借口安慰自己，但是他依旧坐立不安。——自然地，他的萨碧娜也没有来。他从谷底向上走去，一直走到大路边上。他手搭凉棚眺望远方：提着无花果篮子的女人和孩子、装载着满满的葡萄的大车、骑着不堪重负又无比顺服的小马经过这条路的奥利埃纳农民……但是，就是没有他的女主人玛利亚和他朝思暮想的萨碧娜。

"去她的吧！我第一次这么等着一个人，她居然放我的鸽子！他可以马上就去见鬼啦！"失望之极的彼特罗在心里默默诅咒。

又过了一天，可是谷底的葡萄园还是没有一个人影可以打破这一片孤寂。不过，随着时间的渐渐流逝，彼特罗开始不安起来：她们还会来吗？橄榄树的影子已经开始西斜，灼热的阳光也开始降低了温度。彼特罗正在担心的时候，葡萄园的看门狗开始狂吠。哈哈，彼特罗兴奋起来，不用看，他已经知道是谁了。

玛利亚和萨碧娜骑着马一路奔驰而来，她们红润的面色在飞扬的尘土中显得更加闪闪发光。马儿的汗珠也在夕阳下闪着亮晶晶的光芒。它们拼命地拍打着后腿，甩着尾巴向着葡萄园前进。

她们一转眼的工夫就到了。她们下了马，把马拴在葡萄园的栅栏门口就进到葡萄园里来了,那两匹马在啃着果树的叶子。"嘿,彼特罗,最近这里有什么新闻发生吗?"玛利亚和萨碧娜下了马,和他打招呼。彼特罗很想主动过去和她们打招呼,但是他最终还是一动没动,倒是萨碧娜冲他笑了笑。

"来,到这边来。"他终于没有战胜自己的心跳,帮她们拴好了马。他甚至还主动帮萨碧娜卸好了两个柳条筐和两条口袋。玛利亚自己忙着。两匹马在啃着果树的叶子。

萨碧娜穿得十分得体:红黑色紧身上衣搭配白色的衬衫。因为马上要开始劳作,她把头巾解开了,于是就露出了她修长白皙的脖子,以及她黑亮黑亮的秀发。

萨碧娜也十分美丽。那是不同于玛利亚的一种美:玛利亚是性感的美丽,萨碧娜是一种秀丽的美。萨碧娜与其说是美,不如说是俏。解开的头巾里露出的头发遮住了她的前额,眼睛显露出一种稚气。

她是多么使彼特罗着迷啊!她那清亮而慵懒的眼神一直是彼特罗所神往的。尤其当她半闭着眼睛的时候,那时候她的眼睛就更加迷人。

"喂,彼特罗,你丢了魂吗?你快过来帮帮忙,来拴住这匹倒霉的马!它简直和你一样的倔脾气!"

他听到玛利亚的喊声,并没有回答,只是默默地走过去把马拴好。阴影遮住了他整个身体。

玛利亚脱掉鞋子,开始恢复了女主人架子,一个劲催促年轻的用人干活。

"快点开始吧,不要磨蹭,彼特罗·贝努。你是专门做这个的,你有时间,可是我们很忙!"

彼特罗心里很不属于被她指挥，他报以沉默，默默地挎着一个篮子爬上一棵梨树开始摘梨子。

两个表姐妹就在树下摘梨，她们有说有笑，推推搡搡。有时，她们会把已经装了不少梨子的围裙张开，彼特罗就往下扔几个梨子下来。梨子在她们的围裙里蹦蹦跳跳。

"这个梨一定是扔给我的！"

"不是，一定是给我的！"

"才不是呢，因为他总是扔梨子给你，这次总该轮到我了，你瞧！"玛利亚一边说一边张开她的围裙。

"不，彼特罗，一定要扔梨子给我！"萨碧娜大叫着推开她的表姐，"看，彼特罗，就是那个，最顶上的那个，像金子一样的那个！"

"对了，它就是为你准备的，你要当心，我会把它直接扔在你的怀里去！"彼特罗回答道。

他微笑着，看着她的脸。

真的，他真的把那个成熟的梨子扔得从她的胸部一掠而过，梨子在她的围裙里蹦跶了几下，落定了，但是却把其他的梨子弄掉了，梨子撒了一地。

"哦，我的天！"萨碧娜大叫起来，像个受了惊吓的孩子。这个时候，玛利亚已经开始弯腰捡拾地上散落的梨子了，"哦，玛利亚，你别骂我！"

彼特罗暂时停了下来，他躲在梨树上笑了起来，像个任性得逞的小男孩。他的脸完全被埋在树叶的阴影里面。但是，过了一会儿，他看见两个表姐妹在争吵。

"你推我干吗，讨厌！"

"我哪有推你,是你自己不小心把自己围裙的扣子给弄开了的。"
"彼特罗,你评评理,这到底是谁干的,你在树上,你看得见。"
"哈哈,这是我干的呢!"

她们俩都笑了,这是彼特罗第一次看到玛利亚的笑窝。他发觉他的萨碧娜在她脸色红润又性感灵巧的表姐身旁显得是那样的苍白瘦弱。

"这棵树上的活儿干完了。"彼特罗利落地从梨树上滑了下来,落到地上。他像这棵刚刚已经被他们摘了个精光的梨树打了个招呼,道了一声再见。"明年见,我的大梨树,只要明年我们还活着就一定还会再回来的。"

玛利亚从彼特罗的臂弯里把装梨子的篮子拿走,装进大口袋里。

"彼特罗,你为什么这样看着我?真奇怪!"萨碧娜的目光正好碰见了彼特罗的目光,于是她问道。

"我有几句话想和你单独说。"他回答道,一边说一边抱着另一棵梨树的树干。

萨碧娜早就明白了这"几句话"指的是什么了,她盼望这几句话已经很久很久了,她恨不得马上就听到这"几句话"。但是这个时候,表姐玛利亚又走了过来。年轻的萨碧娜脸上泛起阵阵红晕,染红了她苍白的面孔,她慵懒的眼睛闪烁着亮光,她的声音因为激动而发抖:

"你现在就告诉我好吗,彼特罗?!你现在就告诉我!"

"过几天吧,你过几天还会一起来收葡萄的,不是吗?"彼特罗一边说,一边不慌不忙地拿眼睛瞄着走过来的玛利亚。

萨碧娜沉默了。

这时候,彼特罗爬上另一棵梨树,迅速地继续开始工作了。他觉得自己就像是在登天。是啊，萨碧娜也爱他！他知道她爱他了，从她羞红了的脸和她因为激动而颤抖的声音就可以知道一切。她的眼睛她的神态已经把一切都说了出来。

从这一刻开始，这两个年轻人庄重起来：他们不再说话，不再打闹，甚至相互连看都不看。彼特罗在树上摘梨，两个表姐妹在树下摘梨。彼特罗也不再往下扔梨子了，有几个梨子自己落下来，夕阳把它们照得近乎透明并且果子的香气溢满了周围。阳光透过宽大的梨树叶子洒在周围，金光闪闪，十分好看。

玛利亚费了很大的力气，也没有使气氛重新活跃起来。另外两个人就是不再说话了：萨碧娜的脸色又恢复了沉默的苍白，红润不再；彼特罗也不再开玩笑，他叉开腿，两只脚踩在树枝上，手上也没有闲下来，一直不停地摘着梨子。

树上的彼特罗仰起脸来看着天空，下午暖烘烘的阳光晒着他的脸，他的眼睛里闪着光芒，是太阳照射山坡上的橄榄树反射过来的光。

不一会儿这一棵梨树上的梨子就又摘完了。表姐妹穿上鞋子。玛利亚一刻也没有离开，她就像是故意这么做的，离开时，她提议道：

"我们到地里面去看看吧，表妹？"

"当然可以。"萨碧娜回答道。

"你也一起去好吗，彼特罗·贝努？"玛利亚转过脸，问已经在忙着照顾尥蹶子的小马驹的年轻用人。

"鬼让你们转圈儿玩儿去吧！"他又恢复了不屑的口气。

彼特罗突然间伤心起来，他自己也不知道缘何伤心。他目送着两姐妹离开，看着她们从小路远去，她们跑着笑着闹着；接着，她们在一片草丛中消失，又在溪流边重新出现，她们的紧身衣就像花朵一样好看。玛利亚爽朗地笑着,清脆的笑声和潺潺的流水混合在一起,萨碧娜在核桃树下的那个小小瀑布那里洗了脸,又用衣襟把脸擦干。

忽然,萨碧娜朝彼特罗的方向看了一眼,挥了挥手,然后就和玛利亚耳语起来,接着,她们俩就哈哈大笑了起来。"嗯,她们一准是在说我。真没有想到,萨碧娜是这样的女人。她一定是把我的话告诉了她那个富有的表姐,然后她们一起来嘲笑我,她们一定会嘲笑我没有房子、没有耕牛、没有大车、没有农具……她们一定会嘲笑我什么都没有还想结婚,嘲笑我痴心妄想!……"彼特罗这么想着,"我就不该对萨碧娜说那些,更不该对她们俩改变我的看法,这两个有小姐架子的娘们儿!"彼特罗开始痛恨自己。

"再见!"萨碧娜回过头来,然后她把满载梨子的马车拉下去。

彼特罗看了她一眼,没有说话。走到大路边,她又站住了。接着两姐妹彩色的身影和装满了今天劳动的成果的马车一起消失了。——在大路转弯的地方消失了,在被夕阳映红的岩石和果树的阴影下消失了。于是,在谷底,就只剩下彼特罗孤零零的身影,只有他一个人。他的心也笼罩上了阴影。

"不行,我这种爱理不理的样子是不行的。不不不,萨碧娜她并没有嘲笑我,是我自己过度敏感了,我想多了,这不好。她是爱我的呀。可是我是一个标准的穷光蛋啊,我什么都没有。穷人的心态就像病人一样,碰不得,一碰就敏感得要命,这样不好。唉,可是现在我又有什么办法呢?以后再补救吧!她收葡萄的时候还会再过来,到时候我就单独请她到远远的我一向摘葡萄的那排葡萄架去,那是在葡萄园的最深处。我们就一直往前走,远离人群。我用镰刀割断葡萄藤,她就在一旁捡拾葡萄,我们可以说很多很多的知心话儿。然后我可以把筐子戴在她的头上,然后,我们就可以牵手,再然后我们就可以接吻了……不错,玛利亚是更加性感一些,可是,要我看萨碧娜更漂亮人更好。"

"啊,至于那另一个姑娘,"顿了一会儿,他却又渐渐想起他年轻的女主人了,想起她那性感的紧致的身躯,他不禁情欲冲动起来,"她真是狡猾啊,她故意不离开我们,她故意不让我和萨碧娜单独在一起!我真希望她现在就出现在这里,我要把她掀翻在地,我要马上就咬她吻她!瞧,你活该被这样对待!你这蛇蝎心肠的女人,你不许别人谈情说爱,你不许我亲吻你的表妹。好啊,那现在就只有你来承受这些恶意的吻了!——至于萨碧娜,我要尽我最大的柔情去吻她,因为她比你心肠好,你是一个坏女人,玛利亚。你是一个处处摆臭架子的坏女人。"

"快点到这里来,到这里来!因为这里是个好地方!"彼特罗抑制不住自己的感情,站在一排葡萄架旁大声喊出了声:

"萨碧娜,到这里来,我就可以吻你了呀!"

就这样,玛利亚性感的身影消失了,铺满葡萄藤的葡萄架中间充满了萨碧娜飘逸着一头金发、脸色微微发红的羞涩身影,头上还顶着葡萄筐。

但是,就在这个动人的时刻,很多黄鹂鸟落下来,它们啄食葡萄,饱餐一顿之后,它们又在已经在葡萄园中搭成的窝里面安睡。它们把彼特罗从自己的白日梦中惊醒,使得他不得不开始拍手驱赶鸟儿们。鸟群在彼特罗的驱赶下叽喳叫着,在那甜美的空气充盈的黄昏飞走了,微风吹落了梨树上的叶子,又把这些叶子送到彼特罗脚下。

3

但是，约定收葡萄的那天，只有玛利亚一个人来到葡萄园。

"你表妹呢，她怎么没来？"彼特罗问道。

年轻的女主人半闭着眼睛，狡黠地笑了：

"老爷不让她过来啦！"

接着，玛利亚就到山上的茅屋去做通心粉了。过了一会儿，她半弯着腰，和一个生就一张玫瑰脸色的姑娘一起站住说话了。那个姑娘叫罗莎，她们还冲着他指指点点的。彼特罗为此十分伤心并且愤怒。——他的愤怒就像一股邪恶的热浪一样，不时地向他的心袭来，为此，他整整一天都没有说一句好话，只是在简单地说粗话。他从那块岩石旁边经过——就是他无数次幻想过在那里亲吻萨碧娜的那块岩石。他攥紧拳头，朝那块岩石吐唾沫。

是的，这两个有一点儿臭钱的娘们儿正在讥笑他，就因为他是个彻底的穷光蛋！好啊，那就开始吧，那他也拿这两人寻寻开心！对，就这么办！

"你要不就别做，要做就做好！不然，我就连你和你的筐子一起踢！"彼特罗粗暴地对罗莎大喊。这个姑娘正在一边说笑一边干活儿：她已经落下了很多，她没有及时把彼特罗已经割下来的葡萄捡到筐子里。

罗莎生气地走开了，她在葡萄园的尽头大喊：

"看呐！野马就是野马！你今天是脾气不好吗？那你就自己去那棵大无花果树上去上吊吧！我这里有结实的鞋带，你要不要？！你这只死猫！"

彼特罗没有搭理罗莎，他一直弯着腰，专心致志在收割葡萄。

其他的葡萄收割者都兴致勃勃。小伙子和姑娘们相互挑逗打趣，姑娘们动作灵巧。她们笑着闹着尖叫着；她们身板挺直曲线美丽，她们都有好看的秀发，她们的头都小小的。在这乡村收获的季节里，到处充溢着这种朴素的无拘无束的情趣。这些健美的小伙子和这些年轻的姑娘们陶醉在这令人迷醉的收获氛围里，他们不单单是用语言赞美这丰收，他们的身体在扭动在说话，也尽情在这醉人的氛围里舒展着。那些参与到葡萄收获的姑娘们更感受到了这醉人的氛围：迷人的阳光、丰收的葡萄、甜蜜的爱情。只有彼特罗一个人闷闷不乐，并不参与其中，大家也都没有人去理会他。

两个小伙子一边干活一边开始对歌，他们开始即兴点评正在捡拾葡萄的姑娘们。过了一会儿，这本来美丽的对歌比赛就变成了这两位之间的斗嘴，本来挺押韵的歌词也开始变成了没有韵脚和音步的散文，等到太阳落山的时候，这两位即兴诗人竟然就扭打在了一起。这个时候，彼特罗才幸灾乐祸地笑了。他终于感到心情舒畅了些：他把牛拴在装葡萄的大车上，拿起赶牛棍，驱动起车子。

一团柱子一样的白雾从后山升腾而起，升腾在彼得峰的树林上空，一阵细微的潮湿气味在到处弥漫着成熟葡萄气息的空气中氤氲开。晚秋的脚步渐近，它给本来就不甚清晰的地平线又蒙上了一层薄雾，给忧郁的黄昏又添上了一抹淡紫。

彼特罗径直走过树枝搭建的简陋栏杆，向大陆走过去。他头都不回，根本不想再看到那一片空空的葡萄园，还有那间空空的茅草房子。他在这片葡萄园度过那么多快乐的时光，做着他那低微又美丽的梦想。但是现在他无比愤怒和哀愁。他从未像今天一样痛苦，也从未像今天一样，觉得贫穷和孤苦无依是那么让人感到沮丧。现在，彼特罗十分确信萨碧娜对他的态度了：她并不爱他。不然的话，她一定会来的。就在这一刻，他觉得所有的女人都那么可恨，他觉得女人都是下贱轻浮和邪恶的。她们谁都不爱他，她们就没有爱过他。他也没有任何亲人，兄弟姐妹、同龄的亲戚，他都没有。他只有两个被生活重担压弯了腰的老姑母，她们就像幽灵一样存在于这个残酷的世界。

他觉得自己孤身一人，他觉得孤单苦楚。他的情感就像熟透了掉在地上都无人采摘的果子，只好等着慢慢腐烂。

那天晚上的大路要比平时热闹得多，一辆辆装满葡萄的大车缓缓穿过，赶车的人们一边赶车一边唱着当地民歌：

罗萨啊，你到萨拉丁，爱来朝圣……

成群结队的男男女女收完葡萄回来，一路说说笑笑，几个老人骑着马，在黄昏灰色的山谷中行走。

空气里飘着的葡萄味道越来越浓烈，混合着湿润的野草的味道。

大车上成堆的葡萄闪耀着紫色的光,大车在路上留下一道道白色的车辙痕迹,山谷谷底已经燃起了篝火,正在返回途中的母羊脖子上的铃声叮当作响,这响声在一块块岩石上、在卡帕雷达峰陡峭的山崖上荡漾着。大车的响声单调而低沉,所以赶车人们的歌声就显得愈发响亮了。

只有彼特罗没有边走边唱。他沉浸在秋天黄昏的哀伤忧郁的气氛中。他呆呆地望着前面大车的车辙,呼吸着带有青草味道的湿润空气,倾听着谷底传来的忧郁歌声,他的心灵就像四周正在变暗的景色一样,变得越来越暗淡无光。

平日里没有一个人会真正地关心他,只有那条身躯瘦长额前有一块白色印记的黑狗在和他做伴。那条狗的名字叫作"坏心眼"。那是一条黑色的狗。那条狗就那么跟着他,那么兢兢业业地跟着彼特罗,一直沿着彼特罗手里的赶牛棍在地上画出来的痕迹走着。而后,这条狗不停地用眼睛看着这个年轻的用人,拼命地冲着彼特罗摇尾巴。她不停地打着哈欠,还呻吟着。

"'坏心眼',你怎么了?"彼特罗十分关切地问,"你是饿了还是渴了?咱们马上就到一家小饭馆去吃饭了,吃完饭我们就得赶路了!明天我们还得赶路啊!好了,我们走,'坏心眼'儿,你要乖乖的。"

"坏心眼"反而呻吟得更加严重了,不过它把耳朵竖了起来,就像得到了一点安慰一样。

这个年轻的用人已经不是第一次对着"坏心眼"倾诉心事了,虽然人和狗各有各的说话方式,但是却也还能交流沟通。彼特罗总是对"坏心眼"唠叨这一句话:

"我们其实有什么不同呢?——没什么不同,我仅仅只是一条会说话也会干活的狗罢了。"

这天晚上,彼特罗依旧在心里默默说道:

"回到主人家里,吃过饭,离开了,只管看守并不属于自己的东西,我和'坏心眼'一样,天生就是这个命。'坏心眼'爱上一条母狗,转天它就会忘记这件事情,我去找那个托斯坎纳酒吧的老板娘寻欢作乐,转天再看到她,我也不会瞧她一下。——她也会这么对待我。用人和狗,狗和用人,都是一样的命!"

冷不丁地,在大路靠近泉水的那一边,罗莎抄起一块石头就朝着"坏心眼"砸过来。

"坏心眼"被砸中,痛苦地号叫着,它往前跑着,然后找到一块安静地方,想要停下来舔一舔伤口。

彼特罗站定,他转过身,两只眼睛愤愤地寻找着那个砸石头的家伙。

"谁扔的石头?!"

"我!"罗莎满不在乎地回应着。

"啊,原来是你这个大蠢妞!你要是敢靠近,我就敢把你的脑袋拧下来,然后好好拿冷水冲冲你的脑子!"

罗莎马上毫不示弱地走过来。

"你敢!你尽可以试试看!"

彼特罗紧紧攥住手里的赶牛棍子,以他一贯的轻蔑架势摇了摇头。

"算啦算啦,我们讲和好不好,彼特罗·贝努?——你今天是怎么啦?你到底是怎么啦?你是吃了蚂蚱了吗?我的小可怜虫!小可怜虫!"

"坏心眼"跑了回来,罗莎走过去,想要抚摸它。

33

"哈哈，这是怪了。——你瞧瞧，你的狗也对我这么不友好！'坏心眼'，你不要朝着我的脸叫了！彼特罗·贝努，我知道你是怎么回事，我知道你在想些什么，玛利亚已经把这些统统告诉我了！"

"哼，那你说，我怎么了？——那个女人，她能告诉你什么？！"

这个时候，罗莎一下子激动起来，她大声对彼特罗吼道：

"玛利亚告诉我，说那个小伙子情绪不好，是因为萨碧娜没有来。萨碧娜才看不上你这个穷小子呢！她早就爱上另一个小伙子，人家比你富有，也比你文质彬彬得多……她叫我告诉你这些，她还叫我告诉你，叫我一直欺负你找你麻烦的也是她！"

"是萨碧娜吗？"

"不是的，是玛利亚。"

"谁信她的鬼话？"

"我的彼特罗·贝努，你不要骂人，是玛利亚要我这么做的，因为她嫉妒萨碧娜呀！"

"为什么？"

"为了你，傻瓜！"

彼特罗轻蔑地笑笑，就像看到在葡萄园时那两位歌者在打架一样。本能告诉他，他压根就不能相信这个村姑的每一句话。

但是，这正是一粒种子。

夜幕降临了，景色一点点消失在夜色中，气氛也越来越凄凉。努奥罗市最前面的一排房子伫立着，俯瞰着一块块野草丛生的菜地；旁边有两堵高墙，墙中间夹着一条肮脏的小路，那是彼特罗每天的必经之地。

耕牛默默地拉着装满葡萄的大车，迈着悠闲的步子，一点一点地向前挪动着。一大群衣衫破烂的流浪儿围了上来。

"先生，赏给我们一串葡萄吧，就一小串。"

"滚！滚！"彼特罗一边怒吼一边挥舞着赶牛棍驱赶着他们，"坏心眼"也跟着吠叫着。流浪儿们也不生气，笑嘻嘻地退向墙边。

在小路的高处，在笼罩着夜色的贫苦人家的屋顶上，星星们在闪着微弱的光芒。彼特罗又开始了他的沉思。不，坚决不能相信这些闲言碎语，特别是这些娘们儿嘴里的话，一句也不能信！不过……玛利亚她竟然……简直是不可思议！好了，不要去想这些不实际的东西了。他又把自己的思绪拉回到萨碧娜的身上。他只敢向她吐露自己的心迹，连他自己，都不敢时时面对的心迹。

蠢货！十足的蠢货！难道你就真的相信她有另外一个相好的？好吧，那他们俩就可以一起去下地狱去了！他实在是不愿意再这么自己纠结下去了。不过……就在这时，一个苗条轻快的女人的身影从小路的高处经过，借着微弱的星光，甚至看得到她卷着袖子的短衬衫。是她吗？要是的话，彼特罗已经下定了决心，一定要侮辱她，打击她，咒骂她。这样，这场梦就可以结束了——这场始于打谷场终于葡萄园的荒唐的爱情之梦。但是那个女人并不是他心心念念的萨碧娜，而是托斯坎纳小酒吧的老板娘。

"哦，我亲爱的彼特罗·贝努，是你吗？你能给我一串葡萄吗，就一串？"

"我给你十串，我的心肝宝贝！你自己拿，拿吧！你动作要快啊！后面有我年轻的女主人呢！我在哪里能再次见到你呢？我年轻可爱的弗兰西丝卡？"

"现在我丈夫可是在家里呢！"弗兰西丝卡一边把葡萄往自己的

围裙里面装，一边用美丽动人的大眼睛盯住了彼特罗，说。

"我今晚就到你的家里去。"彼特罗几乎发狂，"你拿走吧，都拿走！我把我自己能给你的都给你：大车、葡萄、我的心……"

"嘘……你小声点！尼古拉大叔就在后面呢！他在等着你，就在玫瑰经小教堂的广场上！"

彼特罗拿着赶牛棍赶了一下牛，女人就在这时不见了。

果然，尼古拉大叔正在朝这边走过来，他手里拄着拐杖，头上戴着那顶小帽子，下巴上满是已经被他给驯服了的火红色胡须。

"你好啊，彼特罗·贝努，今晚大家一起联欢，唱唱他们新编的歌儿吧，怎么样？"他一边说一边看着大车上的葡萄。

"您怎么不来？"

"我的腿不允许啊，我亲爱的小伙子。"

"哦，那您也是个得事事听差遣的人咯？——听您自己的腿的差遣。"彼特罗讥讽了一句。

尼古拉大叔转过脸去，用红胡子对着彼特罗，然后举起了拐杖。

"哈，你这个小伙子，你竟然拿我寻开心！就因为我是个穷鬼，你就这样取笑我，是吗？——我要是个有钱的东家的话……"

"可是您的确很有钱啊，我的东家！"

"东家！东家！我们应该好好看看，你和我到底谁是东家！"

这时，他们已经到家了，"坏心眼"走在前面，一边用自己的爪子挠门一边兴奋地狂吠着。

路易萨大婶打开了门。

"你们可算是回来了！"她一边说，一边把她的黄色头巾甩到背后去，"玛利亚呢？"

"她正在和收葡萄的女孩子们一起,在后面呢。"

"东西真少!"路易萨大婶看着一车葡萄,愤愤不平。这时,正在把牛从车子上卸下来的彼特罗说话了:"东西是少,不过,咱们也不靠这点儿东西过日子,不是吗?"

彼特罗躺在诺伊纳家的厨房里的草席上睡了一会儿。他醒了。他一直对醒来以后眼前充满着一双被金黄色头发遮住了的美丽大眼睛习以为常,而现在,这种美丽的景象却不会出现了,并且永远也不会出现了。在他的周围,充斥的再也不是生机勃勃的山谷,再也没有曙光,仅仅就是诺伊纳家厨房的黑暗,只有一丝苍白的亮光勉强地从气窗的玻璃里透进来。

但是,寂静的院子里传来一阵轻巧的脚步声。那是谁呢?难道是路易萨大婶?这个一向养尊处优的女主人根本没有起这么早的必要啊!

门被轻轻推开,庭院的灰色背景漏了进来。

玛利亚!是玛利亚走了进来!她没有穿鞋子,她动作灵巧,没有发出声音来。

彼特罗继续装睡,但是,他不时地睁开一只眼睛,好奇地瞄着这个年轻的女主人的一举一动。她打开了大门上的小门。——清晨的光线越来越清晰地照进了厨房。随后,她摘掉了头巾,洗了脸。她的头上没有任何装饰品,她衬衫的袖子一直卷到肘臂,她开始动手准备咖啡。

当咖啡壶开始剧烈跳动的时候,她开始研磨咖啡豆,而就在这时,她好像才刚刚发现彼特罗的存在。他张开一只眼睛瞄着她,他瞥见了她那双秀丽的眼睛也正在盯着他看:她的眼睛眯缝着,还带着一丝早晨的惺忪睡意。她盯着他看了很久。——彼特罗感受到了十分强烈的快慰。这种快慰由模糊变得清晰，由清晰变得强烈，就像是一团团燃烧着的火一样，迅速转化成为情欲和迷醉。彼特罗甚至感受得到自己血管里的血液在翻滚在灼烧在翻腾！但是，他一觉察到自己的欲望就立刻变得十分羞愧了，他涨红了脸，闭上了眼睛。

过了一会儿，他只听到研磨咖啡的器具声。他觉得那细微的声音就像是一种巨大的爆炸声一样，在他的脑海里一直响着。

难不成玛利亚真的在嫉妒她那个贫穷的女佣表妹萨碧娜？——是啊，怎么就不会呢？这个秘密，在他刚刚来到这个山谷的时候，在他在葡萄园劳累了一天之后，似乎显得无比荒谬，可是，在现在这个时刻，却像是一杯黄连酒一样，使他欲罢不能。在他那十分强烈的欲望当中，还掺杂着一点点的憎恨，这种憎恨，比起摘梨的那一天，第一次冲动而来的欲望来说已经远远没有那么强烈了，但是是始终残酷存在着的。

"她有钱也有自己的野心，"他闭着眼睛，暗暗想着，"她肯定不会嫁给我，但是，她怎么就不能爱我了呢？我长得健壮而英俊，十分具有男性的野性魅力。不错，我记着呢，那天在葡萄园里，我猛一回头，发现她正在盯着我的嘴唇看。——她一定是想要吻我的！她大概还没有好好地吻过哪个男人吧？我要是现在就站起来去吻她，她会怎么样呢？"

玛利亚依旧在不紧不慢地研磨着咖啡，咖啡壶呼噜呼噜地叫着，燃烧的火焰像开玩笑似的噼啪作响。彼特罗睁开眼睛，盯着她，但是他并不敢真的站起来去亲吻她。

窗子上的晨光渐渐变成了粉红色，玛利亚的一头秀发在这粉红色的晨光中变得更好看了。她性感的身材在紧身衣的衬托下更加诱人了。彼特罗的目光正在抚摸着她的全身，但是，他立马又产生了罪恶感。——不，这不可以！她是女主人而他是用人啊！他们中间隔着巨大的阶层的鸿沟！她是那么高洁美丽，而他则是一个夜晚顺着墙角跑去找小酒吧的老板娘幽会的家伙！——她一定会嫁给一个有钱有势的人，只有这样的人才配享用她的美丽和高洁！

"你睡得好吗？该起床了，彼特罗！我正打算叫你起床！今天还有好多活儿要做呢！"

她正在叫他起床。她的声音是那么轻快，那么温柔，但是却是命令式的。她的命令把彼特罗从自己的幻想中惊醒。他涨红着脸，甚至连耳朵都是红的。

他马上跳起来，把草席子卷成一个卷，立起来放到墙角，然后他跑到庭院里，用井水洗脸。玛利亚在厨房里，她正拍打着咖啡磨具，以便过一会儿煮咖啡。

太阳才刚刚升起，地下室和庭院里就已经热火朝天地做起活儿来了。这是最重要的一道工序，通常是由年轻用人去完成的。

在黑色的屋顶下面，就放着那台硕大的挤压葡萄的机器。彼特罗就站在那里，他光着胳膊和腿，他的头几乎碰到房梁，他一只手扶着墙壁，正在用力地踩压葡萄。那两个女人顺着扶手梯走上去，这道楼梯是由粗原木搭成的，就正立在屋顶下面。女人们把一筐筐精选出来的葡萄装进挤压机。紫色的葡萄汁水四处飞溅，斑斑点点的紫色弄脏了彼特罗苍白的脸，他的眼睛似乎也被紫色的葡萄汁画出了两个紫色的框框。但是他看起来兴趣高涨，他笑着叫着，时不时地弯下身来——不是为了装填葡萄，而是为了更好地从高处观察整个庭院。

两个姑娘和一个小伙子正在装满葡萄的大车旁边干活:他们清洗干净一串串葡萄,随手把它们丢进自己身旁的藤筐里。尼古拉大叔有的时候也过去搭把手。然后,那两个姑娘就把藤筐顶在头上,把里面的葡萄都倒进彼特罗脚下的挤压机里面去。

就像在葡萄园里摘葡萄的那天一样,男男女女大家说说笑笑,尼古拉大叔在人群里却显得心事重重。

太阳慢慢升起来,正晒着庭院,葡萄汁水的气味吸引来了一大批的苍蝇和蜜蜂。

尼古拉大叔时不时地招惹一下他身边的那个年轻姑娘。姑娘大声咒骂着,扬言马上就去找路易萨大婶过来,但是不一会儿姑娘就咯咯地笑了。

"您可真是个老调皮鬼!我真希望这火把可以把您给烧着了!您能让我安静一会儿吗?"

"啊,你一定是嫌弃我这个老家伙了!要是我再年轻个二十岁,你一定不会这么说话的!你看,有一只可恶的蜜蜂正在叮咬你的脖子呢!"

"随它去吧,老山羊胡子大叔!这就说明,我的脖子上有蜜糖!"

"怎么?你宁愿让蜜蜂叮你,也不愿意让我摸摸你吗?你是不是嫌弃我是个瘸子啊?你看看你的同伴,她可是比你温柔得多!"

"哈!您这老山羊胡子!我马上就去叫路易萨大婶过来瞧瞧!"另一个姑娘也尖叫起来,不用说,尼古拉大叔的手肯定已经伸过去了。

"喂,没有葡萄了!倒一些葡萄进去!"彼特罗大叫,"我说东家啊,你平时就是这么监督大家干活儿的?!女主人也不说些什么吗？"

"你这话是什么意思？她不会把我怎么样的！"尼古拉大叔抗议道。

有时候，玛利亚会过来。她也像路易萨大婶一样，戴着一块黄色的头巾。她喜欢穿绿衬衫和紧身衣，阳光下她的身段闪闪发光，这些彼特罗都看在眼里。他看着她的脸，她微笑时张开的双唇，他的欲望之火又开始燃起来了。

有时候，她不大喜欢庭院里的吵吵闹闹，也不喜欢飞来飞去的苍蝇和蜜蜂，所以她就到大屋顶和大车那边催促别人干活。这时，彼特罗就模仿她的口气，开她的玩笑：

"快点，快点，动作快！还有很多的活儿要干呢！要是你们十点还完工不了，我就去找根绳子吊死自己！"

"你去吧，但是别吊得太高了，不然我就看不到你的脚了呢！"

有一天，玛利亚上了楼，她从楼梯上向下张望，随后，她抬起双腿，又平静地看了看彼特罗的双腿。同时，他用疑惑的口吻说道：

"啊，不用看了！我的腿也是肉长的！你是不是在想，它干完活会不会坏？"

为什么会这样？今天这位年轻的女主人的身上到底有什么样的魔力呢？为什么只要她看他一眼，他就会觉得如此满足？这到底是怎么啦？为什么只要她看他一眼，他就高兴得像喝了一杯小酒吧出售的葡萄酒一样？

路易萨大婶在厨房里为工人们准备着午饭：烤羊肉和土豆。她穿着系带子的紧身衣，还是那一块深黄色的头巾和那一张面无表情的脸。

旁边的另一个小锅里面炖着给尼古拉大叔单做的牛肉。

"我可怜的尼古拉,"路易萨大婶心里暗想——过去她可一直是一个善妒的女人,如今,她暗暗想着,"他都瘸了一条腿,他这么不幸,应该对他好一点。他喜欢女人,在瘸了之后酒量也大长,不过他骨子里还是一个好人!我应该可怜他。——别人都说我是个端着架子,看不起别人的女人,可是,我自己知道,我是一个心地十分善良的人,只不过,我一向认为,人活在世上,就应该强硬一些,不然世人就都看不起你。"

"不错,"路易萨大婶一边继续想,一边搅着锅里的土豆,"我们就是要有自己的架子!什么人人平等!每个人生来都有他的地位!有钱的和没钱的,分得清清楚楚!行善是可以的,我也很赞成有余力的人去做善事,但是我们有钱人可万万不能作践自己,不能降低自己的身份地位。我的尼古拉就是太作践自己的身份了。再说,他也不是生来就有钱的那一种人,不是出生在有钱的人家,终究是件低人一等的事情。我的玛利亚在这一点上也很像她的父亲:都不觉得自己的地位显赫。但是她年轻漂亮,又很会为人处世。她一定可以找到一个好人家的。她还接受过良好的教育,她会写能算,还懂得一些法律上的事情,没有她,真不知道我和她父亲怎么办!我俩大字不识几个,不会写也不会算的……"路易萨大婶陷入沉思,一般,她的沉思总会这么结尾,"我的玛利亚一定会嫁给一个家世又好又有钱的人,最好还能是个大学毕业生。嗯,得是那种家里有钱的大学毕业生,一心想着靠找老婆发财的那种可不行!"

中午到了,挤压葡萄的工作完成了,午饭也做好了。玛利亚把一个装满了白面包的篮子放在厨房的地上,篮子四周放了一些红泥土烧制成的汤盆,路易萨大婶把土豆和羊肉分别放到这些汤盆里。接着,年轻的女主人把庭院里正在用井水洗濯的姑娘们叫了进来。尼古拉大叔也一瘸一拐地走进来,他走到石台上的木盆旁边,把里面的脏水倒掉,换上一些干净水,然后洗了脸,山羊胡子上挂着一串串水珠的他就这么一瘸一拐地走进厨房。他擦干了脸,坐在他专门的座位上。年轻人们已经围着饭菜席地而坐,大口大口吃着食物,所有人的脸上都洋溢着喜气——大家的脸在新鲜饭食产生的雾气笼罩之下都显得红彤彤的。

"祝大家吃得开心!"东家一边说一边伸直了自己另外一条不瘸的腿,"我的老伴儿啊,你给我做了些什么好吃的?今天我好歹干了不少的活儿,你可要给我吃点儿好吃的呀!我要吃羊肉!不错,不错!我的孩子们,是羊肉,和你们一样的羊肉!你们还以为是小牛肉的吧?"

玛利亚递给他一盘和大家一样的烤羊肉。

"你们的牙口可真是不错,我的孩子们,居然可以咬得动这种肉!魔鬼的肉都没有这个硬!——唉,你们要是在另一个人的家里做活儿,一定会比这里吃得好得多!"他提起另一个有钱人的名字。

"也有可能吃得更差!"路易萨大婶接话儿说道,"你就闭上嘴巴吧,吃饭也堵不住你的嘴巴,真烦!"

年轻人们吃饱喝足,就讲起笑话来。

"路易萨大婶,你能发发善心,借给我一百个银币吗?"一个小伙子开口说道。

"你要是有可靠的保障,我就借给你!"女主人一向对这种玩笑淡定处之。

"喏！这个保证可靠吗？"那个年轻人一边说一边拍了拍身边一个姑娘的肩膀。

大家哄堂大笑。

"要是还不够，我就拿我们家里的金银首饰作为抵押，嗯，还有所有的银餐具！"那个年轻人继续说着话，拿自己的赤贫自嘲。

"你的身体就是最好的抵押！有了这个抵押品，你能找到的可不止一百个银币，而是上千个银币了！"尼古拉大叔听到小伙子的话，站了起来。他留着山羊胡子，在这种场合显得十分庄严。

但是，玛利亚变得十分不耐烦了。

"那可是！有钱加健壮可远远胜过没钱加虚弱。"她嘲笑道。

"你给他们倒些酒喝！"路易萨大婶对她说。

她站起来给彼特罗倒满了酒。

"这么快就发脾气了？"彼特罗盯住玛利亚的眼睛，一直看。玛利亚用她一贯的嘲讽语气回答道：

"我吃饱了的时候就容易发脾气……"

"那你在饥饿的时候会是什么样子啊？不过，你也不知道什么叫作饥饿。"彼特罗端起酒杯一饮而尽。他又想起了自己在赤贫和饥饿中煎熬过去的童年和少年时光。

大家没有省酒。玛利亚不止一次地站起来给彼特罗倒酒。彼特罗喝了一些酒，来了兴致。不过他的兴致是一种恶意的兴致。他早就把萨碧娜给忘了：他已经挺长时间没有想起她了，不论是在干活的时候还是在闲聊的时候。但是，现在，不知道怎么回事，萨碧娜那一头金色的头发又出现在他的眼前，就像是萨碧娜现在就站在他面前，不怀好意地正在嘲笑他一样。

哦，她还取笑过他呢！现在，他就要拿她和玛利亚以及所有的女人取笑。哈哈，要是能让玛利亚相信，相信自己已经疯狂地爱上了她就好了。

不不不，她是绝对不会就因为这个而赶走他的，这个年轻的娘们儿是那么的狡猾，她是绝对不会犯这种低级错误的。她只会利用他，利用这个年轻的用人对自己的一片痴心，以便让他更好地为自己家干活儿，而他也会利用她，利用她的狡猾和好心。

他笑起来，女人们正在拿他寻开心，他也想拿女人们逗个乐儿。

但是就在要开口的一瞬间，他突然就又沉默了，显得十分不开心。他低下头，过了一会儿，又猛地抬起头来。他继续喝酒。

玛利亚拿着酒瓶又给他倒了一杯。

"我可是真正挨过饿的人。"他嘟囔着——彼特罗已经喝得半醉，还是在盯着玛利亚的眼睛看。不过玛利亚已经不再看着他了。

从这个时候开始，彼特罗就已经清楚地感受到自己的状态：意识模糊，但是眼睛依旧在跟着玛利亚游走。他担心东家会发现他的举动中包含灼热的情欲，但是，他的眼睛已经很难从玛利亚身上移开哪怕一点点。

但是，他还是很注意影响的。他有意离其他人远一些，猫在庭院的一个角落躺下。这个地方离房门不远。葡萄酒的酒气和中午太阳蒸腾出来的热气令他感觉自己就像是在发烧，苍蝇和蜜蜂发出的嗡嗡声和他正在翻江倒海的脑袋里的嗡嗡声混在一起。

他看着大家三三两两地离开，最后，连主人们都回自己的房间休息了，只有玛利亚一个人还留在厨房。彼特罗半睡半醒地看着他年轻的女主人在厨房里走来走去地忙活着：打扫房间、研磨咖啡……

他的目光一直追逐着玛利亚的身影,就像喝醉了酒的醉汉一样。

彼特罗感觉到他需要爱情。他需要去爱一个人。现在他的自尊心受到了巨大的伤害,他也渐渐忘记了贫困的萨碧娜,他把自己的欲望全部转移到了他那富有的女主人玛利亚的身上。但是,他的情欲是那么的苦涩和那么的充满报复性。

"我一定要大笑一回……我一定会大笑一回……"彼特罗迷迷糊糊地这么想着,就这样睡着了。

4

  这两个星期,彼特罗一直就待在这里,帮着尼古拉大叔一起把葡萄酒装进酒桶里面,然后就去附近的菜地里面干活,或者就到后山上去砍柴作为冬天的储备。

  在这一天天孤独劳作的日子里,在尼古拉大叔家的菜地里,在奥贝托内山的森林里,彼特罗一直思念着他年轻的女主人。他觉得他自己并没有爱上她。他是很喜欢玛利亚,一看到她,他并不敢再有任何情欲上的想法,但是他控制不住自己。

  玛利亚在感情上很精明,绝对不是能够让男人们随随便便就捉弄的女人。彼特罗一想到自己曾经幻想过玛利亚对自己有所图谋就觉得面红耳赤,但是一想到自己很会讨她的欢心又觉得很兴奋。

  但现在,他看到她一直端着养尊处优的女主人的架子。而她的目光犀利明亮,就像刀子一样。

  即使玛利亚在做最低贱的活儿,即使她在偶尔发愣时,一种来自阶级和门第的优越气质就不由自主地从她的身上散发出来。——

不过，吸引彼特罗的，也恰恰是这个。彼特罗偶尔也会想起玛利亚那个贫穷的表妹萨碧娜。他希望自己再次见到她，好好向她解释一番。但是现在，连这种心情也一并消失。这两个星期，彼特罗的心就像这大地上的万物一样，处于昏昏沉沉的冬眠状态。

有几个晚上，尼古拉大叔在厨房待到很晚，主仆二人通常处于大醉的边缘。——要是没有两个女人在厨房守夜的话，这对主仆一定会喝得酩酊大醉。通常就在厨房里的火生起来的时候，尼古拉大叔就和彼特罗一起喝酒唱歌，还随口胡诌一些打油诗来诉说自己这半生的离奇遭遇。

尼古拉大叔年轻的时候穷困潦倒，到处寻找发财的机会；他也恋爱过，关于爱情，他也有过自己的梦想。

"不管人穷人富，最重要的是要开开心心地生活，俗话说得好，'开心人自有神仙保佑'。"尼古拉大叔操着一口不大流利的意大利语，"有一天，我的鞋子破了，我暗暗想，要是这时候过来一个倒霉的地主，我就把这只鞋子直接丢到他的脸上去。你猜，我遇到的是哪个地主？"

"路易萨大婶的老爹呗！"彼特罗随口揶揄道。

尼古拉大叔看着彼特罗，两眼发亮。

"你是魔鬼吗？你是怎么猜到的？"他叫着，一边用拐杖轻轻敲打着彼特罗的肩膀。

"难道真的是这样？"彼特罗十分惊讶。

"当然是真的，就像上帝是真的一样。"

"那您真的把鞋子扔到他脸上去了吗？"

"哈哈，你真是个滑头！"

不过彼特罗一直没有弄清尼古拉大叔是不是真的把那只鞋子扔

他未来岳父的脸上了。男主人总是很喜欢讲述他年轻时做了很多很有英雄气概的事情,并且十分喜欢夸张自己的爱情经历。有一天晚上,这老头子居然说,当年他和路易萨大婶的婚姻并不是为了爱情,只是为了一门好亲事。

"不过,她可是真心爱着我的,这个我知道。我当时的确很穷,但是我仪表堂堂。我这可不是吹的!"

"那是,现在也看得出来!"彼特罗讨好着说。

"人长得好看可以顶得上一半资产,我的好小伙子……"

这句话着实鼓励了彼特罗。

"要是路易萨大婶这只贪吃的老鹰别挡在我和玛利亚中间该多好!"彼特罗想。

紫红色的葡萄酒,暖融融的火光,舒适的厨房(厨房的墙上挂着很多口亮闪闪的铜锅,这足可以说明东家的富有程度),这所有的一切都使彼特罗产生了一种对爱情的欲望和迷醉。

"啊,能娶上一个年轻漂亮的老婆,也能过上舒服的日子,那才叫美好和圆满!只有财产没有爱情的事情,我才不会去做,只有爱情和财产都有,才算得上真正的幸福。"

"玛利亚会嫁给谁?"彼特罗时常这么琢磨,"是这个还是那个?一位爵士?一个大学生?有钱的庄稼汉?嗯,但是总之不会是一个穷光蛋,更不会是一个用人!现在的玛利亚可真是人见人爱啊!"

每每想到这里,彼特罗就十分兴奋。有时候,他甚至会产生这样一种自己都觉得奇怪的想法:他十分庆幸自己是个本地人,虽然他现在是个用人,但是他至少不用像尼古拉大叔年轻时那样到处流浪。

"我要是能有点儿本钱就好翻身了!——我虽然不识几个字,但是实干精神我是不缺的。我见过的人不少就是这样发家致富的！——啊啊，也不对。那些发家致富的家伙不是靠偷就是靠抢，也有很多人是靠着像尼古拉大叔那样娶一个家境不错的女人而好起来的……"

旋即，他又开始自言自语了："但是，这个家境不错的女人，肯定不会是玛利亚。"随便她是谁，这对彼特罗来说无关紧要。想到这里，彼特罗把自己的帽子折叠好放到头下枕着，然后在草席子上把身子伸了伸，又像往常一样轻蔑地摇摇头，躺了下来。

播种的时节很快就到了。

彼特罗要劳作的地方在马雷里山谷的另一端，几乎和洛洛维接壤，那里有一批破破烂烂的房子错落在山峰和高原中间，景象远比努奥罗荒凉得多。

在整个播种期间，这个年轻的用人都得住在那里，就带着几头用于耕作的牛和一条狗。但是彼特罗倒是没什么，因为他早就习惯了这种孤独。另外，他本能上就在催促自己远离那间温暖的厨房，因为他知道，继续待在那里的话，他的神经就会这样一直软绵绵地软下去，而他的心灵也会在那样的环境下陷入一个又一个的噩梦。

在动身之前，彼特罗特地去了一趟托斯坎纳人的小酒吧，他希望见一见那个轻浮的酒吧老板娘弗兰西丝卡。不过，酒吧里只有托斯坎纳人安安静静地待在那里，神情好奇，嘴里依旧在嘟囔着粗话。

"彼特罗，你还好？"

"还好。一杯酒，谢谢。"

"真奇怪，你还缺酒喝？你的东家有的是葡萄酒啊！"

"能别提我的东家吗？"

"哦哦，你怎么这么护着他们家？难道你从来不说他们的坏话吗?"

"要说坏话的话就让别人说吧!你老婆去哪儿啦?"

"她去河边洗衣服去了。伙计,我知道你为什么来找她,"托斯坎纳人一边说一边用天真无邪的眼睛看着彼特罗,"你拜托她给你说一门亲事,对吧?萨碧娜拒绝你了呢。"

"哦,你可以去见鬼啦!"彼特罗大声说。——想到这个托斯坎纳人这么尊重弗兰西丝卡,甚至认为她能给一个老实有上进心的青年找亲事,彼特罗就觉得很好笑。

"我知道,你要娶一个有钱的女人做老婆的,我了解你,再说了,尼古拉大叔那天晚上喝多了,在我这儿也是这么说的。"

"哦,是吗?他也是这么说的?"彼特罗很吃惊,"他还说了些什么?"

"还说……其实也没说别的了,我说,你怎么不去娶玛利亚呢?"

"哈,你拿我寻开心吗?我以后再也不会到你的这间酒吧来了,你个外乡佬儿!"彼特罗站起来,轻蔑地说道。

但是,不知道为什么,他在离开酒吧以后感觉到一种莫名其妙的欢欣。

他回到尼古拉大叔家。路易萨大婶已经把种子装上了大车,还为彼特罗准备好了粮食:很多大麦面包、相当数量的干酪、土豆、食油和盐。玛利亚还额外放上了一大葫芦葡萄酒和一条袋子。——这是拿给彼特罗当被子用的,这样,无论山谷夜间的风有多冷,彼特罗都可以睡得暖乎乎舒舒服服的。

"你们忘记给他戴上一个十字架了吧?还有一本玫瑰经我看也是必备品。"尼古拉大叔嘻嘻哈哈地说道。

"要不要再拿点儿干无花果？"

路易萨大婶一言不发，因为她不喜欢拿神圣的东西开玩笑，就在这时，玛利亚把门推开了。

"你就到洛洛维去做弥撒吧，你可别就此爱上那里的漂亮妞儿就好……"

以前要是听到这样的玩笑，彼特罗一定会动气，因为洛洛维地区是全县最贫困的地方。但是现在他甚至有一点点动心，他甚至不敢去看玛利亚一眼。

尼古拉大叔陪着彼特罗走了一段路，这段路走得比平时一瘸一拐的程度深得多。这天一定十分潮湿，尼古拉大叔的腿对天气总是十分敏感。

"啊，彼特罗！彼特罗！年轻和健康都是最值钱的东西了！我要是还是像以前那么年轻而健康，那该多好！年轻人，千万不要糟蹋自己的青春和健康！要像小心自己钱袋子里的钱一样小心它们啊！你去吧！祝你一路顺利，在那边如果需要什么，就让人捎话回来，把种子放在干燥的地方，尽快播种！再见了！"

"他真是个好人！"彼特罗心想。

彼特罗觉得尼古拉大叔就像自己的父亲一样的亲切，他甚至开始对路易萨大婶这个一直端着东家架子的女人也产生了一丝好感。

彼特罗陷入了沉思，他不时地用指甲抠着那头身上有白色斑点的红色小牛的脊背——这些显示这头牛一定去过埋藏有宝藏的地方。彼特罗一抠牛的脊背，牛就笨拙地小跑起来。彼特罗的"坏心眼"吠叫着，催促着另外的一头牛，这样，彼特罗很快就到达了那条险峻的通到马雷里山谷的小路上。

天气温和而湿润,天色是乳白色的。大车上倒放着一把耕犁,犁铧闪烁着最近新镀上的银色的光芒。远方弥漫着蒙蒙的雾气,彼特罗目光锐利,一眼就从那绿色的山谷里认出了洛洛维小教堂——那是悬崖边上的一个黑影。圣方济各大教堂则是有茫茫野草和巍巍高山映衬的一个白点。在这巍巍的群山中,黎明峰就像一面蓝色丝绒旗帜一样矗立着,皮齐努峰则像矗立在蓝色雾海之中的灰色礁石。

彼特罗的记忆涌上来:他的母亲是个普通的家庭主妇,就像努奥罗所有的家庭妇女一样,母亲对小小的圣方济各十分虔诚。虽然他自己并不是一个虔诚的基督徒,不过,在这个时候,他也在胸前画了个十字。

他相信上帝,相信众神的存在。他平时也到教堂里面去,也会做弥撒,去忏悔,会在复活节的时候去领圣餐,但是他自己知道,他并不是一个虔诚的教徒,他从来不参加祈祷,也没有想过永生。不过,在这几天,他明显多愁善感了起来,也虔诚多了。

确实,在某一天晚上,彼特罗在一整天的耕种过后,觉得自己应该祈祷一下,就像他自己一直并不大看得上的家庭主妇那样。

他被凄凉的心情笼罩,一眼望去,四周的环境也都十分凄凉:苍茫的高原上的青草俯瞰着乱七八糟长着各种植物的山坡,黄连、刺柏、野蔷薇……这些植物组成了万顷碧波,到处翻滚着,撞在灰色和黑色的岩石上撞得粉碎。那些岩石容易在夜晚被人们误认为是魔鬼。

整个景色就像是荒无人烟的大漠,只有原始的神灵和史前的隐士们在监管着这些景色。

彼特罗跪地祈祷,他在身上画了十字。他感觉自己就像置身于一间没有围墙的大教堂,在天际燃烧着的繁星就像是幽灵们点起的蜡烛,刺柏散发出好闻的香味。

"主啊,我神圣的圣方济各教堂啊,请让我忘记那个女人吧!她天生高贵富有,她是不会嫁给我的,请你们帮助我把她从我的头脑里除去吧。我对她的欲望会驱使我做出不该做的事情来!妈妈,我求您在天堂里也帮助我吧,帮助我远离那些邪恶的念头。阿门。"

可是,偏偏就在彼特罗做祈祷的时候,他又在想念着她。他欲火中烧,他希望她现在就在他的身边,希望他可以紧紧地搂着她,就像这高山紧紧搂着山谷。

不错,在他离开伊纳家后,在他参拜过各方神灵和圣方济各教堂,使它们成为他的同谋之后(努奥罗的家庭主妇、情人们和游手好闲的闲汉们都是这么干的),就这样,他年轻的女主人的形象再也离不开他的脑海了。

因为离玛利亚很远,彼特罗曾经十分本能地希望自己可以完全忘记她。但事与愿违的是,距离越远,尤其是当彼特罗觉得孤寂的时候,玛利亚就更加占据了他的心,他对她的思念更加强烈了:她在她心里似乎是那么动人、更加充满诱人的美丽。这时候,彼特罗已经完全无法控制自己对玛利亚的情欲了,他的情欲就像是荒原上已经被火苗点燃的一棵小树,越烧越旺。

日子一天天过去,彼特罗忙碌着:他烧荒,把黄连木拔掉,在上面播种耕耘,他一直就这么充满重复性地劳作着。

在雾气蒙蒙的黄昏,在惨淡的景色里,我们仍然看得到彼特罗耕作的身影:他行走在耕牛的后面。走到了犁沟的尽头时,他就用赶牛棍打一下长有白斑的那头牛的屁股,让它转弯继续干活儿。下坡的时候，他走在那一条被犁过一遍的发黑的、冒着热气的、混合着发酵草味的泥土中间，紧拉着绳索，使牛不至于直接掉下去。到了山坡下面，他就转回身来，重新爬上山坡去。他始终一言不发，手里紧紧握着那根赶牛棍。

这个年轻的帮佣身材高大，在紫色的晚霞映照下显得那样突出。风景忧郁辽阔，伸延到一望无尽的远方……这些，都使得这个年轻劳动者的静默显得那样突出。

情欲搅动了他的心，就像耕犁搅动了泥土一样；和泥土一样，彼特罗也不问这是为什么。

他时时感到绝望，但是他不再请求各方神灵和圣方济各教堂了，他也不再寻求他母亲在天之灵的帮助。他不再求他们帮他摆脱已经完全主宰了他自己的欲望了。

偶尔有几个放牛的人、骑马的农夫和几个头上顶着一筐干酪、手里提着两只雏鸡的洛洛维女人会从彼特罗耕作的荒地前走过，他们用穷人粗鲁的方式相互打了招呼。这些粗野简单的招呼使孤寂的环境变得活跃起来，紧接着，牛儿和马儿都消失在刺柏里，女人们消失在山坡上大簇大簇的野生橄榄丛里，荒地周围又恢复了原本的寂静。

彼特罗在深秋劳作、梦想，秋季的天空总是像充满了愁云惨雾的人：总是笼罩一切的灰红色雾霭、总是迟来的黎明、总是在晚间弥漫的紫红色雾气、总是在恶劣天气漂浮在天空上的厚重云朵……深灰色的荒草似乎因充满了水汽而膨胀着，浸湿的岩石也显得更加昏暗凄惨了。

差不多在一个月的时间里，彼特罗一直反复在这片荒地上劳作，同时也被欲望狠狠折磨着。

晚上该休息了,他就回到茅屋里,在临时用树枝搭成的铺上躺下,盖着玛利亚给他的那条口袋。在吃饭的时候他也会回到那里,煮一锅土豆,或者是滴一滴食用油放一点盐巴就么烤面包就干酪吃。两头耕牛在山坡上吃草,"坏心眼"无事可做,不时打几个喷嚏,冲着被风吹动的树叶吠叫几声。

夜晚,由于一种奇特的效果,孤寂的气氛反而让人觉得很活跃一样,或者说,至少不会像白天一样沉闷不堪。

山谷里闪耀着几堆其他农民点燃的篝火,羊群的铃声隐约传来,在静谧的夜晚,风儿吹来一阵阵人声和犬吠声。

于是,一个美丽的身影,一个使年轻的用人魂牵梦绕的身影,照亮了他的梦,使他的梦变得欢快,正如砍下的刺柏燃起的篝火发出好闻的味道,照亮了低矮的茅屋,使它变得欢快一样。

地已经全部犁过,播种好了。清冷的冬天到了,驱散了秋天的浓雾。

下过几天的雨,但是更多的时候,天气还是寒冷而干燥的。

西沉的太阳在努奥罗山上张开它巨大的寒冷的双翼。彼特罗把种子撒在自己的周围,风总是把这些种子吹散到各处,就像大地总是接受这些种子一样。

彼特罗的思绪也像这些种子一样散开,但是不同于这些种子的是,他的思绪总是散落在同一个地方。

几天来,他的心情开始变得好一些了,他又开始和"坏心眼"说话了,而每当走到那块他曾经跪地祈祷的岩石旁的时候,他总是莞尔一笑。

"勇敢一些!还有几天活儿就都干完了!到时候,我们一起回去过圣诞节，和尼古拉大叔这个可爱的老头儿一起喝酒唱歌儿！"彼特罗一边驱赶着耕牛劳作着，一边对耕牛说。

他也不敢大声说些别的什么，但是，既然他已经开始说话了，就不能再回到以前的沉默状态了，于是，他就开始唱歌。

他放声歌唱，有时他还会把刚刚唱过的歌儿又重复一遍。伴随着努奥罗民歌的合唱，由高音转到低音，从低音再转回中音，然后又把原句再唱一遍。这些都是一些情歌。过去他是为萨碧娜唱的，如今，这些歌儿则是飞向玛利亚的。

在这几天，在那些天真无邪的欢乐时刻，他仍然抱有希望。这已经不再是风流倜傥的男用人对年轻的女主人使他产生那种感官刺激的爱情时所抱的希望了。这是一种他过去从来没体会过的欢愉的梦想，这梦想里已经不再有任何不洁的情欲了，换言之，是一种真正纯洁的、对爱情的渴望。

谁知道未来？彼特罗又开始幻想起来。他幻想自己突然之间发了大财，居然能有站在玛利亚的面前单凭目光就可以倾诉衷肠的那一天。

于是他就又开始唱歌了。他的歌声飘得很远，飘到山谷以外的地方。因为在这个彼特罗最抱有希望的时刻，当他像自己童年那样淳朴的时候，当他一思念玛利亚就开始脸红的时候，玛利亚的形象就向远方飞去，飞回到她自己的家里去。

不过，当归期临近的时候，可怕的现实感就又开始逼近陷入情网的年轻人了。

有几个路过的人给彼特罗捎来了路易萨大婶做的食物以及继续播种使用的种子，同时也带来了东家的消息。

"尼古拉大叔的腿病又犯了,所以他一直没有来看你。他已经躺在床上半个月了。"

"啊,那他怎么不会看医生?他吃药了没有?"

"有人说他并不是不去看医生不去吃药,而是压根儿不愿意这么做。正因为这样,有人说玛利亚马上就要出嫁了呢。"

"嫁给谁?那个给她爸爸治病的医生吗?哈哈!"

"这有什么好笑的?"

"我笑我年轻美丽的女主人一定不会嫁给一个大夫。"

"那倒是这样。也许她会嫁给一个有钱的牧羊人吧!"

医生也好,牧羊人也罢,但是可以肯定的是玛利亚是绝对不会嫁给一个一无所有的用人的。一想到这里,彼特罗就又开始心情低落了。他开始自嘲,想起了那个经常伴随着他歌声出现的美丽幻想。

这时,他真想给自己几下子,为了自己的情欲给自己带来的巨大屈辱。不过,他心里已经播种下的种子是再也不可能除去的了。——相比之下,把播种在地里的种子一颗颗捡起来要容易得多。

日子还是那么过,要么是寒冷而晴朗的天气,要么是寒冷而多云的天气,总之就这两种。再过一两天,彼特罗就要回到东家的厨房里去睡觉了。尼古拉大叔又会一遍遍把自己年轻时候的那些经历讲给他听吗?他到底会怎么样?……这个问题,他连想都没想过。

他大概会一直就这么过下去,一直给诺伊纳家当用人吧。

就这样,最后一个晚上来临了。

他收拾好一切。在自己耕种过的土地中央的一块岩石旁边弯下腰去,长时间保持这个姿势,几乎要把自己折断。就这样,他好像在这个时刻才感受到最近一段时间内劳作所积累的疲劳。

他四周的土地沉默着,就像睡着了的婴儿,那样宁静安详。

夜幕降临,一块块灰蓝色的云团点染着天空。彼特罗上身紧紧贴在膝盖上,长时间一动不动。他长时间一动不动,闭着眼睛,整个身子融入夜色当中去了,和他坐着的石头连成一体。他翻过的土地在他的四周荡漾着。他睡着了。

他就这样睡着,过了很久。

他就像一粒种子,被随意撒在这片粗犷的土地上,随意生长着,任凭岁月和命运随意摆布。

当他醒来的时候已经是深夜了,他自己回到了茅屋。茅屋外面,弥漫着灰色雾气的夜,已经笼罩了整个高原、山谷并一直伸延到海边的山丘。从那里传来一阵阵呜呜的风声,好像大海在呼啸。每当月亮从浮动的云彩中露出一角的时候,"坏心眼"就冲着它狂吠起来,也许那条狗真以为那是盗贼的一只邪恶的眼睛吧。

5

玛利亚这个时候睡得正香,像任何一个健康的少女一样。不过就算她睡不着的话,她现在想的也是彼特罗播下的那些种子,而不是这个人。

她喜欢他。——他身体健壮干活麻利,他任劳任怨从不多说话。——但这也仅仅说明他只是个好的"用人"罢了。

家里经常会说到这个新来的年轻人,大家都很满意他。但是,如果年轻的女主人知道彼特罗的真正心思的话,她一定会羞愧得挠头。

有一天,大家当着萨碧娜的面说起他,那正是万圣节的前夕,彼特罗刚刚离开后的几天。

萨碧娜刚刚辞掉了她的工作,过来帮她这家有钱的亲戚来准备一种努奥罗的特产:一种由面粉、葡萄汁和葡萄干制作而成的甜食。努奥罗的好主妇们在万圣节前夕都是要准备这种甜食的。

玛利亚一大早就烧上了火,准备好了发好的面粉、葡萄干、葡萄汁、杏仁和蜂蜜这些原料。后来,萨碧娜也来了,三个女人:玛利亚·萨碧娜两姐妹和路易萨大婶——起围着一张圆桌跪在地上,用擀面杖敲打着和好的面团。路易萨大婶因为用力都已经开始流汗了,两姐妹则在一边说笑一边忙碌。她俩并没有因为说笑而耽误干活,一直前前后后地忙碌着。

一股甜美的暖流把周围的空间填满,阳光透过屋顶和天花板的缝隙照射进来,把一道道天蓝色的尘埃照进厨房,还在四周的墙壁和天花板上洒下一块块金色的光斑,十分好看。

经过一场夜雨的冲刷,晴朗的秋天就像又回来了一样。诺伊纳家左邻右舍的房子也被雨水冲刷得干干净净。整个的周边环境显现出新的气象,散发着雨后田园的温馨香气。地上铺满了在雨中被吹落的树枝,一个个爬满褐色苔藓的农家屋顶都在散发着热气。在山的那边,一堆堆粉红又带一点灰色的云彩在明媚的阳光下慢慢散去。公鸡在打鸣,小鸡仔们抖着湿淋淋的翅膀在也是湿漉漉的石子路的缝隙中寻找着食物。它们有时也把小小的嘴巴伸到一洼洼雨水当中去,然后又抬起头,想要更好地呼吸一下清晨的空气。

这时,奥利埃纳其他地方的女人们已经过来这边叫卖葡萄干和葡萄汁和一应干果了。她们光着脚丫子,把鞋子提在手里,再加上她们五颜六色的衣裳和卷到耳边的头发,简直就和那些小鸡没有任何的区别。她们提高了嗓门,尖声叫卖:"葡萄干和无花果,谁要?葡萄汁谁买?"她们的吆喝声标志着:葡萄收获的季节已经结束,冬天就要来了。

玛利亚和萨碧娜继续一边聊天一边赶着活儿。玛利亚则显得格外的开心和平静。笑声不断从她那好看的金色长脖颈里发出来,就像小鸟在不停地歌唱一样。

萨碧娜也在开着玩笑，现在她正在讲述她原先的东家是怎么做来引诱她上钩的：答应她给她买一双好看的鞋子。

"真不错！"

"先别这么说我的表姐，我还没说完呢！——我和他说：'那你就先让我瞧瞧那双好看的鞋子吧！'你猜怎么着？他竟然把他老婆的鞋子拿出来了。"萨碧娜开心地揶揄着，她不时抬起沾满面粉的手，把前额的一缕碎头发塞进头巾里面去。

有的时候因为聊得太开心而耽误了工作进度，路易萨大婶就会开始骂人：

"老老实实的好姑娘们是不会吹牛的，哪怕她说的都是真的。"

"你的意思就是我不老实？"

"我不知道。不过我知道的是，像你这种好人家的闺女，一般在开口之前都是会先考虑一下的。"

"我的路易萨大婶啊，我就是没有经过考虑就开了口啊！"

要是进度还没有跟上的话，这位女主人就拿起擀面杖端出她贵妇人的架子来吓唬人：

"你们俩是想挨揍了吗？还不闭嘴？"

两姐妹并不理会路易萨大婶，继续一边说笑一边干活儿。有的时候，玛利亚会暂时走开一下，去看看锅是不是烧开了，或者用棍子拨一拨炉火。

三个女人正在用葡萄汁和蜂蜜和着面，做成一个个小小的点心坯子。这时，尼古拉大叔到家了，按照他平时的习惯，他是一定要去酒吧喝上一杯烧酒的。这时，他带回来一则消息。

"我在回来的路上碰到一个修道士，他说他是去给一个病人领圣体去的。我就问他那个可怜人是谁,他告诉我是托尼娅·贝努大婶。"

"啊,她是彼特罗的姑妈呀!可是他应该什么都还不知道吧?"萨碧娜叫起来,举起自己被葡萄汁染成紫色的双手。

"你以为他这种人会在乎这个吗?即使他知道了的话。"尼古拉大叔随口反问道,然后在炉灶边转来转去。

"啊,但是人家说,他的姑妈好像满有钱的。"

"是吗?"玛利亚问道。

"那都是谣言,你听那些女人们的胡说八道做什么!"尼古拉大叔说。

"托尼娅大婶的丈夫是个方圆几十里地出名的大惯偷,后来直接死在监狱里了,大家都说他死前告诉他老婆自己有一大罐子的金币。"路易萨大婶补充着。

"那些长舌妇的话你们也信?尽是造谣的!"尼古拉大叔一边说一边用自己的拐杖敲打着炉灶,"其实这个可怜的老太婆只有一件破屋和一小块种着黄连木的薄地。"

"无论如何,彼特罗一定是继承人了!"萨碧娜十分兴奋。

"你很高兴,是吧?"玛利亚悄悄揶揄着萨碧娜,狡黠地笑着。

"你闭嘴!"

萨碧娜有些窘,拿胳膊肘捣了玛利亚一下。

"彼特罗!彼特罗!彼特罗!他又不是她唯一的侄子!"尼古拉大叔弯下腰去,把炉火拨旺一些,"我看彼特罗没准会拒绝继承这笔遗产的,这可是一个小偷的遗产啊,彼特罗可是个老实的小伙子。"

"但是他不做工的时候都是住在他的姑妈家里的。"玛利亚说,"爸爸,你就别去拨弄炉子了,已经冒烟啦!爸爸!"

萨碧娜不敢再说什么了,她怕大家发现她的尴尬神情。的确,她一直爱着彼特罗,虽然她还不知道就在葡萄园的那次表白之后他已经不把她放在心上,甚至有些瞧不起她的穷困了。

不过,谁又知道未来的事情呢?或者彼特罗在继承了那一间小房子和那一小块黄连木地之后会重新来和她表白的吧?这样想着,萨碧娜的心里继续充满了希望。

尼古拉大叔拉过一张小板凳,不时地拨弄一下灶上的火。尽管玛利亚很不喜欢他这个行为。他继续讲述他年轻时的经历,这次就有托尼娅丈夫的事情:这个人是个有名的惯偷,二十年前死在了监狱里面。在那里,他一个大男人竟然沦落到了织袜子的地步,学起了针织的活儿。

"他真是个可恶的家伙,他的灵魂连地狱里的魔鬼都不会多看一眼。他的灵魂至今还和七个滑头的修道士的鬼魂在一起为祸人间。有的时候,他们八个魔鬼的灵魂还会一起附在别人的身上。有一回,他附到了一个男孩儿的身上,扯什么为了让他离开,大家必须为他举行一千场弥撒和一百次纪圣游行。他是个奸诈的贼,专偷地主和放牧人。他看见什么就偷什么。"

"只要他从羊群边上经过,一眼就能挑出羊群里面最大的那一头羊。过一天,那头羊就消失不见了,就像他是靠眼睛偷东西似的。有一回他经过一个羊圈,看上了最好的那一头西班牙大种羊,正好牧主从旁边过,看见了他,于是牧主只好把那羊杀掉然后挂在树上了,但是就是这样的话,羊还是不见了。"

"彼特罗的名声不好,就和他有这样的亲戚有关系,这种秃鹫一样的烂亲戚!"路易萨大婶一边做点心一边说道。她把这些小点心捏成了各种奇奇怪怪的形状：圆圈、十字、塔尖、棋子……甚至还有修道士帽子的形状。

尼古拉大叔听到自己老婆的话，开始大发雷霆，用拐杖敲地。

"谁说彼特罗的坏话！有种的就站出来！有种的就给我站出来！有胆量的，就站出来！站出来！我要用这个家伙好好招呼他一顿！"

尼古拉大叔挥舞着他的拐杖，随时准备着把污蔑他用人的人打一顿。

太阳快落山的时候，女人们把面包、甜点放到长春花编织而成的篮子里，然后就不工作了。厨房里到处弥漫着熟葡萄干和葡萄汁的香味。

"我马上要到泉边去打水，你要是乐意一起去的话，我们就一起去，经过你家的时候你可以把你们家的水瓶拿上。"

玛利亚一边穿衣服一边邀请她的表妹。一会儿工夫，她穿好了长裙，把水瓶放在头上顶着，就和萨碧娜一起出门去了。路易萨大婶用白面包和甜点装满了萨碧娜的围裙。

在萨碧娜家矮小破旧的房子里，年老的祖母正在纺织，同时看管着一头蒙着眼睛的毛驴在拉着一盘小小的石磨。

石磨、毛驴和卡特琳娜大婶被熏得黑黑的脸庞……都是灰黑的颜色，就好像融为一体了一样。——他们也的确融为一体了，就好像同一种涂料刷出来的。老祖母的思想一直在跟着毛驴，毛驴一直拉着磨盘转。这个小磨盘每天可以磨出250克小麦，可以卖到半个里拉，这对于年老的祖母来说已经足够用了。而至于萨碧娜，她已经有了工作，可以自食其力了。

"你好吗？"玛利亚向老妇人问候道。这时，萨碧娜正在把一条破布缠起来，做成一个放在头上顶东西时用来垫着的顶圈。

"走啊……走吧，孩子们……"老妇人喃喃自语，就好像是在指示一条看不见的路一样。

"我们走吧。"说着，萨碧娜弓了弓身子，好从矮小的房间里走出来。

毛驴停了下来，就好像在听人的讲话一样，任凭卡特琳娜大婶喊了很多个"走啊！走吧！"也不再挪动一步。

在这对表姐妹走出屋子以后，这头驴才又继续开始了它周而复始的工作。

"那么，我们现在就过去泉水那边吧。"

于是她们俩结伴走过去，肩并肩。她们都是那么苗条漂亮，她们的衣服也很好看。她们穿的都一样，头上也都顶着差不多的水瓶。她们就像《圣经》里的姊妹一样：结拉和利亚，马大和玛利亚，她们也是去泉边打水。

她们一边聊着天一边顺着大道往下走，这正是彼特罗从葡萄园回来的那条路。

有几个正在这里散步的市民，他们步履悠闲神态平静，享受着山谷中的新鲜空气；有几个女人从山上走下来，也到泉水那边去；有几个农民牵着牛或者马到水槽边去饮牲口；一些开荒的人在烧荒，那一团团的熊熊烈火渲染了奥利埃纳山的深蓝色背影。

玛利亚和萨碧娜来到泉水边，并没有急着打水，而是让先来的妇女们打水；她们就坐在一块大石头上休息。奥托贝内山的夜晚平静绚烂但是又十分柔和：山峰映衬着灰色的天空，在大道的上空是一种灰红相间的颜色，也很漂亮；在谷底的最深处，阴影越发重了；努奥罗最后几间房子和大教堂高超的建筑工艺在天空的衬托下显得格外美丽而清晰。

"我真想用这时候的天空编织一件我自己的天鹅绒背心啊!"玛利亚仰头看着天空说道。

这时,萨碧娜的心思却全部都在山坡谷底下面的那一片阴影里面,她在思念着彼特罗:他现在在做什么呢?他在两个山谷之间劳作吧?他还记不记得自己在葡萄园的时候曾经想要和一个可怜而贫困的女用人"说一句话"?要不然,他就是已经反悔了,在想念另外一个稍微富裕一些的女人了吧?

这时,妇女们在泉水边闲聊。有一个身材矮小棕色头发的女人,眼睛上包着一块布,正在一边洗脚一边大骂她自己远在天边的女主人。一个野孩子爬到砖砌的高高的大路台阶上面,一个劲儿地冲着这些女人吐口水。女人们仰起脸来,恶狠狠地痛骂他。有一个男人从上边走下来,到泉边去饮他的三头小猪。这三头小猪黑黄相间皮肤很不错,就像三头野猪一样。三张粉红色的小嘴巴沾满了泥土:它们相互追逐着,咕噜咕噜地叫着,打滚撒欢。它们来到泉水边上,嗅了嗅那个正在洗脚的女用人的脚丫子,却怎么都不肯喝水,继续在泉边的草丛里你追我赶地嬉戏起来。于是,放猪人吹起口哨要把它们唤回来,那个野孩子也不再冲着女人们吐口水,于是女人们不再骂他……终于,女人们的水壶都装满了水,终于轮到这对姐妹了。后来,女人们都把灌满了的水瓶放在头上顶着离开了。泉水还在黄昏寂静的山谷里淙淙流淌着。

萨碧娜还在做着她自己关于爱情的美梦呢!彼特罗到底什么时候才能回来?他们还有没有再次重逢的机会呢?上帝啊,要是她能有一对翅膀,她肯定马上就会飞到彼特罗的身边去看一看,要是这样该多好！

"表姐，你说，他肯定会回来为他的姑妈奔丧的，对吧？"

"谁？"

"当然是彼特罗·贝努了！"

"哦！原来你在思念着这个家伙啊！谁知道他会不会回来呢！不过你放心好了，我一定会打发人去通知他的。不过，他姑妈那个老太婆一直是病恹恹的，她一直坚持着去做忏悔和领圣餐。"

"彼特罗是不是一个特别好相处的人？"

"哈哈，那当然了，他是个好用人，而我是个好东家！"玛利亚轻蔑地笑了笑，说道。

"怎么了？他到底好不好？"

"那当然是很好的，他是个好得不能再好的小伙子呢！"

萨碧娜一听到有人夸奖彼特罗就非常开心，虽然大家并不是太经常地夸奖他。

"无论如何，他肯定会很快回到这边来的，是吧？"萨碧娜尽量地把话题又扯回到彼特罗的身上去。

"那我怎么可能知道！总之他是要把那边的活儿干完才会回来的。反正你应当比我更加清楚他的行踪啊！"

"说实话，我真的是什么都不知道的。"萨碧娜面露羞涩，"你还记得那一天吧？自从那一天开始，他就再也没和我说过任何的一句话，你记得吧？——我想，他大概是很怕你们的。"

"他？怕我们？他可从来没怕过人！"

"但是，我就是不知道他为什么再也不来找我了。我敢十分肯定他对我的感情，他是爱着我的！"

"他？他爱着你？你怎么知道的？"玛利亚惊讶地回过头看着萨碧娜。

"可是……我也爱着他呀……"玛利亚以往对她的宽容和周围静谧的夜色使她终于壮起了胆子诉说着这一切，"自从那天他向我表白过以后，我就一直在等着他回来，不论是谁，只要大家一提到他，我的心里就很紧张。你瞧，他要是再能和我表白一次那该多好啊！"

"表白完了呢？"玛利亚追问道。

"表白完了……要是他真的再一次对我表白了，那就说明他还是在爱我啊！……那我们就结婚呗。"

哈哈，她那可怜而穷困的表妹居然就仅仅满足于这样微不足道的东西，但是她居然可以这么轻易地就感觉到幸福和满足，这些让玛利亚第一次产生了对她这个贫穷的表妹的嫉妒心，当然，这嫉妒心也包含了很多怜悯的成分在里面的。

"嗯，表姐，你怎么不说话了？……"萨碧娜问道，"嗯，要是我心想事成了，你和路易萨大婶会不开心吗？——我是个穷姑娘啊，我还能要求别的什么呢！"

"你可别这么说话！"玛利亚一边应付着，一边思量着，"彼特罗是个好小伙子，而且他长相俊美！要是他的那个姑妈真的把遗产留给他的话……"

"这和我无关啊！我要的是他这个人，又不是他姑妈留给他的那点儿东西！"

"行啊，你要是真心爱他，你就把他拿去好了！你可要小声一点说，我的好姑娘！"

玛利亚沉默着，过了一会儿，她继续问道：

"你真的有把握他是爱着你的吗?"

"当然了!"萨碧娜立刻回答道,她都有些生气了。

这时候,她们已经走到了萨碧娜的家门口,透过屋门透出来的一些光亮,可以看到老祖母还在织布,那头毛驴也还在围着磨盘重复地劳动着。

玛利亚在这一瞬间感觉到了一丝丝的怜悯,因为她又看见了她表妹家中的穷困。

"可怜的穷人们啊!"玛利亚想道,"他们都已经快要垮了,可是还是在不停地劳作。人活在穷困里可真是一件悲惨的事情啊!不过他们也确实像萨碧娜那样,有一点点东西就可以感到很满足。"

"再见,我的表姐!今天晚上我一定会睡得像一块木头那么沉!"萨碧娜站在低矮的门前向玛利亚告着别。

"再见,卡特琳娜大婶!"

"再见,我的孩子!"老妇人回答道。这时,毛驴又停下来,听人说着话。

"我要帮助萨碧娜,我一定得去找彼特罗谈一谈,看看对我的这个傻表妹是不是真心的。"玛利亚心里想。她迈着沉着而轻快的步伐,在愈发黯淡的天色里走远了。

此刻,她觉得自己就是她贫穷的表妹和那个用人之间的保护神,她怀有王后一样的仁爱之心在保护着他俩的爱情。

要是有人和她说,此时此刻还在苍茫的高原上忙碌的那个年轻用人心里想的不是萨碧娜而是她自己,她一定会羞红了脸,她一定会觉得这是不可能的。难道卡特琳娜大婶的那头拉磨的蠢驴能透过眼罩看得出自己无穷无尽的拉磨路上有一个遥不可及的美梦吗?

6

彼特罗在离开了大约五周之后又回到了努奥罗，这时正好是圣诞节前夕。

他沿着崎岖不平的山路往前走着：先是通向谷底，然后向上直插上去，直通努奥罗。他一个劲儿地鞭打着耕牛，想让它们走得快些更快些，好早些回家。犁耙已经磨得很钝了，大车上装满了黄连木的树根。

尽管这个年轻的用人心里感到十分的焦急，但是他仍然打算在深夜再回到东家的家里去。他对于和玛利亚的重逢感到十分的恐惧，他害怕她能从脸上就看出他内心不安的心情。这时候，耕牛们放慢了步伐，"坏心眼"在一堆荒草前到处乱嗅着，那堆荒草有红有黑，像一堆堆半熄灭状态的煤炭。

北风吹得十分刺骨，黑压压的乌云和深灰色的天空预示着大雪就要来临。但是，彼特罗感觉到在他的内心有一堆篝火在烘烤着他的胸脯，他的两只因为劳作而发黑的粗糙的手也在发烫。他的左太阳穴在猛烈地跳动着。

他觉得自己就像是正在患疟疾病,他想唱歌,但是他感到嘴唇干燥,他的嘴巴紧紧地闭着,怎么也张不开嘴。他左边的太阳穴的血管不断跳动,似乎有一把锤子在敲打他的前额,要安装一个头箍在他前额。

在这辽阔阴沉的天空下,发黄的荒草堆、铁青的石头、荒野的道路更为荒凉。他只能孤独地面对这个山谷。

当他看到两个山谷大道上那座孤零零的小教堂,彼特罗才从迷乱的幻梦中醒来。这个叫作努奥罗的地方,暮色沉沉中风在不停地吹着,几所房屋隐约出现在他的眼前。头顶水壶、身着长衫的女人,身形疲惫、睡意浓浓驱赶马车的农民从他身边慢慢走过。彼特罗想尽可能地和他们多交流,但和他打招呼的人屈指可数,于是转身向云山雾罩、空荡缥缈的山谷走去。在那条寂寞的小路,大车轮吱呀作响的声音更显得寂寞,就像幽暗山谷间孤独的流水。"坏心眼"看到尼古拉的大门,便竖起尾巴冲在前面一阵吠叫。

夜晚灯火阑珊的小酒吧特别刺眼,他知道那个弗兰西丝卡是这个小镇最热情美丽的女人,刚才经过时,彼特罗看见了她笑靥如花的面容,一股潜伏很久的冲动顿时从他小腹升蹿至他的胸口。灯火的映衬下,他的呼吸变得急促,双眼发出占有的原始光芒。这时,玛利亚温柔的脸突然浮现在了他的眼前,彼特罗又开始感到不应该对一个名誉不佳、生活不检点的女人产生任何冲动。"我不能对不起玛利亚,就算弗兰西卡叫我过去,我也不能去!"彼特罗一边心中默念一边用手中皮鞭杆敲了敲紧闭的大门。"是彼特罗来了,一定是他来了!"一阵寂静之后传出了女主人清脆娇媚的声音,似乎充满了期盼和等待。彼特罗不由得心跳似乎加快了几分,这种感觉真美好,他想。

似乎"坏心眼"比他还急,它直起身子使劲用爪子抓挠大门,并且大声吠叫。随着"坏心眼"的每一声吠叫和抓挠,他的心跳得更快了,似乎不断有血液正在快速冲向他的大脑。他听见自己的心脏正在有力快速地怦怦跳动。

"吱呀"一声,神情冷峻的路易萨大婶终于把大门拉开了只允许一个人和一条狗挤进去的缝隙。他看见了楼梯台阶上那张令他内心激动、血管偾张的面容,是玛利亚!她正用热切的眼神注视着他。彼特罗不由得一丝紧张,"晚上好!"他赶快转过身把大门拉开,把牛车赶进院子。

路易萨大婶关上大门,院落重新归于平静,彼特罗不由得把眼睛转向了那位年轻迷人的女主人。

"最近有什么可以让我们一起聊聊的新鲜话题吗?"彼特罗问道。

"有个好消息,感谢上帝,天气变冷了,皮娇肉嫩的贵族老爷小姐们也要开始面对寒冷的天气了!"

"我想你的皮肤是最娇嫩的,任何一位贵族太太都比不上!"彼特罗故作叹息地说。

他把劳累了一天的牛从车上解开拴在牛栏,把车拉到旁边。

"哦,可怜的彼特罗,你怎么变得这么消瘦?是不是病了?"路易萨大婶问道。

"可能只有一点发烧,如玛利亚所说,皮糙肉厚的我是感觉不到的,我没病,亲爱的路易萨大婶。老爷呢?"他一边说一边向厨房走去,饥肠辘辘的"坏心眼"早已按捺不住在院子四周仔细嗅闻骨头的味道。

玛利亚微笑着淡淡地说:"是你内心发烧吧!估计快烧坏大脑了。一个离开自己心爱的女子孤独远行已有一个多月的男人心里怎么能不发烧呢?!"

彼特罗满心的喜悦似乎一下被抽空了,正在注视玛利亚的眼睛快速地垂下。那个不经意的微笑,应该是关切的微笑,他至少希望是这样。但是刚才这个微笑如同刺进手指的刺!咫尺间的距离,似乎中间被一道无情的墙壁隔开,他们的距离,如同山顶和山谷的距离。"她觉得我是个疯子,天哪!他觉得她和一个疯子讲话!"他内心悲伤,面容变得呆板,坐在火灶前面看着路易萨身旁忙碌的玛利亚,火灶里跳跃的火苗在他眼中忽明忽暗,发出噼啪的燃烧声。

马上就要到平安夜了,玛利亚必须要准备一道面面俱到、但没办法丰盛的晚餐。欢快优美的赞美诗随着圣玛利亚的钟声在四周荡漾开来,内心忧伤的彼特罗却无法如赞美诗般喜悦。

突然,"坏心眼"发出欢快的吠叫声,屋外传来了敲门声。"是尼古拉回来了!"路易萨放下手中的柴火急匆匆地去开门。尼古拉大叔的脚步沉重而疲惫,他面色苍白而消瘦,更令人惊讶的是他没有了以往永远挂在脸上的开心笑容,他的神情忧郁而失落。"您好,尼古拉大叔!"彼特罗微笑着毕恭毕敬地站起来跟尼古拉打招呼。尼古拉看见笑容可掬的彼特罗,顿时面露笑容,哈哈大笑着用手杖敲击地面。"你好,亲爱的彼特罗,你要知道我可是一直在等你。女人们今晚要去做弥撒,我是不会去的,夜晚是留给男人用来欢快的,而不是唱那些无聊的赞美诗的。他们都要去做弥撒,仅仅是为了干一些白天不敢干的勾当。我想你是不会去的,我们今晚就喝它一个通宵,唱我们男人喜爱唱的歌。好不好,小子?"尼古拉边说边搂了搂彼特罗的肩膀。

"我求之不得有这狂欢的机会,我的主人,只要不耽误您和亲友的聚会,我很乐意陪您在今晚把酒当歌!"彼特罗欣喜地说。

"让他们见鬼去吧,今天朋友和你一起喝酒,明天又会四处败坏你的声誉,虽然这些酒一直以来都是我在无偿提供。今晚的酒我只和我最好的两个朋友喝,一个是忠实的仆人,一个是这条坏狗!快过来!"尼古拉哈哈大笑着把"坏心眼"拉到他的两胯中间,"哇哦,你可真丑,丑得像一条不折不扣的狗!"

"汪!汪!"——"坏心眼"似乎听懂了主人关爱的言语,欢快地舔着尼古拉的双手。

"玛利亚,快去拿酒来!"尼古拉大声说。

不一会儿玛利亚拿着酒和杯子走过来,彼特罗鼓起勇气问:"玛利亚,你去做弥撒吗?"

玛利亚也不看彼特罗,弯腰放下酒和杯子,看着窗外的飘零的雪回答道:"做弥撒的地方没有我的角落,我需要的是吃过饭后赶快休息。爸爸,你最好也去睡觉,别喝无聊的酒!"

尼古拉嘟噜着呵斥玛利亚,但这些彼特罗根本听不到。他的脑海中一直在回响玛丽说的那句话"做弥撒的地方没有我的角落!"在这个特殊的节日她没有去约会,说明她还没有未婚夫,也没有情人。彼特罗的眼睛无法掩盖内心的激动,他激动地望着她,笑嘻嘻地接过玛利亚递过来的葡萄酒,"真是好酒!"彼特罗大声说,然后仰头喝了一大口。

"嗨,彼特罗,快去关大门,就算撒旦来了也不开!让火灶里的火跳起来,夜晚属于男人,女人们都应该去睡觉。"尼古拉边说边倒酒,

"今晚我们边喝边唱，唱他个大雪纷飞，唱他个天昏地暗！"

"可是,亲爱的尼古拉,我对唱歌不在行啊！这不会让你扫兴吧？"彼特罗尴尬地说。

尼古拉面色一变，大声喊道："我在跟你说话，难道你是聋人吗？今晚能陪伴我的就是我的仆人，这条丑陋的狗，还有这根粗糙的手杖，我去年才拥有的新朋友。"尼古拉说着说着，低下头，似乎眼中有一丝泪光。他突然捋了一下胡须，抬起头说："哦，彼特罗，我也不勉强你，就让我一个人喝酒唱歌吧，至少，有'坏心眼'和我的手杖陪我，还有我讨厌的弥撒钟声！"

"我是不会走的，尼古拉！"彼特罗微笑着坐在尼古拉身边，拿起刚斟满的酒杯一口喝完。

那团篝火在这寒冷的夜晚散发着最温暖的光芒，跳跃的火焰映衬着彼特罗满怀甜蜜和喜悦的笑容，甘洌的葡萄酒让他的脸发烫发红。他多希望玛利亚能和他围着篝火坐在一起，只要感觉到她的气息，看到她的身影，他就会感到甜蜜。但至少，今晚她和他距离很近，彼特罗幸福地笑了。他又往柴炉里放进了三根大木柴，把两张芦席铺在温暖的地板上。尼古拉左手拿起酒瓶映着火光晃了晃，右手杯中的葡萄酒散发着红宝石般的光芒。三杯下肚，他似乎心中无数话语想说，想倾诉。

"此酒我自酿，此酒我最爱，大雪纷纷下，我们畅怀饮。时光如飞雪，青春已逝人已老。心如冷柴灰，唯酒知我意！"尼古拉用酒瓶敲打地板配合节奏，开始在大雪之夜引吭高歌。

"我早已心如死灰，因为我只是个一贫如洗的用人，没有哪个女人会看上我，她们不会对我微笑。虽然我在喝酒，但我的心是冰凉的！"

"莫使真情义，迷失虚荣心。你口非你心，你心非你口。只要真心爱，自有爱人来！"尼古拉拍了拍彼特罗的肩膀继续唱，虽然韵脚全乱，他已顾不了这么多，只要快乐，这些都无所谓。

呼啸的北风吹着大片大片的阴云从努奥罗山峰上狂奔而下，如同巨大的雪崩，但却没有那种恐怖的响声。雪下得更大了，此刻除了尼古拉沙哑的歌声和彼特罗不搭调的和声，就只有北风呼啸的声音了。

尼古拉大叔已经不知道自己唱了几首歌了，但他仍觉得内心深处仍有歌声在汹涌。唱到兴起处，他会一把拉住彼特罗的胳膊，不让他的和声打断他的思绪。虽然那些歌一首比一首不搭调，甚至越来越难听。

但是彼特罗只能假装认真地倾听，终于在无法忍受的时候，彼特罗也开始唱起了自己的八行诗，唱一首喝一杯，并且是满满一大杯。

大片大片的雪花从阴暗的天空飘落，突然从窗外传来了阵阵悦耳欢快的钟声，是圣玛利亚教堂的弥撒钟声。已经夜晚十一点了，主仆二人依然在喝酒唱歌，都已酒醉。身旁摆满了空荡荡的酒瓶，他们唱歌的眼神散发着葡萄酒的光芒。

令尼古拉意外的是，彼特罗编出的一些歌的内容居然非常动人精彩，他便哈哈大笑着认输。这令他感到喜悦，有一个能喝能唱的人陪伴是件很开心的事，至少今晚尼古拉这样认为。

他赞许地对彼特罗说："嗨，小子，我希望你这样快乐！"

酒，未干。歌，未停。雪，仍在下！

夜已深，雪仍没有停的迹象。柴炉里的火在噼啪作响，跳动的火焰照得尼古拉的眼睛如水晶般透明。抱着酒瓶半躺在芦席上的他一会儿睁开眼睛,一会儿又闭上。彼特罗的眼睛似乎已经迷失在对玛利亚的向往中,呆滞又多情。

"嗨,小子,你唱得真好听,你唱到我的心上了。你那颗年轻的心里还在想什么?不过,我想我能猜到你想要什么!"尼古拉用手指着彼特罗说。

"主人,我的主人,您要是知道我内心的痛苦就好了。在我心里,似乎有一条温柔却有毒的蛇正在缠绕着我,让我苦不堪言。如果您疼爱我,请不要责备我,我想说的是,那条毒蛇就是玛利亚,你的女人,我渴望她的温柔。我希望您不会像疯狗一样撕咬我吧!"彼特罗趁着酒劲壮胆说道。

尼古拉猛地喝了一口酒,说:"年轻人,当年我也和你一样!"

他开始不唱歌了,用白话追忆他年轻时的往事和那些曾经美丽的女子。虽然刚才他已唱过了,但他仍意犹未尽。关于年轻的回忆总是令人幸福的,哪怕重复一万遍。彼特罗已经对那些重复又重复的故事感到厌倦,他都可以背出尼古拉遇见的那些女子的姓名和所发生的故事了。但他只能心不在焉地假装倾听,尼古拉的倾诉仍如雪片般纷纷落下,消失在阴暗的天色中。

彼特罗仍然想喝酒,虽然他和尼古拉已经喝得够多了,但他觉得自己没醉。他觉得尼古拉也没醉。尼古拉的敞开心扉的倾诉,让他很欣慰。被深深地信任的确是件感觉很好的事,至少,他没有呵斥他对玛利亚的爱意。他已经说出口了,显得那么自然又简单,似乎应该把最真实的想法说出来,必须说出来,可是怎么样说才合适呢?需要怎么恰当的语言呢?

彼特罗用手不停地搓脸,过了一会儿,他停住了,他透过手指缝盯着柴炉里跳动的火焰,颤抖着对尼古拉说:"你知道,尼古拉大叔,我不是个有钱人。我久病在床的即将离世的姑妈立下了遗嘱,她把那幢小屋和一小块土地留给了我。我想把这些东西卖掉后开一家牛铺,你知道饲养牛我最在行。我想我会走运,如果您能帮我的话,主人,我会富裕的。所以,尼古拉大叔,请把玛利亚许配给我吧,让她嫁给我,我会让她过上幸福的生活。求求您了,尼古拉大叔!"他把手从脸上慢慢地放下,声细如蚊地说道。

他突然听到尼古拉的鼾声,他睡着了?天哪!尼古拉大叔已经斜着手臂,躺在芦席上入睡了。

"好吧,好吧,是我喝醉了,我真的喝醉了,该睡觉了!"彼特罗失望地喃喃自语。他鼓起最大的勇气,得到了一个无声的回答,他觉得很屈辱,他感觉到自己的脸发烧发红,虽然酒精已经让他的脸够烧了。

他在芦席上失望地躺了下去,却又机械般地起来。"应该把他扶到床上去睡吧,这地板太硬,他年老的身体可能吃不消!""管他呢……反正这里也不冷,他也不会感冒!"彼特罗闷气着想,晃晃脑袋又躺了下去。虽然此刻他很疲惫,很想睡觉,但是还是努力睁着眼睛看着窗外的纷纷扬扬的大雪,想着玛利亚的身影。墙壁和屋顶、地板在柴炉的火光里显得绚丽温暖,升腾而起的星火如同成排成排的精灵在欢舞。在火焰的上空发出毕毕剥剥的声音,顿时,千万颗金色的星星在屋内闪烁。

第二天早晨,玛利亚开门的声音吵醒了彼特罗。"知道吗,昨晚你们吵得我一夜没睡好!"玛利亚对睡眼惺忪的彼特罗厌恶地说。

"是啊,久违的欢快!"彼特罗似乎仍未酒醒,眼睛盯着玛利亚回答。

"彼特罗，你就像一条狗，早上我一进来你就四仰八叉着倒在席子上，你比'坏心眼'都丑陋。我爸爸是个可怜的男人，他受尽苦难一肚子委屈，喝醉了很正常。你呢？昨晚酒醉得像畜生，我永远不会接受一个花天酒地的酒鬼！"

面对玛利亚的责骂，彼特罗并没有感觉到难过，反而感到欣慰，至少表明了玛利亚关心他，虽然玛利亚有点言过其词。

彼特罗故作轻蔑地仰起头对玛利亚说："我是不是酒鬼与你无关，你应该好好反思自己，你的心中只有自我，小心你真的找个酒鬼丈夫，可能比我还好喝酒的酒鬼……"

"上帝啊，我会吃了他，找个强盗也比找个酒鬼好！"

"玛利亚，我答应你，我再也不会喝醉了，我发誓！"这个用人用柔弱的语气和可怜的眼神注视着玛利亚说道。

"哼！"玛利亚转身走出门口，这个承诺并没感动她，但是彼特罗坚守了这个诺言。

从那以后，彼特罗就算去了酒吧也滴酒不沾，也没有看那个风骚的女招待一眼。他只是在酒吧里天南海北地闲聊，有次差点和陌生人打了起来，因为托斯坎纳人说了他主人的坏话，他替尼古拉辩护打抱不平。

他已经连续在诺伊纳家的菜地干了好几天活。每天黄昏来临炊烟四起时，他会回到家，和主人一起用餐。当他在家里休息时，路易萨大婶总是会让他干些女人干的活，甚至在一个夜晚，让他去遥远的泉水边打水。

虽然这不是他分内之事，但是他仍乐意前往，唯命是从。他只要一想起玛利亚柔美的面容，那些不快和被诬蔑就会烟消云散，因为玛利亚的开心才是他最想要的。

有一天，星星已经点亮了夜空，他故意回家很晚，他知道玛利亚会在厨房灶火边烧水。他从窗外已经看见了火光里玛利亚让他魂牵梦绕的背影。他冲进屋内，坐在灶前死死盯住玛利亚气喘吁吁地说："我喜欢你玛利亚，我爱你！"玛利亚咯咯地笑了，彼特罗猛地把玛利亚拉到怀中狠狠地轻吻，如同灶中的火苗般吱吱作响。他高兴地笑了，哦，原来是个梦境。最近彼特罗一直感觉很愉悦，就算偶尔的惆怅也是一种甜蜜的思念，但更多的时候就像一个孩子般整天精力充沛，并且无忧无虑。

虽然只是个梦，已经足够让他亢奋，内心的火焰似乎也在噼啪作响，我要实现这个梦，他握紧拳头对自己有力地说。他开始实施把梦境变为现实的计划。

在集市上，他偷偷买了一把小梳子和一面闪光的镜子。只要他干完活，独自一人时，他就偷偷地把自己头发梳得又光又亮，把细绒绒的胡须修剪得整整齐齐，宛如一个衣衫简陋却气质不凡的绅士。

"我真的很英俊，玛利亚没有理由拒绝我！"他对着镜中的自己扬扬得意地说。

7

　　往常，主人们都是很早就休息去了，但是也有几次例外：如果炉火烧得旺的话，玛利亚和路易萨大婶就会在厨房里一边取暖一边和彼特罗聊天。路易萨大婶通常是坐在高脚凳上纺线，昏黄的煤油灯照着她的脸，像是在她的脸上打了一层粉底，使她的神情更加宁静了。

　　经过一整天劳累的玛利亚则往往显得十分疲倦，她不怎么说话，通常是光着脚丫蜷缩在炉灶一角。她就这么瘫软但闲适地坐在地上，这随意的样子不像是年轻女主人倒像是女仆了。不过，她的美丽并没有被遮掩，还是那么令人惊叹。

　　彼特罗一般都会偷着瞄她几眼，每逢和她的眼睛相遇，他就会继续被欲望填满，觉得头脑昏昏。

　　年老的女主人和年轻的男用人之间的对话几乎可以概括为孩子之间的斗嘴，看起来就令人想笑：路易萨大婶夸耀自己家里的东西是多么多么好，彼特罗就故意夸赞别人家的东西。

"我今天看到弗兰齐斯坎·卡雷家的用人了,他正赶着东家的几头牛去饮水。那些牲口可真漂亮,脊背像镜子一样平滑明亮,就像狮子那么健壮。"

"你在说什么啊?即使他们真的想把那几头牛卖给我,我也不会要的,那么老,谁想要啊?而且他们的那几头牛能和我的那两头牛比吗?"

"不见得吧?依我看,他的牛比您的牛强!……"

"你一定是疯了!可以看得出来,你根本就不会区分好牛和坏牛。我的那两头好牛,你是知道的,值一百块叮当作响的银币呢……"

在这个时候,尼古拉大叔,一边用手杖用力地敲打着地面,一边拖着他那条早已坏了的废腿,回到家里来了。一般情况下他都是醉醺醺的,硬是拉着彼特罗和他一起疯疯癫癫地比赛唱歌。为了让尼古拉大叔高兴,彼特罗只好陪着他一起唱,但是这让他感到很厌烦,尤其是在他知道那两个女人也觉得厌烦之后,他就更厌烦了。

"请求你们不要再唱了!"突然有一天晚上,玛利亚抬起头不耐烦地说:"最起码,彼特罗,你不要再唱了!"

"你这个臭女人!"尼古拉大叔举着手杖大声地喊道。

玛利亚把尼古拉大叔的拐杖夺了过去,并哈哈大笑起来。可是,这时她突然看到彼特罗正在沉默地用着一种几近发狂的目光死死地盯着她的脖子。因此,她迅速把手放到她的胸前,这时她才发现自己衬衫的纽扣不知何时已经松开了。毫无疑问,彼特罗肯定看到了她那颗长在她喉咙凹陷处,有黄豆大小并且长着三根金黄色汗毛的朱砂痣。于是,她急急忙忙地把松开的金色纽扣扣好。后面,彼特罗无论尼古拉大叔怎么说,他都不肯再唱了。

日子就这样一天接一天地过去了。有一天晚上,尼古拉大叔和彼特罗一起出去,彼特罗把尼古拉大叔领到了一家由托斯坎纳人开的酒吧。那天晚上只有弗兰西丝卡自己一个人在家,由于她有着略显憔悴的像圣母玛利亚那样的面容,所以才使得那凄静冷清的酒吧显得热闹些。她一看到尼古拉大叔和彼特罗,就积极地快步走了过来,并冲着彼特罗笑送秋波。

"嘿,姑娘,你是不是喜欢这个臭小伙啊?"尼古拉大叔用手杖的顶端敲着彼特罗的肩膀问道。

"当然了,漂亮的小伙子谁不喜欢呢?"

接着,尼古拉大叔问道:"难道我不算是一个有魅力的汉子吗?对了,你丈夫到哪里去了?"

"他到奥利埃纳买酒去了。"她回答道。

尼古拉大叔不再说什么了。他点了一些烈性葡萄酒,一杯接一杯地喝着。这时,弗兰西丝卡又回到了柜台那里去,可是,此时彼特罗发现,尼古拉大叔正在睁着一双亮闪闪的眼睛盯着那个女人,一点儿也不在乎他还在身边。

"彼特罗·贝努,"尼古拉大叔终于开口说话了,"我差点忘了叫你去萨尔瓦托雷·布林迪斯家告诉他了:明天,我要在家等他来一起商量买羊的事。赶紧去吧!办完事后你想干什么就干什么去吧。"

彼特罗很快就站起来走了,只是,他没有去萨尔瓦托雷·布林迪斯家,而是直接往家里走。他感觉自己好像是喝醉了酒一样。他现在正在想着玛利亚,就像前面几天那样,情欲冲动,这时候,有一种不能自抑的本能迫使他产生一种几近残忍的冲动,十分迫切地想得到她。

彼特罗回到家,看到玛利亚一个人正坐在厨房的路易萨大婶的那个位置上,就是在那张高脚凳上,靠近煤油灯的那张。难道他的那种欲念仅仅只是一种幻想吗?玛利亚安静地坐在那里做着针线活,并没有一点儿要离开那儿的意思。

"你妈妈呢?"彼特罗一边说着,一边顺手把大衣挂到他常用的那根钉子上。

"妈妈累了,上床睡觉去了。我爸爸呢,他在哪儿?"玛利亚神情安定地问着,头都没抬一下。

"他再过一会儿就回来了;我走的时候,他正在和萨尔瓦托雷·布林迪斯在一块儿呢。"彼特罗骗了她,他一边说着又一边把刚挂好的大衣从那颗钉子上取了下来,并把大衣挂到了门楣上。

他不知道怎么做才能掩饰他的窘迫。他感觉自己好像面色苍白,全身仿佛都发抖起来了,像是要犯罪了一样。玛利亚把手慢慢地抬高又放下了,中指指尖戴着一枚银做的顶针,玛利亚那种文静的神情使他的心更加激动了。

他到院子里小心地把大门关上,防止尼古拉大叔回到家时听到他和玛利亚的危险性对话。

冬天的夜是十分冷清的。皎洁的月光散满了庭院,使院子里的铁锹和铧犁都闪闪发光起来,像是用银打造出来的一样;远方传来长长的钟颤音,那是圣母玛利亚的钟楼在报时辰。在这满地寒冰的时刻,一切都是静悄悄的。而此时,彼特罗的心却怎么也平静不下来。

他拾起了一根黑木头,上面长满了结冰的青苔,他把木头拿起来抱在胸口前,他回到了厨房里并把那根木头放在炉灶上。体力上的劳累使他平静了很多。他席地而坐,以那种习惯的优美的姿态,他想把手上的青苔弄干净,因此,他用一只手拍打着另一只手。他感觉累了,于是伸了伸懒腰,接着把帽子摘掉了。可是,他不知道应该说什么好。

他的思绪正在翻滚着:他突然站起来,扑到了年轻的玛利亚的身上,硬生生地吻到了玛利亚的唇上。他又多么想得到这个吻啊,就像一个病人,发了高烧,特别想吃到一个新鲜的果子一样!可是此时,彼特罗却不敢动弹。

彼特罗和玛利亚都沉默了一会,然后,玛利亚发现彼特罗几近就坐在自己的跟前,所以跟彼特罗说起一件事。这件事使彼特罗感到十分震惊,让他更加手足无措了。

"彼特罗,我正在等你呢。我有些话想和你说。"

彼特罗抬起了头,看了一下玛利亚。可是,玛利亚仍然在继续做着针线活,眼睛看着针线,睫毛也垂着,看不到彼特罗那炽热的目光。

"注意听着,彼特罗,我很早以前就想和你说了,可是从来都没有机会。只是,你必须答应我,无论你要做出什么样的决定,你都不能和别人说我跟你说过的这件事。你能答应吗?"

他点了点头,以一种轻蔑的姿势。他早就知道玛利亚想要和他说什么了。可是,他还冠冕堂皇地说道:

"我用我的良心来对你发誓。"

"注意听着,彼特罗,你说萨碧娜怎么样?你和她谈过吗?你有听过别人和你说起过她的一些事吗?你怎么可以这么不把她放在心上?她是非常爱你的……你怎么可以这样呢?"

玛利亚并没有停止做她的针线活,她泰然自若地说着,没有表现出她对她所讲的事的特别关心;即使对彼特罗那么长时间的沉默,她也没放在心上。

他不知道应该说什么好。他好像是非常震惊,他的双眼呆呆地看着炉灶上的火焰,那根他刚刚捡回来的刚开始燃烧着的木头的火焰,因为这时候,长满青苔的木头表层已经被烧着了。

应该说些什么好呢?萨碧娜爱他吗?有哪个人还记得呢?这爱情对他而言就如同干苔的火焰,瞬间即灭,而现在燃烧着他的热气就仿佛是一团火,只有把木头烧完才会熄灭。

玛利亚终于把头抬起来了,只是依然没有表现出特别的好奇。玛利亚拾起一团粗麻线,然后把它松开,再把它咬断,她把一根针举起来,对着油灯上的火苗把麻线穿上,并问:

"你怎么一句话都不说?彼特罗,你说话啊!"

这时候,彼特罗抬起眼睛,以一种绝望的眼神从头到脚看着玛利亚。在这天晚上,玛利亚比平时任何时候都漂亮,最起码在他看来是这样的。玛利亚正在缝的那块布把她下胸部遮住了,从上面一直垂到厨房的地板上;玛利亚的衬衫很白,闪着光辉;在衣服的映衬下,她的脖子更加有玫瑰色了,脸蛋也更加漂亮迷人了;玛利亚被油灯和灶火的亮光笼罩在令人魂牵梦萦的光芒之中。

厨房的四个角都被阴影浸润着,夜和一片寂静在门外安安静静的,没有一点声响;这一切衬托着这一种十分神秘的背景。在彼特罗看来,玛利亚好像离他很近很近,好像就是属于他的一样,而且就只是属于他一个人,这所有的一切就像是他做梦时所见到的那样。

他只要把臂膀伸过去,就能把她搂过来了。

"看来,你是不想说了,对吗?为什么要这样看着我,彼特罗?"她开始不安地问起来。

"你想让我对你说什么呢？你的表妹她到底想从我这里得到什么呢？"他以一种诚恳的语气问道，"我一直都没和她说过我爱她，我不爱她。她到底想要得到我的什么呢？"

"彼特罗·贝努！"玛利亚，她高傲地感叹着，为她那表妹感到不值得。"可不能这么说！你不能这样对待我这个这么老实的表妹。你也别撒谎了，你在山上葡萄园里追求她，和她悄悄地说话，我都亲眼看见了。"

然而，他是懂得恋爱的伎俩的。

"我有和她悄悄地讲过话吗？好吧，就算有过这么一回事吧。"他说着，一边垂下眼睛，一边顺手拾起那根带孔的用来吹风、搞旺火的铁桶。

"就算有过这么一回事？你看，彼特罗……"

彼特罗在炉灰上用棍子的顶端画了个记号。

"没错，我是和萨碧娜说过，我想告诉她一桩心事……没错，把我的爱情告诉她……然而这爱情不是对她的，而是对另一个女人的。我那时候想征求她的意见。"

"向哪个人征求意见？向萨碧娜吗？为什么要向她呢？"玛利亚惊讶地问道。

彼特罗又画了一个十字在炉灰上。此时此刻，他觉得他很聪明，尽管也像是个孩子一样会感到羞涩。

"为什么？因为那个女人和萨碧娜是亲戚。"

"那个女人！"玛利亚也强调了一遍。

彼特罗和玛利亚都沉默不说话了。玛利亚的眼神阴沉了下来，也停下了手中的针线活。

"亲戚……萨碧娜的亲戚吗?"玛利亚好像是在问自己,仿佛有所思考地低下了头,拿臂肘撑着膝盖,把套着顶针的手指放在嘴唇上。

彼特罗感到既忧愁又恐惧,然而,他此时一点儿也没有去想尼古拉大叔和路易萨大婶,因为他不过是那个女人的仆人。而此时此刻,他就要跟她表达自己那痴狂的爱慕之情了。

"亲戚?亲戚?亲戚?"

"那个亲戚就是你啊!"彼特罗几近气恼地说道。

她看了彼特罗一眼,不惊讶也不恼怒;只是,她的脸红了,而且笑出了声音。

"你是在开玩笑吗,彼特罗·贝努?"

彼特罗马上又恢复到了现实当中,重新想起了尼古拉大叔,玛利亚和把他同美丽的玛利亚隔开的社会门第。他终于跟玛利亚表达了自己的爱慕之情,此刻的他已经不那么害怕了。

彼特罗和玛利亚现在面对面地看着,隐私从此以后再也不能将他们分开了。

"好吧,没错,就是你!你为什么要笑呢?就因为我穷,我只是个用人而已吗?难道只是因为我很穷而且是个用人,就不能爱你吗?然而,玛利亚,我比任何人都要爱你。因为别人看上你可能是心怀鬼胎,他们娶你,是为了你家的财产,而我爱上你,就仿佛是爱上了一件不能去触碰的东西。我只爱你这个人,别无所求,也只想得到你的爱。而且,谁又能预测未来呢,说不定我也能成为主人家呢,谁能说我就一定富不起来呢!"

"注意听着,"玛利亚神情严肃地说道,甚至是有一些过分,"这一切都是无稽之谈!我是笑了,只是不是为了让你生气,而是因为……你刚刚说得太离谱了!你穷能怪你吗?我们在上帝面前都是平等的,不分贵贱。"

他很清楚,玛利亚之所以这么说是怕激怒他;然而,他更加不害怕了。

"那又能怎么样呢?而是因为什么?"

"好了,听我的话吧,彼特罗。你应该知道的,即使我接受你,别人也不会同意的……"

"那么你怎么想?"

"我不能爱你。"

"难道你爱上别的人了?"

"不,我谁都不爱,也没有想过要去爱任何人。"

"你之所以这样说是由于你一点儿也不知道什么叫爱,你看看!"他大胆而绝望地说着,"然而,总有一天你会爱上我的,等着看吧。现在你知道我爱你了,你以后肯定会以不一样的眼光来看我的。"

此时,玛利亚用眼角偷偷瞄了彼特罗一眼,心中油然而生出一种莫名的恐惧。彼特罗高兴过度了。

他是不是疯了?彼特罗想从她身上得到什么呢?她出于好意听他讲话,当然,有一点儿是由于害怕,也有一点儿是因为感到有趣,可是,那又能怎么样呢?现在已经足够了。他确实讲得很好,也从来没有任何人向她表达过比彼特罗更热烈而生动的爱意,可是,她很清楚自己的责任,她不能允许自己再这样听彼特罗继续讲下去了。

玛利亚很明显地摆出一副不耐烦的神情,她把布叠好并把针扎在针线包上,她把顶针摘下就准备离开。

彼特罗感到眼前一片黑暗。玛利亚要走了,以后永远也不能这样看着她了。此刻,在这宁静而黑暗的深夜里,玛利亚就只身一人待在他面前。

彼特罗冲动地跳起来,坐到玛利亚身边,并且抓住了玛利亚的一只手。

"不要走,我还有话想和你说呢……"

"放开我!"玛利亚大叫起来,还高傲而愤怒地晃动着整个身体。"再不放开我,我就要叫我妈妈来了,待在你该待的地方!"

他像是被人迎面打了一鞭子一样。

他立刻松开了玛利亚的手,突然袭来一阵心酸。如果不是玛利亚忽然跳起来打算离开,可能他会变得卑微而顺从,可能还会像玛利亚道歉求饶。

他也一下子跳起来去追玛利亚,几近是粗鲁地拽住了玛利亚。

"别叫!"他祈求地说道,"我不想伤害你。我只想让你听我说说话。我这样拉住你,也只是想告诉你,你不需要怕我……你看,我要想伤害你是轻而易举的,可是我却没有那么做,没动过一丝歪念。"

"那你快放开我啊,彼特罗!"她一边威胁地说着同时还在拼命地挣扎着。

彼特罗一只手紧紧地搂着玛利亚的腰,并把玛利亚的脸贴近自己的脸,然后亲了一下她的嘴唇,最后才把玛利亚放开。

他全身发抖着,仿佛在梦境中一样,听到玛利亚哭泣着说道:

"彼特罗,你真坏,我一定要把这些都告诉我爸爸……我一定让他把你赶走不可……"

彼特罗自己一个人留在厨房里,周围一片寂静,一块木头烧得吱吱作响,就在那块木头的火焰前,那块木头仿佛是活了一样,在那里大声地一次又一次地说着玛利亚的话：

"彼特罗，你真坏，我一定要把这些都告诉我爸爸……我一定让他把你赶走不可……"

这下全完蛋了。在被主人家像一条狗一样赶走之前，自己离开或许会更好一点吧。在后面的生活里，彼特罗该怎么办？现在，他的生命已经失去了目标，他可以到哪里去呢？

彼特罗把玛利亚逃走时散落了一地的针线活重新摆好，然后就坐在凳子上等尼古拉大叔回来。

"尼古拉大叔一回到家，我就把事情一五一十地告诉他，接着我就自己离开，也说不定他会原谅我。要不然，我就和他说，我也是一个堂堂的男子汉，我的主人，您在今天晚上也做错事了，这样你应该原谅我，宽恕我了，纵使我吻了玛利亚……确实是吻了！我确实吻了玛利亚。"彼特罗这样想着，心里又重新燃烧起了希望。

一种对肉欲渴望的寒战顿时传遍了彼特罗全身，这是在刚才亲吻时都没有的感觉。因此，即使他对未来感到一片迷茫，并充满了各种恐惧，他还是用双手托着他的脸，使自己被春梦围绕。的确，有一些事情是值得去回味的，即使在回味和欲望中都带有绝望的色彩，他的那一腔欲望之火还是燃烧得很旺盛，很热烈，比任何时候都要旺盛，都要热烈。

8

玛利亚觉得自己受到了彼特罗的羞辱，气得受不了，大哭了一场。到最终，她还是抵抗不住年轻人惯有的沉睡，这使她心灵也得到了一丝平静。

等凌晨醒来，前一天晚上的情景马上又浮现在她眼前，她甚至觉得那仿佛就是一场梦。

谁又能说那不是一场梦呢？她确实做了一场梦，她梦到自己去葡萄园了，彼特罗正在那里守园子。天气特别热，然而，春天的到来，使树木和花草铺满了山坡，葡萄藤中到处都是杂草和铁线莲，那些熟透了的紫黑色的葡萄的藤蔓都被遮住了。玛利亚大声地向彼特罗喊道：

"你闲着干吗？为什么不拔掉这些杂草？看看，现在要找葡萄得弯下腰来，想寻找失物一样，麻烦死了……"

她果真弯腰下去了，就在这时候，她被两条强壮有力的胳膊搂住了，紧紧地搂着并把她抱了起来。原来是彼特罗在抱她。就像前一天晚上一样,他把他的脸凑了过来,拿一只手扶着她的头,亲吻着她的嘴唇……

一次,两次,不知道被亲吻了多少次。她想叫喊,却力不从心,喊不出声。而且,山谷里空荡荡的,一个人也没有,又有谁能听得到呢!他一声不响地紧闭着眼睛吻着她。玛利亚很害怕,然而,她的膝盖不听使唤地慢慢地弯了下去,彼特罗用那炽热的嘴唇向她的血液里传输着热气,她感觉自己飘飘欲仙,仿佛快死了一样……

玛利亚从睡梦中醒来,回忆起她确实被彼特罗吻过,才顿时醒悟,自己是把浮世和理想中的想法聚集在了一起,分不清了。未曾尝到过的奇怪的感觉侵蚀了整个人,然而这种感觉并没有持续多久,她就适应了,并且产生了免疫。

她的仆人,彼特罗·贝努,把自己的主人给强吻了。他的举动让她觉得无不可恶至极,于是在这天早上狠狠地用恶毒和肮脏的想法替他祷告。她觉得自己被玷污了,所以认为他会用情人的身份来对待她,不会受到他的卑躬屈膝的奉承,恨不得让他立刻滚蛋,对他充满怒火。同时她又怕自己会被报复,被他诬蔑。受到刺激的仆人会不会恼羞成怒,这些想法让她进退维谷。而且万一挑破后被尼古拉大叔得知,事情会更进一步复杂起来,还很有可能会有斗殴的事情发生,到时候就一发不可收拾了。

思来想去还是觉得息事宁人最好,没必要为了这么一件小事而打破目前的平静状态,玛利亚决定先忍一忍。

瞬间她的脑海里出现了彼特罗说过的话:"我是不会真的伤害你的,放心。如果我真想占你的便宜,谁也拦不住我的……"

说真的,他是这样的人,所以会干出来的;但是他仅仅只是吻了一下她而已，并没有干其他越轨的事。何况，他要是想干，以前有好多机会，比如在果园里的时候，就只有我们两个人，他完全可以悄无声息地干，但是他没有这么做。

可见，他是尊重她的。可是，现在情况完全不同了，不得不和他保持距离了，避免再次发生这种不齿的事。或许她也可以把他解雇，解除和他的主仆关系，这样就可以阻止绯闻的发生了。

玛利亚从梦中惊醒了，起床后，拉开窗帘开了窗户，目光呆滞，望着空空的院子。天空布满暗灰色的云，跟玛利亚此刻的心情一样，充满阴影。鸡群开始鸣叫了，家犬也在跟着叫，很是吵闹。

玛利亚觉得心里好像压着一块石头似的，很是难受，难以平复。突然想起自己还要去洗衣服呢！但是这么大的乌云，万一下雨，衣服又不能干，就算了。她希望天能一下子晴朗起来，蓝天白云罩在庭院里，充满阳光，使人心情愉悦。此时彼特罗要去乡下去收割金色的麦浪，收获一年的劳动成果，他也就不会再打扰她了，两人就不用见面了。

她越想越来气，一想到那件事，她的心就像刀割似的疼痛，直跺脚。就这样在不知不觉中，她收拾好了屋子。

"你是被鬼上身了吗？"尼古拉大叔从另一间房子里喊道。

她沿着楼梯下来了，穿过院子来到门外，里面没有任何动静，莫非彼特罗自愿离开啦！带着怀疑进入了厨房，没想到的是他竟然没走，而且还躺在地上睡着了。只见他脸色苍白，像个没了魂的孤魂野鬼一样。难道他害了什么病吗？

此时玛利亚菩萨般的怜悯涌上心头，又可怜起他来。

那句话就像鬼一样缠绕着她，"我和其他人是不一样的吗，难道就因为我穷,我就很另类吗?"

她的心里还是想着那天被他强吻的情形:要是我躲开就好了,可是就算躲开也逃不了他的吻。我该怎么办才好啊?

百感交集,对于他她又是愤恨,又是可怜他。想报复却又怕激怒他,就这样看着他,高高在上地看着,心里真是爽快。无意间看到了吻了自己的那个嘴唇上,感觉心里火辣辣的,燃遍了全身。

她不想吵醒他,所以动作很轻柔地处理那些还没有做完的杂事。玛利亚觉得自己到底为什么这样,自己也弄不清楚,可能是为了不破坏他的美梦吧……

但是彼特罗一脸生疑地望着她,一言不发,像是暂时失去了说话的权利。

正在生火的玛利亚看到他睁着眼,吓了一跳,目光赶紧移到别的方向,不屑地说:"火怎了会灭了呢?是你灭的吗?你干吗要灭它呢,它又没招惹你啊!"

彼特罗没有回答,起来并低着头去生火,眼睛也避开了她的视线。

"奇怪,前一刻我还检查过的,好好的,怎么一眨眼的工夫这火就灭了呢?"彼特罗嘟囔着,"你先不要着急,我让它重新燃起来吧。"话音颤颤的,好像个犯错的小孩,在承认错误一样。

玛利亚心里想道:难道他真的没有睡觉吗?所以脸色这么的苍白?那么火为什么会熄灭呢,他在想什么呢?太多疑惑了。

他把火给重新燃起来了,然后起身,拨了拨衣服,站着。

突然他跪了下来,说:"玛利亚,我对不起你,请你原谅我吧!你高高在上,就不要和我这下人一般见识好吗?还有我会说服你爸爸,然后默默地离开这里。请你原谅我好吗?我求求你了……"

跪了好一会儿，玛利亚才转过去看着他，但是并没有说什么话。

他以前就说过，他会走，但是都好几个星期了，他还是没有走掉。在平日里他确实没有抬头看过玛利亚小姐，就只是白天在果园里干活，晚上就在那里睡了，没回镇上。

还好有个周末，是狂欢节的最后几天，他和玛利亚在充满阳光的院子里遇见了。

他穿着色彩鲜艳的衬衫、黑裤子，显得很是绅士。而玛利亚被覆着美丽的礼服，像个仙子一样，正准备去参加一个派对。

她问他："你要去哪里啊？"边忙着整理礼服边说："我要去参加一个朋友举办的派对。"

彼特罗看了她一眼，眼睛里流露出怒气来，死死盯住了她。玛利亚不好意思，脸上不由得显出了红色的一片。

"玛利亚，我真的很喜欢你，我想跟着你去参加派对，可以吗？我求你了，让我跟你一起去吧。"

但是玛利亚一口回绝了他，还叫他以后不要提这类的事情。然后留下彼特罗，自己一人独自走了。他望着她离去的背影，有点恋恋不舍，他多么希望玛利亚能回过头来并且邀请自己也去。可是事与愿违，玛利亚没有这么做，而是加快脚步离开了，可见她是多么不想见到他啊！

忽如一夜春风来。美丽的春天就这样悄然而至，静得让人没有觉察到。在这么温暖的季节里，人的心也变得温暖起来。玛利亚也慢慢原谅了彼特罗，每次见面都能互相打声招呼，这让彼特罗觉得无比幸福，他兴奋得常常会因此失眠，或者在睡梦中都能梦到她。对玛利亚来说他像一个粉丝一样，无比崇拜着自己。

玛利亚是当地几乎所有人的偶像,他们崇拜她,不少人都想把她据为己有,做梦都想。在那里玛利亚是出了名的沉鱼落雁,闭月羞花。而她也是高傲地存在在人们的心里,所以家境比较穷困的小青年见了她,刷的脸一下子红得比苹果还红。家境好的人看来,虽然玛利亚无比的漂亮,可是家境比自己落后,门不当户不对。

大家都认为"玛利亚应该是喜欢那种资产阶级的人做自己的另一半",比如律师啊,而不会喜欢那种身着皮大衣的怪咖。

当地有个叫佛兰切斯科·罗萨那的人,他是家境比较好的地主出身。但是他长得丑,而玛利亚却偏偏喜欢他,希望他能向自己说喜欢她,可是消耗了一年多的光影,却没能等来他的表白。现在她放弃了,她认为等了一年却无果,这样的男人不值得她喜欢,果断转身了。

有一天,那个年轻的未婚夫来找尼古拉大叔,玛利亚看到他,好好打量了一番,她有种奇怪的感觉,说不出来是什么感觉,朦朦胧胧。突然她想起来了:"对了,他像彼特罗。"然后沉默了。

接下来几天她常常做梦,梦中看见了未婚夫和彼特罗为了自己他们彼此打了起来,场面很血腥,只为博得自己的一爱。可是她却很开心。可能这就是女人吧,看到两个人为了自己彼此大打出手,这更加证明自己的魅力和美丽无限啊。

一天夜晚,玛利亚正在家里等着尼古拉大叔回来,这时有人敲门了,她很开心地去开门,顺便加了一句"怎么这么晚啊!"可是门外传来一个既陌生又熟悉的声音:"不好意思,玛利亚,我是彼特罗。"

玛利亚本来还以为他在周六晚上才会回到这里,没想到今天就回来了,感到有点惊讶,不过她还是开了门让他进来了。

那天的晚上格外的黑暗,像个没有太阳的世界,整个没有一点光。

玛利亚问他:"你怎么这会儿回来了呀?"并且目光直直地盯着他。

彼特罗回答道:"我,我,我太想你了,一日不见你,如隔三秋。"目光一直看她的表情,呆呆的,"我来就想看看你而已,如果你不愿意看见我,我立马走。"

玛利亚不知道该怎么回答他的问题,就躲开了,走向楼梯口,他也像个跟屁虫似的跟了上去。

终于彼特罗受不了了,说:"我求你不要再躲开我了,好吗?我就看你一眼,看完我就走,就一眼。"

她没给予回答。欲望的驱使,使彼特罗终于失去控制,直接把玛利亚从后面抱了起来,抱到了厨房。她也没有用力反抗,表示默认了,厨房门也关了。

彼特罗轻声问道:"有人吗?"

玛利亚也悄悄回答:"没有人,只有我一人在家里。"

就这样抱了好久,但是彼特罗始终还是不敢向她索要吻,害怕又会惹她生气,于是死死抱住了。彼特罗说:"我现在已经满足了,能够抱你我真的非常幸运,要是你不想我留下来,我现在就离开。"

她终于挽留了他。说:"你还是留下来吧,等我爸爸回来的时候,你就去开一下门,好吗?那先这样,我上去了。"

她回到了自己的房间,身体开始抖动起来了。她也不知道为什么会这样,而且心也有点慌,像快要爆炸了似的。

就这样她躺在了床上,不久就进入梦乡,然后又醒了,翻来覆去,却怎么也睡不着了。心里想着要是再见到彼特罗心还会不会慌,但是内心深处还是有种喜悦的感觉。

她也不知道为什么自己会有种莫名的喜悦，也不知道接下来会发生什么事情。只是她觉得让他人喜爱自己，这也没什么不好，何况彼特罗那么实在，恭顺她，在她面前他不仅没有一丝的恐惧，而且会有种快乐的情绪。

要是玛利亚对彼特罗态度好一点，那么他就会拿十二分的尊敬和爱心来顺从她，就像小鸟一样依人。这也使她格外开心。

朝阳渐渐升起了，鸡也开始鸣叫了，玛利亚早早穿好衣服，好好打扮了一番，照照镜子，就下楼了。她的心还是有点怦怦跳，但是她不想显示出来。

没想到彼特罗早就收拾好东西，打算走了，只是在等待着她的目送。

见了玛利亚，说："我现在就走，你为什么不去山上呢？玛利亚……"还没等说完，玛利亚打断了他的话，"我去那儿干什么呢？"口气假装很强硬，"我会有事的时候去。"

"那你的意思是你会去吗？"玛利亚回道："我会去，怎么，我不该去那儿吗？"

一边说话，一边还不忘忙乎手中的活。

"既然这样，那我走了。"说着就真的走了。

玛利亚没有回应，却不由自主地转了身子。

彼特罗身上的欲火越燃越烈，烧遍了他整个身子。

"那玛利亚，你可以和我握个手吗？"

"你还是快点走吧，难道你是疯了吗？你能不能让我安静一下啊？"

彼特罗着急了，急忙说："你别动怒，好吗，玛利亚，我求你了，我并不是想占你便宜。好吧，你要是不愿意，那就别握手了。可是我现在是一个以穷人的身份来想和你握手的，真的。"

她似生气的语言怒喊："你别再说，你赶紧给我走，现在，马上。"手指着门口。

"玛利亚你不要这样，你看我一眼好吗？难道就因为我是出身穷人家庭，所以你才对我不屑一顾吗？我好伤心啊。可是我虽然现在是穷人，但是将来没准我会成为一个地方首富也说不定啊。况且我也不要你的任何东西，我只求你不要这样对我，抬头看看我，可以吗？"

奇怪，玛利亚心里竟然有一丝喜悦，那就是当别人这么看重自己的时候，并且恳求自己的眼睛能够瞥下他们。

慢慢地，彼特罗用手把她的一只手拉住了，并且紧紧握住了，他们的手刚刚一触碰，立刻有被电到的感觉，流遍全身各处。

"下次你会来果园里吗？"

"这个，我也不确定。"

彼特罗真的走了，白白浪费了一番情绪。本来周六晚上，他还满怀焦虑和急躁的心情回到了玛利亚的家里，却没想到是独自一人在房间待着。

他整个晚上都是在睁着眼的，没能睡。他想了好多关于他和玛利亚之间的事情。他不能再这样下去了，再这样他会发疯的，他越想越忐忑，他不知道自己会干出什么，也许这样玛利亚会接受自己的爱……

今天玛利亚比平常下楼晚了。

看来，今天她心情很好，多睡了会美容觉了。刚进门，就到火炉旁边走，然后弯腰把咖啡放在火上煮了起来。

"你为什么不来啊,你知不知道我一直在等着你,今天天气也格外开朗,莫非你怕来吗?"

"我只是没有去罢了。"玛利亚毫不在意地说。

突然她跳到他身边,盯着他,好像在盯着什么东西似的,眼睛一动不动。"下个周末我会去的,到时候应该会有茴香了,这样我就可以去摘。""哦,对了,那个果园里的那些树枝你修剪了吗?"

彼特罗答道:"是的,我现在在修剪,很快就完了。我知道你是不会去的,是吗?"

"但是,我去那儿干吗呀?"

"我只是想见你一面而已,这样我能看看你,而且我也知道,你是爱我的,只是嘴上不承认罢了,是不是?"

玛利亚没回答,只是摇着头,看不出什么,可能生气,也可能高兴,但是谁能知道呢?只有她本人。

"就算我爱你,又怎么样啊,这也没什么好嘛。"

彼特罗立起身子。而她走到了边口,向外看了一下。阳光直射到她脸庞,路易萨大婶过一会儿会下楼的。

他走到她身边,轻轻地吻了一下她那照着阳光的脸颊。

"就算你爱我那又怎么样呢?"她问他。

"其他人和你又有什么关系?可是,你……你爱我吗?"

"彼特罗,放开我,放开我……这样他们会看到我们的……"

"可以,我现在就放开你,可是,你必须先告诉我,你爱我。"

"彼特罗,你放我走吧。"

纵使她这么说,可她却不再挣扎着想逃脱。她好像不再是玛利亚·诺伊纳,然而彼特罗则感觉自己仿佛是在做梦。

"可以，我放开你，我也答应你，可是，你必须先告诉我你爱我。"

"好，我爱你。"

然而，彼特罗却没有遵守他的承诺。

9

这几个月，彼特罗就像是在梦境中度过一样，不过，他也早已经习惯了这种生活。特别是在刚开始的那一段日子里，他整日昏昏沉沉的，好像是被挂在半空中度过的，仿佛是得了热病一样。不管是醒着还是睡着，彼特罗都能感到同样的快乐。他从来就没有这么快乐过，也从来没有这么多的好梦眷顾过他。

在第一次情话绵绵后的每一次幽会时，玛利亚都表现得无比的温柔体贴，热烈如火。她几近把她那充满了自发的、信任的热情的身心整个都交给了彼特罗。

有好多个星期，他们不能再幽会。在陌生人面前，他们就算相互见到也会采取一种冷淡态度，几近是怀有敌意的那种。玛利亚发狂了一样地抓住每一个机会去诉说怨恨彼特罗的话，即使是一点点小事也会向彼特罗发火。然而彼特罗呢，也是对玛利亚刀锋相向。

他们常常不休止地争吵，以至于尼古拉大叔不得不出面去干涉，而尼古拉大叔却常常是护着用人。

这些糟糕的情况使彼特罗原本愉悦的心情变得非常暗淡。他认为玛利亚在谈恋爱时那么温柔，那么迷人，但过后又好像总想在一定的程度上提醒他，叫他不要忘记她是个大小姐和他们之间的距离。

虽然他很清楚他只是个用人，但是他还是抱有一定的希望的！他相信爱情是可以创造奇迹的。

"我姑妈立遗嘱了，是对我有好处的遗嘱。"某一天夜里，他到厨房去跟玛利亚说这件事，玛利亚轻手轻脚地从楼上下来来到厨房，心情异常激动。"我姑妈已经很老了，你等着看吧，要是你愿意等我该多好！等我姑妈去世了，我肯定会立刻卖掉房子、土地……把一切都卖掉，到那时，我会做一个生意人。你等着看吧……等着看吧……"

玛利亚任凭彼特罗吻着自己，然而，她并没有给彼特罗打气。她和彼特罗之间从来没有公开地谈论结婚的事，只是玛利亚一直回应着对彼特罗至死不渝。有那么几次，他们的甜蜜时刻被一阵阴影所打乱；彼特罗显得十分伤心，玛利亚也变得精神恍惚。

"你怎么了，亲爱的？"

"没什么事，彼特罗。不用去管它，我只是心情有点不好。"

"嗯，我也一样。"

他们都不敢说出彼此心中所想的事，只是彼此拥抱相互亲吻着，并且充满着眼泪的味道。而后，他们尽情地享受着眼前的幸福时光，享受着这一去不复返的幸福瞬间，索性把悲伤给忘了。

他们几乎每一次都是在夜里约会。在约会时，彼特罗常常会浑身颤抖，因为他害怕被别人发现。彼特罗总是跑到门边，看看外面，也就是在这短暂的瞬间，玛利亚的脸色就变了，神情也抑郁起来，好像又恢复了现实感，甚至有几次，她还因为这个而哭了。

"不，我不属于他，永远都不能。"她心里想着，"我为什么要在这里呢？我为什么要骗他呢？"

然而，此时彼特罗又回到了她身边，他的目光和话语充满了魅力，而她却被其所包围。

玛利亚是一个非常聪明的人，所以她十分清楚，彼特罗是一个用情专一的汉子；她也很了解，彼特罗正在被火一般的恋爱所炙烤着，她被彼特罗拉到一起，在一种命定的力量的驱使下，他们正在往一个十分危险的火山口跳下去。但是，曾有几次，她反抗了这种神秘的力量，并且埋怨彼特罗，说是彼特罗害她陷入爱的深渊。

"彼特罗想从我这里得到什么呢？"玛利亚常常这样问自己。"我不可能嫁给他，他只是一个用人而已。尽管他不敢和我说起这件事，可他自己一直都知道这点。彼特罗不应该这样对待我这么一个良家妇女，他太不老实。即使我已成为人妻，他还是一样会追求我的。"

事实上，彼特罗是很尊重玛利亚的，因为他想娶她为妻，而且这种愿望正在与日俱增，他想要玛利亚作为清纯的少女并成为他终身的妻子，或者，玛利亚只被他一个人亲吻过。由于他害怕玛利亚认为他对她的爱是自私的，所以，他从来都不敢和玛利亚说起结婚的事。

日子一天接一天过去了，彼特罗身上的热情渐渐变得冷静而深沉，他的心灵在未来幸福的光辉照耀下也日趋平静。也就是在这个时候，玛利亚也莫名其妙地变得越来越任性了，这种任性变成了一种火一般热烈的激情。

她很渴望知道到底什么是爱，这种渴望把她推到了年轻英俊的彼特罗身边。这时，爱情终于露出了它的真面目，爱情就像火一样地燃烧着她,可却没有深入她的内心。

她不清楚,或者也不想去知道,自己这火一般的热情到底有什么目的。一圈迷茫的雾一直在她的心灵深处浮荡着。她也曾埋怨过彼特罗心怀不轨,实际上,这种情绪也正在她心里波涛汹涌着。

有一天,玛利亚来到谷底,此时,彼特罗也早已在那里种完了葡萄。他们在一棵梨树下相遇,也就在这里,彼特罗第一次看到了玛利亚的美丽,并为之吸引。

此时,天是蓝的,山谷是葱绿的,像一个天鹅绒铺成的大摇篮那样柔嫩。她把彼特罗拉到一块岩石后面,也就是在这块石头后面,彼特罗曾在梦里将萨碧娜亲吻。两只麻雀在一支吐着芳香的常春藤上相爱了。玛利亚的眼前一片迷茫,仿佛眼睛失去了知觉;彼特罗痛苦地全身颤抖着,但是,他还记得他对玛利亚许下的诺言:他不会伤害玛利亚。

不,彼特罗不想让玛利亚觉得爱上他是不值得的。然而,他错了,错在他让玛利亚明白了这一点。

玛利亚又离开了;当她独自走到大路上的时候,她不禁打了个寒战,因为她想起了她刚刚逃离险境。

"彼特罗总以为将来有一大他能娶我,他想讨我父母欢心,然而我……我不敢跟他说:他疯了。啊,我的上帝啊,我的上帝啊,我肯定是疯了;啊,我可悲的大脑啊,我到底应该怎么办呢?为什么我会来到这里呢?是不是还不到一拍两散的时候?是的,一定要一拍两散。今天晚上我就和他说:'彼特罗,你不要再折磨我了,你死心吧,我们不可能有结果的。'再过几天,他就要离开这里去远方了,他要从森林里把煤和灰运到海边去;再以后,他就要开始去收割了,这样子,我和他每三个月只能见到一两次,他就会把这一切都忘了的。是的,是该一拍两散的时候了。"

整整一个晚上她都寝食难安,很伤心。她扑到床上,一等爸妈睡觉去了,就大哭起来,既恼恨又怜爱。她用牙齿咬着自己的嘴唇,却依然忘不掉彼特罗嘴唇的炽热,那种火一般的炽热;她用指甲狠狠地掐手掌心,直到阵阵疼痛传来。然而,此时彼特罗的爱抚又在她的脑海里浮现了。

"不,走吧,玛利亚,别再做傻事了。"她心想,"走吧,我求你了……"

因此,她真的走了。她真的想永远不再和彼特罗见面了,然而,她又想再见彼特罗一次,非见不可。

玛利亚和彼特罗不是早已经做傻事了吗?难道没有指望地爱着彼此也算是一件好事吗?玛利亚终于知道自己是在犯罪了,情欲、撒谎、违抗父母、欺骗她手下的人,这些就是明晃晃的罪名。然而,上帝永远是宽容的,慈悲为怀的;只要自己是诚心忏悔的,灵魂就能得到洗刷,像抹布在泉水中能被冲洗干净一样。可是,现在必须马上做的就是断绝这种关系,因为这种关系是不正经的,与她的身份完全不相称。现在就要做,立刻就做。玛利亚站起来,来到楼梯上面的楼道里。彼特罗还在厨房里等着她呢。他焦躁而忧虑,却又充满了信心,他是善良的,满怀都是爱抚之心。彼特罗是多么可怜啊!

月光惨淡,玛利亚紧紧地靠着楼梯的栏杆踌躇了好一阵子。

然后,她又回到自己的屋里哭了起来。彼特罗为什么是她的用人呢?他为什么有勇气抬起双眼来看她呢?如果说现在她和彼特罗都受到了痛苦的煎熬,那么,所有的罪过都是彼特罗造成的。他就是个疯子、呆瓜!好吧,就让所有的不幸让他一个人来背吧。是该一拍两散的时候了。

由于受到一股怒气的冲击,玛利亚又走出了房间,下楼来到了厨房。此时,彼特罗正在等着她,他还在为上一次他们躲在岩石后面相互拥吻而激动万分。彼特罗一看到玛利亚,就马上把她抱在了怀里,热烈地吻着她。然而这时候,她也把她原来的打算忘得干干净净了。

只是,自从那天晚上以后,她的情感和理智之间的斗争就变得更加激烈和残酷了,比以往任何时候都要激烈和残酷。

她甚至一直发展到这样的程度:她不再问自己到底想要什么,也不敢去探寻自己的心灵最深处的秘密,全任沧海桑田,云卷云舒,希望有一天前途能风云散去现红日。玛利亚再也不害怕彼特罗了,因为他只是个孩子,不算是个男人;他只是这样的一个仆人:就算在恋爱中也是那么的卑从、低贱。

然而,这段时间以来,玛利亚已经憔悴、消瘦很多了;她也不再是以前那个精明、细心的家庭主妇了;那种心不在焉无以言表,这往往使她的双手变得迟钝,甚至连双眼也变得黯淡无光。

因此,她常常把账簿和纸张弄得乱七八糟而被尼古拉大叔责骂;路易萨大婶也想起了她年轻时的时光,心里思量道:"是该拿主意给玛利亚找个丈夫的时候了。"

那些律师和富有的市民们都没拿定主意来向玛利亚求婚,因此被路易萨大婶骂得一文不值,并开始赞扬那些有钱的庄户人家。

"那些律师!都是骗子,都是穷鬼!都是心怀不轨的男人,他们为了几块钱就能把自己的灵魂给卖了。他们当中都没有一个人配得上给佛兰切斯科·罗萨纳舔鞋子。一个人要是真的有钱,就不会说

109

大话，不会穿上面锃亮而底下都是窟窿的鞋子。佛兰切斯科·罗萨纳，还有另外的几个人，才是真正的男子汉！是什么都不缺的真汉子，要文才有文才，要什么东西就有什么东西。臭律师们和小市民都快要饿死了还硬撑面子。"

路易萨大婶的这些絮叨都传到了罗萨纳的耳朵里，每次在教堂或大街上看到玛利亚，总是不停地看她。

那一年的复活节，玛利亚没有去行瞻礼。她都没有力气去忏悔了，她担心神父不能使她解脱罪孽，她爱过并且吻过一个她根本不想与之结婚的男人的罪孽。

"我的罪孽是双倍的啊！"她思量着，"因为我不仅欺骗了我父母，还欺骗了彼特罗。"

此时，收割的季节到来了。彼特罗连续好几个星期都不在家里，然而，玛利亚已经向他许下诺言：她会到高原上面来找他。就是在这个高原上，彼特罗把心扉打开来迎接属于他的爱情，就像大地开怀迎接种子一样。玛利亚实现了她的诺言，她的身影真的出现在了金黄色的麦浪中，出现在了彼特罗渴望的眼眸里，她犹如一朵罂粟花，红艳似火。

在莽莽的山影衬托下，山谷充满了收割的热闹景象，天空像是一把正在燃烧的火焰。收割的人辛苦地干着活，一个个都弓身曲背，但是心里却充满了虔诚的喜悦。他们一声不吭地割着麦。只有几个妙龄少女在唱着歌，大声地笑着，那笑声和喜鹊的鸣叫和蝉儿的苦啼融成了一片。

玛利亚就在她家的地里待了几天，她就像是一朵怒放在地面上的鲜花；阳光洒在她的脸上，把她的脸涂成了金黄。

在这些收割的妇女里,萨碧娜也在其中,此时,她对彼特罗的爱的最后一丝希望也丧失了。

在一片沉寂的下午,镰刀被插在一捆捆的麦秸上,闪着银光,整个景色,被麦收和阳光染成了一片金黄,好像是在沉睡着,沉睡在不安稳的梦境中,远方的山和地平线上那一团团蓝色的雾气融为一片。此时,收割的人四下散开地躺在一片片的阴影之下。他们都很疲惫,辛苦的劳动和炎热的天气早已榨干了他们的力气。

有一天,萨碧娜和她的女伴在阴影下一起睡着了,可是后面她突然醒来了,并看了一下周围,发现玛利亚不见了。

在这个陷入爱河的少女的脑际掠过了一种思绪,是一种朦胧的、模糊的思绪。她小心翼翼地犹如一条蜥蜴一样在一堆堆麦秸之间悄悄地爬行着,爬上麦垛,时不时地隐在一片阴影之中。就在这时候,她看见——她没有被别人发现——彼特罗和玛利亚把一切的谨慎和小心都抛到了脑后,正在茅屋的墙后疯狂地激吻着。好像是因为那里有一片阴影他们才躲在那里的。

此刻,只有他们两个人置身于天地之间,被火红的景物包围着,他们拥吻着,就像收割的人在抢收熟透了的麦子一样。

10

在九月七日到八日的夜里，努奥罗一群女孩子从那条崎岖不平的羊肠小径走过，这条小径横穿"埋卡斯"那一片片开阔的橡胶林和草场，直接把努奥罗的农村和戈纳雷山连接起来。

这些美丽的姑娘们在深夜里去朝圣，要步行到圣堂去，它屹立在戈纳雷山的山巅；其中，有一些少女是去还愿的，另一些是去求保佑的，当然，大多数人不过是想去散散心而已。第二天就是节日了，本乡里的人都会登上戈纳雷山来一饱眼福，也可以尽兴地跳舞和玩闹。

朝圣的妙龄少女每个人都要随身携带一小包食物，她们的臂上或肩上都挂着一件长衫式礼服，是只有在山上举行节日狂欢的地方才换上的礼服。有几个少女，许过愿了，所以光着双脚走路。有一个妙龄少女，手举着一根彩色的蜡烛，头发懒散地披在肩上。她就是玛利亚·诺伊纳，她是来还愿的，只还一个。

乌黑亮丽的长发波浪式地躺在她的肩上，秀发都被露水浸湿了。清风时不时地吹乱了她的秀发遮住了她的脸庞，这让她感到很恼火，然而随后，她又感到一阵得意，这种得意的情绪也刚好抵消了刚才的恼火，因为，和他同行的女伴们都极口赞扬她的风韵。

"玛利亚·诺伊纳，你披散着长发简直就像是个仙女。"

"玛利亚·诺伊纳，你的秀发就像是玛丽埃达的头发。"

玛丽埃达是一个寓言故事里被妖怪抢走的少女。这个少女有着一头长长的头发，她甚至可以把头发编成辫子，从窗口抛下去垂到地上，让国王的儿子能把辫子当成绳索，借着头发爬上窗户，出现在她面前。

"玛利亚·诺伊纳，祈求上帝保佑你的秀发。让我摸摸它们吧，避免厄运降临到你的头上。"

罗莎见女伴们都在一个劲儿地夸奖玛利亚，嫉妒之心不禁油然而生，所以她建议道："咱们祈祷吧。"

这时，玛利亚看到一颗微微颤动的星星在戈纳雷山教堂的上空闪烁，不由得大声地朗诵起玫瑰经来。

然而，罗莎忍不住第一个傻笑起来，于是，其他女伴们也念不下去了。因此，玛利亚建议各自都分别为自己祈祷，此时所有的一切便陷入了一片沉寂之中。

月光洒在广漠的凄凉景色里，夏日的太阳把大片大片的草场和橡树林都晒干了，它们被最近的几场大火在这里或那里烧得黝黑无比。田野里孤寂而又凄凉，散落在这里的牧人们燃起了几点星火，若隐若现，显得十分神秘莫测，就像是鬼火一样，仿佛是这黝黑的大地吐出的火舌，荡漾在田埂后面或是在干枯的长春花和割平的麦茬儿中间。在远处，九月间下了几场雨，留下了几片小小的沼泽地，一团蓝灰色的雾霭从沼泽地里袅袅升起，好像是烦躁而狂热的大地喷出的气息。放眼环顾四方，在那浑圆的、一望无际的地平线上，朦胧的月色吞噬了那蔚蓝色的群山。天地万物都在沉默着，寂静得神秘莫测，点点繁星在明亮而又深沉的夜空中眨着闪亮的眼睛，好像是在守护着它们。

妙龄少女们百无聊赖地走来走去，她们被皎洁的月光洗得洁白无瑕。她们全神贯注着，一言不发。玛利亚的长发仿佛是想要随着和风飞去一样随着微风舞动着，但最后还是落回到了玛利亚的双肩上，好像它已经跳得筋疲力尽了，为刚刚的任性感到后悔了似的。

姑娘们突然停了下来，静静地倾听着。在黎明前的万籁俱寂中，听到了很多马匹的奔跑声。远方的风还带来了人声的回响。这可能是谁呢？又可能不是谁呢？看啊，一长条黑影出现在草场和橡树林的蓝灰色尽头，黑影从远方一点点地飘过来了，接着又分成一段一段的，这是那些人和马匹的身影。月光洒落在麦茬儿上，它们就在这麦茬儿上排成长长的一行。

玛利亚说：“那些是去参加节日的人。”

人们都穿着节日的盛装，男人都挎着火枪，女的则有的骑在马背或马鞍上，有的骑着一些小牧马。他们终于完全显现在人们面前了，那些伫立在麦茬儿中间的妙龄少女们也被他们围了起来。

有一个年轻的庄稼汉骑着一匹马头秀气、马尾又长又密的白色而高大的牧马，使他在马队里显得格外与众不同。

那个庄稼汉长得并不好看，然而却露出了一种鹤立鸡群的骄傲神情。他戴着一顶黑色的小帽，那帽子是用毛线和天鹅绒做成的，他肩上披着风衣，月光照耀下枪支闪着银光，一条绣花的裤带缠在腰上，那勾出了精壮的双腿的裹腿上还带着马刺。见到他就能让人联想起那些东征西讨的骑士或是那些趾高气扬的西班牙的贵族子弟。

他真的是一个"贵族子弟",意思就是说,他是那些富有的庄稼汉中的一员。他们形成了与众不同的特殊门第,还自夸其有某种贵族的血统,而且还有一点儿教养。

这些天外来客一见到姑娘们就大声地叫喊起来:"你们好啊,努奥罗的老乡们!"并且把马勒住,停在那些少女面前。

"你们好,努奥罗!"

"你们要上马来吗?要喝点什么吗?"一个彬彬有礼的老人一边问着,一边把身子歪到一边去拿出背包里装满着葡萄酒的葫芦。

"谢谢您!"玛利亚开朗地回答道,"还是您自己喝吧,或者给您的女伴们喝,说不定她们喝醉了会从马背上掉下来呢!到时候,等你们要回家了,就可以把我们带上了。"

"好啊!"老人说道,"你看,我就按照你说的来做!"他仰起头便把葫芦放在了嘴上,他仰得很靠近肩膀,为了喝得更痛快些。然而此时此刻,那些坐在马上的女人们正在愤愤不平地和玛利亚斗着嘴上功夫呢。

"玛利亚·诺伊纳,你好,你也要去参加节日是吗?"那个在白马上的年轻庄稼汉问道,他坐在马鞍上,弯下身子来轻声细语地和玛利亚说话,"你披在肩上的斗篷真漂亮!祈求上帝保佑你的秀发。只是很遗憾,我不能摸一下它们。"

"佛兰切斯科·罗萨纳,你好。"她说着便仰起了脸,并把那齐臀的秀发甩到了背后去。她故意假装着这时才看到这个年轻的小伙子。

庄稼汉在马上用他那贪婪的目光凝视着她,只是,当与她那略带嘲讽、狡黠的视线相遇时,他变得无所适从起来了。因此,他挺

115

直了腰坐在马鞍上,也放松了马缰。

"佛兰切斯科!你回来的时候能不能接我一下,让我骑在你的马上呢?"玛利亚故意挑逗着他。

佛兰切斯科兴奋地转过身,歇斯底里地喊道:

"哦,当然可以,现在就让你骑,来吧!"

"现在可不行,等你回来再上。"

"好吧,祝你们节日快乐,我亲爱的姑娘们!"他容光焕发地说道。

那匹牧马咬紧马缰,竖起前蹄,用尾巴左右扫着两侧。佛兰切斯科为了追赶他的同伴们,走远了。但是,在他的面孔消失在众人视线之前,一直带着微笑瞄着玛利亚的身影。

"啊哈,事情有苗头了!"罗莎悻悻地说道。

"什么事?"

"喜事呗!你难道没看见他像个小媳妇一样春心荡漾了吗?"

"他长得真不好看。"

"口是心非。"

"他可是个市议员,很有钱的,有四个牧场呢!再过一会儿,我们就要经过其中的一个哦。"

"他是很丑,那双眼睛长得倒不错,可他很少正眼看人,他那鼻子像极了老鹰的喙!"

"口是心非……"

说着说着,玛利亚想起了彼特罗。此刻在遥远的地方的他,一个人孤零零地守着葡萄园。她觉得他很可怜,可现在她不得不牺牲他,就像可怜一个不得已成了牺牲品的东西一样。对此,她又有什么过错呢?也许佛兰切斯科·罗萨纳那天夜里在这茫茫的牧场上出现在她面前的时候,她就该知道,是命运将他送到她面前的啊!

就像在生命的旅途上徘徊,她不知道在这条道路上会遇到谁,就这样,她走着,走着。

天微微亮,从遥远的奥托贝内山峰后面散发出水晶般的、珍珠似的光芒,恰好在奥利埃纳蔚蓝色的群山背后。这黎明的曙光渐渐呈现出玫瑰色,晶莹的露珠的光芒是来自清晨的麦茬儿。微风轻轻吹拂着大地,四周寂静,唯有百灵鸟儿躲在莽莽草丛中婉转歌唱。

少女们也各自装着矜持,古老而神秘的圣灵小教堂周围再次留下了她们的身影。湿漉漉的芦苇丛早就为姑娘们准备好了梳洗的甘露。待一切准备就绪后,她们上路了,朦胧的晨光笼罩着大地,她们用沉默回应着清晨的阳光。

一路上,玛利亚的脑海中彼特罗和佛兰切斯科始终徘徊着。前者渐渐消失在她走来的路上,而佛兰切斯科在不远的前方等待着她的归来,面孔也越来越清晰。

路途的优美景色已无关玛利亚,一路上她的注意力一直停留在怀里的小兔子身上。她们穿过一片片长满荆棘和野李子的田野,这些植物各自集结着丰满的果实,异常诱人。她们行走在巨大的乱石中,晶莹明亮的曙光从岩石顶端嵌着的窟窿中散发出来,有些许刺眼。玛利亚看到山脊被初升的太阳染成金黄色,身子不禁颤动了一下。灰色的圣堂衬托着蓝天,耸立在山顶岩石中间,一块块岩石在阳光的照耀下变成了玫瑰色。

姑娘们匍匐着身子,虔诚地做了简短的祷告。

玛利亚从口袋里掏出一把梳子,请求伙伴们为她梳理光鲜亮丽的头发。随后,她们又嬉戏着一起上山,进入稀疏矮小的森林里。

一路走来，在这里才开始遇见人：一群群的男女老少刚做完第一场弥撒，从比蒂和努奥罗相会到这里，再回到他们遥远的乡镇去。男人们像西塞罗所说的斗牛士和盗贼，黝黑的脸，乌黑的眼睛闪烁着骄傲的光芒，身着羊毛线织成的衣裳或皮制的服装，但都没有丧失朴素美。

"你们好，努奥罗人！"毕蒂人用他们浓重的拉丁口音跟姑娘们打着招呼。

"你们好，努奥罗人！你们好，毕蒂人！"少女们嬉戏着答道。

姑娘们走到了更高的地方，在那里遇到了奥尔塞人，奥尔塞以其居民们身后的宗教感情著称。有一个妇女，一张苍白的脸十分庄重，应该是修女，正和一位加沃伊相貌甜美的少女讲述圣巴巴拉的故事。

那个奥尔塞女人边在自己胸口画着十字边对着少女说，戈纳雷的圣母和我们的圣巴巴拉（以圣父、圣子、圣灵之名起誓），正是在这个地方相会，她们相互握了握手，对视了一番，圣母说：

奥尔塞的巴巴拉啊，
在我们将要到的地方
我们永不会再相遇。

确实如此，戈纳雷的圣母堂从全区的各个角度都能看到，可是圣巴巴拉所属的奥尔赛教堂却怎么也望不到它。

山上的人越集越多，沿着条条小道走，男女老少、各型各类的人几乎组成了一列朝圣的队伍。

在那有些许荒凉的低矮的橡树林中却人声鼎沸，在稍高处传来阵阵参差不齐的欢呼声。

玛利亚也在其中。她被一群男人包围住，一双双色眯眯的大眼睛注视着她，还有人对她大献殷勤，并玩弄着她披散开来的头发开怀大笑。

"亲爱的玛利亚，你快看啊，你乌黑的头发像极了我黑马的尾巴，你瞧瞧！"

"苍蝇逗弄她的头发的时候才真的像你的马呢！"

"可惜，她却不让人给她套上马辔。"

"玛利亚，请吧，试着跳上马来。"

玛利亚被他们逗弄得羞涩极了，脸颊变得绯红，但她做出祷告的样子，并不做回答。

人越来越多，这片山头被马匹、行人、乞丐、动物的行踪占据了。有来自巴尔巴古亚的人，趾高气扬的努奥罗人，还有些穿着红色紧身衣的妇女来自马莫亚达，一些奥尔格索罗牧民穿着典型的撒丁人穿的羊毛织的粗糙服装，还有衣着讲究留着长长鬓发的多尔格拉人，奥利埃纳的妇女牵着满载美酒的马，脚穿皮靴的巴罗纳人也来凑热闹；还可以看到哥切亚诺的几个妇女，她们面容苍白，却有着阿拉伯式的大眼睛；也有来自坎皮达诺的掀开盖头、面容呈现金黄和玫瑰两色的几个妇女，她们像极了拜占庭时代的圣母像。

阳光透过树缝隙照在头顶。这时，玛利亚和伙伴们也来到努奥罗和奥拉内来人过九日祷告的破旧房屋周围的帐篷前。

在最后冲刺到教堂之前，少女们把身上的行囊放下，打算再次小憩一会儿。玛利亚翘首周围，盼望着佛兰切斯科的出现，她的视线寻扫着周围的马匹，却没发现那匹白色的牧马。

她有些失望，开始心不在焉了。她甩了甩乌黑的长发，木木地看着周围的景色。

这个地方并不美，树木把稀疏的影子投到长满荒草和灰色小树丛的山坡上。在这影子下，人们拼命地喧闹着。他们认为，大家相聚在这小山坡上，就该玩个痛快！

货郎们看守着自己白铁皮打成的货箱，吆喝着，顺便跟过路的姑娘们开着粗鲁的玩笑。托纳拉的妇女们紧紧地裹着粗厚的衣衫，顾不得太阳的暴晒和人群的喧闹，称量着苞米和点心叫卖，点心却在太阳的烘烤下开始融化了。

小贩们在草棚下排列开一些布料，红色的布匹在阳光下呈现血红的颜色，绸缎、本地的头巾和披肩都散发出各自的颜色，争奇斗艳。

一群群男人们凑在一起，围着酒桶和酒瓶，与新老朋友闲扯着。几个市民的身形在这群人中显得鹤立鸡群。美酒使这些人们兴高采烈，忘乎所以。

玛利亚和伙伴们吃了一些东西，穿上长衫，开始向教堂走去。

山路渐渐开阔，一层一层的岩石像是凿出来的，在盘根错节的野草和杂树中间蜿蜒着，将高耸入云的山岳衬得灿烂辉煌。妇女们五颜六色的衣裳更是锦上添花。人声渐渐消失在空旷的山顶上。

玛利亚在自己身边听到一些来自男人们的闲言碎语。虽然有些话有些刺耳，但她成为小伙子们注目的焦点，男人们肆无忌惮地争睹着她的风姿，这使披散着一头秀发的美人既有失体面，又有些许得意。

有人问道：

"这姑娘是从哪里来的？"

"哦，是从努奥罗来的。"

"不是,应该是奥拉内的。"

"不,不,是奥罗泰利的。"

"你是哪里来的,美人儿?"

"是魔鬼家的!"罗莎既厌烦又嫉妒地答道。

众人哄堂大笑,开始起哄:

"努奥罗万岁!"

山路两边,每段路都矗立着一个十字架,乞丐们伸出手来,抑扬顿挫地唱着痛苦呻吟似的歌曲。谁也听不清楚他们在唱什么,但是大家都施舍着或多或少的硬币。

玛利亚给每个乞丐一枚硬币。

一到山顶,姑娘们就钻进古老的教堂,那里已是人山人海,全是虔诚祷告的人们。玛利亚左挤右挤终于挤到了祭坛前。

教堂里热气腾腾,这少女的脸颊被蒸得绯红,衬托着乌黑的长发,显得格外美丽。

佛兰切斯科倚着栏杆,看着她远远地走来,不由得浑身一颤,待她走近,他轻轻地扯住她的臂膀,让她停留在自己身边。

"你怎么才到呢?"他压低嗓音问她。

"嗯。"她答,并没有搭理他,继续往前走。

她将蜡烛插好,屈膝跪下,准备做祷告。

"圣母玛利亚啊,我父亲从马上摔下来时,我向您许愿,是您救了他。圣母玛利亚,我是赤着双脚,披散着头发来这里向您祈祷……"

说着说着,她就不知道再说些什么好了,尽管心中祷告的波涛还在冲击着她,使她浑身颤抖。但是,还有一些心愿却不敢向圣母玛利亚诉说。她本想让圣母玛利亚保佑她忘记彼特罗,去爱那个站在不远处正热情注视着她的那个男人,可她却没有勇气。

三个穿着绣金线的白色僧袍的僧侣唱着弥撒进来了。一个身着红色皮外衣的少年站在玛利亚身边,手中点燃的香炉飘出屡屡烟气。

此时,人们已挤到祭坛的台阶上,玛利亚不得不起身。忽然有人触了一下她的手臂,她转过身看见佛兰切斯科就站在她身后,并想方设法挤到她的身边,几乎贴在她的身上,将她护在中间。

人越来越多,玛利亚转身看见身后的人头像波涛似的起伏。在强烈的阳光下,她向敞开的大门望去,看到一群又一群的人向这里涌来。她从来没见过这样宏大的场面,比这里更光彩夺目、五彩缤纷的场面,在以前的圣诞周和努奥罗大多数的教堂里都没有见过。这里聚集了将近二十个村庄的人们,有着不同的穿着。有庄重的牧民,有达官显贵,有独居山间紫铜色面孔的人,有留着史前长发的人,有如玉石雕刻般的脸和深沉的穆斯林特有的眼睛。

有几个妇女也是披散着头发,但没有一个像玛利亚那样标致的长发。当举扬圣体的时候,玛利亚跪下来将身子倾过去,她的头发几乎垂拂到地上,美极了!

佛兰切斯科的眼神一刻也没离开过她,偶尔,两人的目光相撞在一起。此刻,她一直想着彼特罗。在她出神发呆的瞬间总是看到一双明亮而又温柔的眼睛在注视着自己,他注视她的样子是别的男人不具有的。可是,当她转过身,看到的却是佛兰切斯科黑亮而犀利的眼睛,于是她很无奈继续盯着这双眼睛。

梦幻结束了,现实迎面而来。何况,她感受到的悲伤又不是特别严重。佛兰切斯科确实有些丑,但他的脸庞是温柔的,是和蔼的,让人觉得很温馨。

生活中什么事都有可能发生，所以应该懂得知足常乐……

善男信女们歌唱着圣母颂，那曲调很忧伤，好像被遗弃的人们在哀怨：

岩石上缀满颗颗珍珠
林木葱郁，上天恩赐
成千上万种人声，成千上万种口音
如同懵懂的飞鸟朝你啼鸣
天上那灿烂繁星
为你降临，为你头顶戴上皇冠

11

玛利亚一走出教堂就将披散的长发拢起,挽起又粗又长的两条大辫子盘在脑后,用一条深色头巾包好。

佛兰切斯科一路跟着她,待她的女伴们消失在人群中,就悄声对她说:

"跟我到下面岩石那里去吧,我们可以去看看赛马。"

玛利亚接受了他的邀请,面对他的殷勤,心里暖暖的。他们一起下山,来到广场稍下一点的岩石堆中,看见一群努奥罗人正要去观看赛马。从高处往下看,下面的马匹仿佛一只只老鼠,骑手们在马背上驰骋,挥打着马鞭,四周响起了粗野的叫喊声。众人一边观看一边议论着奖赏品:牛啊、钱啊、丝绒,等等。

玛利亚看得兴致勃勃。她身边的奥罗泰利妇女正相互传着一个小玻璃瓶子,将里面的东西用手指抹到眼皮上。

"这是什么东西?"玛利亚问道。

"这是圣母油灯里的神油,能保护眼睛不生病呢!"佛兰切斯科用挑逗的口吻说。

玛利亚没有笑,而是和一个奥罗泰利女人打招呼:

"能否给我一点神油?我母亲经常闹眼病。"

"这可不行,我的美人儿,但你可以用一点……"

"她不需要这东西。你难道不觉得她的眼睛很美丽么?不然就是你的眼睛有问题了!"佛兰切斯科说道。

"我可以给你一里拉。"玛利亚非要不可。

"就算你给我再多的钱,我也不会卖给你的,我的美人儿……"

"好吧,那就算了!"

"玛利亚,"佛兰切斯科说,"你想让我跟那边的先生借来望远镜向努奥罗那边看一看吗?"

"可以啊,佛兰切斯科。"玛利亚向他宛然一笑。

佛兰切斯科借来了望远镜,递给她。她望着镜子里,他的手揽着她的肩膀,说道:

"看,下面的村子就是萨鲁莱,看到稍远处的那片树林了吗?两年前,我在那片树林里待了三个月呢,那里有我的奶牛。再看那边,那里是马可梅尔平原。只可惜今天雾太大了,看不清楚。不过没关系,明年咱们还会再来的,对吧?"

她没有回答。

同伴们开起了她的玩笑,话语里有些暗示。接着,这群人又向着树林的方向走去。半路上,玛利亚将一块岩石上的粉末用小纸袋包好,虔诚地保存起来。

一个瞎了眼睛的老妇人说道:"它可以治肩痛和高烧。"

"要是我没搞错的话,这里是奇迹之山。"佛兰切斯科用意大利语说道。

"你又不信神!"玛利亚倚着那块岩石不屑地说。

看到佛兰切斯科靠近她,不禁笑着问道:

"坦白说,你到底信还是不信呢?"

"我只信你,你到哪,我就到哪!"

佛兰切斯科这股献殷勤的劲使她很高兴。这样看来,他的确很有绅士风度。

从这时起,他们就已经分不开了。

他们围着这群人待了一会儿,准备回家,想半路上在佛兰切斯科的草场上再停留一会儿。

玛利亚履行了诺言,坐到他的马背上,一只手轻轻搂着前面绅士的腰。大队人马随之动身了。

两个人相互紧贴着对方,感受到从来没有过的幸福。

"我觉得像醉了一样,"他喃喃地说道,"幸亏有你扶着我……"

罗莎骑在一个小老头的马背上,不时地瞧瞧他们的白马,做着鬼脸。

到达圣灵小教堂之前,大家都下了马,在一片橡树林的阴影下吃午餐。

"看呐!"罗莎指着玛利亚他们对一个女伴说,"他们在不要脸地做爱呢。"

"你在嫉妒吗?"那女伴问道。

"嫉妒?我会嫉妒那个猪猡吗?"

"谁是猪猡?"有人问道。

"就是你啊!"罗莎答道。

玛利亚听出了他们嘴中猪猡是谁，一下子绯红了脸。再看佛兰切斯科时，越看越难看，就越觉得不能喜欢他。他面无血色，下颚前伸，寥寥无几的一撮胡子，很是难看。但是，他的那双眼睛又很独特，温柔和蔼。而且，穿着也很讲究，总而言之，确实是一位气度不凡的年轻人，是个富有的男人，罗莎说不定很是羡慕不已呢。

而且，他那些丰厚的财产将他本人笼罩起来！

当人群再次动身时，太阳开始落下了。美食美酒和时光使这群人兴高采烈。姑娘们软绵绵地靠在小伙子们的肩头上，而小伙子们温柔地握着她们的手。马儿也显得疲乏无力！

夕阳西下，荒漠的景物充满了炽热的柔情，周围的景色被衬托得格外突出。溪水流淌着，河面上映出了荆棘的影子，马儿趟过，溅起了晶莹的水花。

佛兰切斯科用荆棘鞭打这漂亮的白牧马，引领在队伍的前面。有借口等他们，自己却回头望着身后美人儿的脸庞！美人儿则更加娇嫩诱人，令这位绅士钟情神往。两人便越是两情相悦，互不分离。

"玛利亚，"佛兰切斯科说，"今天你对我格外的好，所以我决定向你诉说我的心曲。"

"嗯，说吧。"她腼腆地答道。

不过，她的声音颤抖得厉害，低下了头。

"听着，玛利亚，要是有所冒犯，请原谅我，你还没有嫁人吧，是不是定亲了？"

她想起了彼特罗，虽然那个人已不在身边，但却总是徘徊在她的心上。一阵羞愧感涌上心头。对他，她感到怜悯，对自己，她又感到羞愧。如果告诉佛兰切斯科，自己之前爱上的是一个仆人，他会怎么说呢?

但是,她什么都没说,小伙子紧紧地握住她的手,催促她的回答。她咬着嘴唇,望向远方,突然,生出慷慨的想法,想要承认这段不幸的爱情,但随之又为此羞愧得满脸通红。

"我还没有许配人呢。"她红着脸答道。

"那么,你愿意嫁给我吗?我可以立马去跟你的父亲说。"

"佛兰切斯科,你能看得起我,我非常感激,但是,你要明白,我不能马上给你一个答复,能让我再想一想吗?两个星期后,我就通知你,好吗?"

"半个月啊!那该有多长啊!不过,也只好如此了。"

他紧握住贴在他腰上的小手不再说话了,只是叹了好几口气。

是的,他爱她,也许跟那个不幸的仆人一样爱她……她低下头,眼泪簌簌地落下,好不惹人心疼。但这样的表情也只是一瞬间的事。此时,灿烂的晚霞照映着前方,隐约看到努奥罗的房屋。路上的行人都向佛兰切斯科行礼,一队人马催赶着马匹一起进城去了。

玛利亚摇头驱散了头脑中的愁思,仰起脸继续赶路。大队人马到达了目的地,佛兰切斯科建议骑手们将身后的姑娘们送回住处。

他就这样骑着牧马穿过了几个城市,并经过了自己的住所去送玛利亚回家。

"瞧!那就是我的家,房后面有两个菜园,种了很多漂亮的果树,你喜欢吗?"

"我还没去过你家呢!"她盯着那几扇窗户回答道。

"夏天,菜园里可凉快了,"他说,又悄悄地加了一句,"我们将来可以在下面乘凉,是吧玛利亚?"

"我还不确定呢……"她羞涩地回答。

"这所房子你应该是喜欢的,对吧?这条街也很漂亮,狂欢时节,街上全是快乐的人们在狂欢……"

"过节的人们,你们好啊!"佛兰切斯科的一些女邻居们都来到门口,"你们俩玩得痛快吗?有没有忘记给我们带杏仁蛋糕?"

"大婶,我在路上就把它给扔了,因为它被老鼠给啃了呢。"年轻的地主兴致很好,和他的女邻居们开着玩笑,玛利亚在这时则显得十分温和有礼貌,正在向她未来的邻居们点头微笑着打招呼。

这个时候,路易萨大婶正坐在自己家门口一边纺线一边等着年轻人们回来。

有人路过这里告诉她,玛利亚正和佛兰切斯科一起骑马,他们马上就一起回来了。路易萨大婶马上有点兴奋了,连她一向苍白的脸上都开始有了一点血色,她赶紧看看自己的仪表是否整洁,她一会儿就看到了一起骑着马的佛兰切斯科和玛利亚:佛兰切斯科正握着玛利亚的手,"这桩婚事成了!"她暗自想道。她感到十分的高兴。

"你们好啊!"她手摇梭子打招呼,"你不歇歇吗?我亲爱的佛兰切斯科·罗萨纳?下马来休息一下吧!"

"今天有点晚了,我改天再来吧。"佛兰切斯科一边说一边把玛利亚扶下了马。

"那么你喝一杯葡萄酒的时间总有吧?"

"那就恭敬不如从命啦。"

路易萨大婶去拿酒了,两个年轻人又单独待了一会儿。

"你说的,两个星期,是吗?"

"是的,再给我两个星期……"

12

两个星期过得很快。

佛兰切斯科·罗萨纳时常来诺伊纳家做客,他还和尼古拉大叔一起散步,有的时候也上街区看看。他十分喜欢玛利亚,这点左邻右舍都看出来了,不过,佛兰切斯科并不介意。

但是,玛利亚表示她还要再考虑七天。

"还要考虑啊!这简直是折磨人嘛!"佛兰切斯科稍微表示了一下抗议。

不过,佛兰切斯科认为这是玛利亚处于爱他而考验他,所以,他还是等待着,但是,他并没有什么耐心了。于是,每天各种各样的礼物像雪片一样落到诺伊纳家。左邻右舍和八卦的酒吧老板时常都看得到一个女佣把一篮子又一篮子盖着白布的礼物送到诺伊纳家里。

"啊,这一定是一篮新鲜水果!"酒吧老板一边赶着店里的苍蝇一边猜测。

"不对,一准是一篮子好吃的糖渍饼干。"对门的一个女人更正。

"我们打个赌吧。"

"真可惜,彼特罗这个家伙不在这儿,要不然他就会告诉我们准确消息。现在真的不知道这两个年轻人会不会结婚啊。"

"玛利亚已经要求给她一个月的时间做决定了。"酒吧老板说道,他的消息好像很灵通,"那女人怎么就拿不定主意呢,我得去问问。"

果然,酒吧老板还是按捺不住,在那天去诺伊纳家买麦子的时候趁机问玛利亚:

"姑娘啊,你为什么不嫁给他呢?"

"我想只有上帝知道吧!"

"什么,上帝?你的事情应该只有你自己知道啊,佛兰切斯科为了等你的回答,人都瘦了。"

"你怎么知道的?"她诧异地问道。

"是一只鸟儿告诉我的!鸟都知道这种事情,谁还能看不到呢?……你可得抓紧时间啊,姑娘!"

她想起了彼特罗,既然大家都知道,在葡萄园里的他是否也已经知道了呢?一种轻微的恐惧罩住她的心。

"不,不,我才不结婚呢,就让别人说去吧,我才不理会呢!"她把混着土的麦子倒进酒吧老板的袋子里。

"你要是不喜欢他,那你能嫁给谁呢?他那么有钱,人也很好,简直是个绅士。配得上你,姑娘!你们很合适的,快点决定吧……"

左右邻居都在劝玛利亚赶快嫁给佛兰切斯科。

到现在为止,彼特罗已经完成了一年的工作,又续签了一年的合同。

她曾让父亲不要再让他干活,但尼古拉大叔根本不理她。

"女人就是那么傻,为什么要辞掉他呢,已经找不到比他更能干的用人了。"

彼特罗一人在葡萄园里,虽然他也听到了很多关于佛兰切斯科和玛利亚要结婚的风声,心里有些许不舒服,但他不想相信这些是真的,他变得又聋又瞎,整个心神都沉浸在自己的热恋中,逃离现实。

风和日丽,葡萄渐渐在山峦的阴影下开始成熟。

彼特罗总是朝着上面看,盼望着玛利亚的到来,而相反,玛利亚此刻一想到他就咬牙,为什么自己非让那个用人爱上了呢?为什么他总是挡在自己爱情的道路上呢?

不得不承认,她的脑海里总是浮现那个男人的眼神和亲吻,这种回忆让她既爱又恨,面对这种变幻无常的情欲而伤心难过。邻居们看到这位年轻的姑娘,对她说道:

"你看见他过来了吗?……他真的是很痛苦啊,已经瘦了很多……算了,你简直是铁石心肠。他那么有钱,又那么文雅!你可别后悔,玛利亚!"

于是,她又沉浸到自己的幻想中。

葡萄收获的季节到了。彼特罗回到城里,好不容易征得玛利亚的同意,才跟她有了短暂的相会。

"我生病了。"她快快地说道,"我发烧了,感觉快要死了。"

她的确烧得很厉害,面色苍白,浑身发抖。他让她歇了一会儿,才请她回房休息,还叫她保重。

她摇晃着走到门口,又转身对他说:

"彼特罗,你要小心点,这几天,我刚拒绝了一件大事,我父母正怀疑我有什么心事呢。你能照我的希望去做吗？"

"我什么都能为你做，亲爱的，就算赴汤蹈火，我也干……"

"也不至于这样，只是希望你不要总是来看我就好。"

"我听你的。"他激动地叫道。

他本想问问她所说的"大事"，但想到佛兰切斯科，他没敢问，可怜的她正在生病呢！

他目送她走远，当她穿过月光照映下的院子时，仿佛看到她在哭泣。

路易萨大婶听了玛利亚的建议，在葡萄收完不久后，就将他支走了。

就像去年一样，他继续在田地里劳动。

这是一个十月的夜晚，甜美而温和，彼特罗又走了，走之前没能拥抱一下玛利亚，心中充满了遗憾。他觉得她不再是原来的她了。她变得郁郁寡欢，愁容满面。是为了他，一切都是为了他。他已经察觉到了路易萨大婶和尼古拉大叔都对她很冷淡、气愤，因为她不愿意接受佛兰切斯科的求婚。

"因为害怕她的父母，她已经不让他再接近她了。"他想，"现在还要过那么长时间……"

不行，他不能就这样离开了，他在一块田边停下来，托付一个农民照看他的车和牛，把狗系好，于是原路返回去了……

他一路小跑着，被一种神秘的力量推动着，他的心因为爱着玛利亚而剧烈跳动着。他小心翼翼地来到尼古拉大叔家的门前敲了敲，玛利亚为他开了门。

"彼特罗，你怎么又回来了？"她恐惧地说道。

"我没法走,真的没法丢下你走掉……"他颤抖着说道,"我走不了,原谅我,我是回来看你的,告诉我到底发生了什么事,快告诉我……你怎么了?为什么我们不能像以前那样见面,为什么……"

他就这样祈求着,像是丢了魂似的倒在她脚下。

她看着他,恐惧占据了她的全身,使她颤抖。是啊,这可怜的男人是全心全意爱着她的,比那富裕的地主还要爱她,可她又能怎样呢?她想跟彼特罗和盘托出,但又提不起这勇气。她又说谎了,是啊,她一直在说谎!

"难道你不知道我的父母在监视我吗?"她柔和地说,"我不是早跟你说过吗?我不只拒绝了一个人的求婚……他们怀疑我有了心上人……是不是爱上你了。你不要再折磨我了好吗?"

"我怎么会折磨你呢?"他热烈地说道,"我就是回来看看你,你对我来说就像是面包和水。我会回来看你的,玛利亚!"

"千万不要偷偷回来!要听话,不要让我为难,你快走吧,走吧……"

她很害怕被人发现,但他却不想走,此刻犹如天塌下来一样!

"让我再看看你吧,玛利亚……都已经那么久了!"

他们相互激情地拥吻着,他不想离开她!

彼特罗重新来到这片土地上大约两个星期了,他努力地干着活,想着她!

十一月初的一个晚上,一个年轻的农民经过这里,给他捎来了一篮粮食。

他请这个小伙子走进草房,在里面歇一下。"坏心眼"也在人的身边转悠,嗅着他的衫,舔着他的双手。但年轻人急着赶路,就向彼特罗道别了。

"你能告诉我一些主人的消息吗？"他说道。

"玛利亚和佛兰切斯科订婚了。"年轻人笑呵呵地说道。

几乎就是一瞬间，那个人不断反复地说着："怎么，你还不知道吗？"这时，精神恍惚已经过去了。

"不，不可能。"他像自言自语，继而道："你弄错了，玛利亚拒绝了佛兰切斯科，是她告诉我的。"

来人急匆匆地走了，在昏暗的光线下，他没有看到彼特罗那变了色的面孔。因此，仍然安详地答道："这我不是很了解，不过可以肯定的是，每天晚上佛兰切斯科都会去找玛利亚，而且几乎每天都会派人给玛利亚送礼物过去。每个人相信他获得随便出入诺伊纳家的权利。再说，这关我们什么事呢？再见，洗澡去吧。"

来人走远了，但是，彼特罗吹了声口哨，想把他叫回来。

"你听着！我忘了一件事。我今天晚上想回努奥罗办点私事。要是路易萨大婶问起你来，你就告诉她，你经过这里的时候我已经走了。你听明白了吗？我以后会说，我回去是为了拿粮食的。"

"好吧，晚安。"

彼特罗动身了，他眼睛比夜还黑暗，他心里比夜还阴郁。他为什么走开呢？他又走到哪儿去呢？他会干出什么事呢？他自己也不知道，但是他依然走着。他就像一头绵羊，头上似乎有一条虫子在蠕动，弄得他全身奇痒难耐，于是他把头朝一块石头，一棵树或者是任何他看见的挡住他的物体冲过去，似乎想冲破某种枷锁。

为了亲眼看到，为了寻找一种安心的理由，为了向前的理由。哪怕前方的黑暗比现在的痛楚还痛楚。

他就这样麻木地走着,走了很远,被一种无法抗拒的力量推动。他的额头青筋突出,恍惚间似乎听到坎坷不平的道路上传来一阵马蹄声。他仿佛置身于寒冬的夜里看无穷的星光闪烁。

但是,他似乎在逐渐清醒,仰望着天空,想从天色中看出时间的早晚。他看到碧绿闪亮的木星挂在水晶般透明的天空稍高处,于是想道:

"大概有七点钟了吧,再过一个半小时,我就要到家了,今天是星期六,要是信息属实,那么佛兰切斯科还会待在那里。要是碰上他,我就扑上去把他掐死。不,不,玛利亚不爱他,不会要他的!她不会这样背叛我,即使犹大背叛了耶稣。一定是她家里逼她订婚的。她胆小怕事,就顺从了。她该多么痛苦,谁知道呢,说不定是他自己叫人告诉我这个消息的。"

不到两个钟头,他就穿过并攀上了山谷。他奔跑着,上气不接下气,像得了疾病,他似乎是奔向一个险恶的地区,要把玛利亚从水火之中救出来,要把她从邪恶的黑暗之神手中夺回来。他伸开双臂,攥紧了拳头,像是要试一试自己的气力,又像是练练功夫,好向无名的敌人进行无声的战斗,一个原始人的一切本能都在他身上复燃了。

"我要杀死他,我要掐死他,我要把他打倒在地,像是暴风雨吹倒一棵树,我一定要杀死他,杀死他!"

他走了很长一段路,一直反复地说这几句话。他甚至觉得自己在叫嚷着这些话,而且听到他的脚步声也像是重复着这些话。他的两个太阳穴在跳动。他的心和喉咙在猛烈地颤抖,似乎也是这些话的回响。

他越是走近努奥罗,就越感觉自己憎恨佛兰切斯科,而玛利亚在他眼中就越像一个受害者。

他来到了孤独小教堂，猛然站住了，他突然恢复了现实感。在那边，在他眼前，努奥罗展示出它那一座座黑黝黝的寂静的房舍。有几盏红色的提灯在黑暗中闪烁，一阵钟声通知熄灭灯光，努奥罗沉浸在夜幕中。

"我这是往哪里走？"他自言自语道。

黝黑的山上吹来一阵寒风，吹向他的双肩，犹如在寒冬被泼上了一桶冰水。他的身体在寒风中战栗。

是啊，他究竟往哪里走？再过一会儿，他就到了，就回到主人那里去了。佛兰切斯科或许已经走了，不过也有可能待在那里，那么，他，这个可怜的男人，该做什么呢？他大概得打个招呼，不过仅仅是打个招呼而已。

"好吧，"他一边走一边想，"我不回去，我偷偷盯着，等到这混蛋出来以后，我再想办法进去，去和玛利亚见面，先跟她说说，然后看看能做些什么。"

但是，他忽然听到一阵急喘声，这气息简直像人的呼吸。他还没有来得及转过身去，"坏心眼"已经赶上来，并且走到他的前面。

"是这条狗！"他高声说，"现在该怎么办？"

他骂了一声，又吹了吹口哨，但那狗既高兴又疲乏，浑身抖动着，一直向市镇跑去。

于是，彼特罗想，应当马上回家。不过，随着他越走越远，他的心又猛烈地跳动起来。他头脑里的千万种思想也乱成了一团。

"我要是看到他在那里，那就把他杀死，我要像一条疯狗似的扑到他身上，怎么办呢？最好还是在外面等，我不想忘乎所以。"

"我一直很肯定,玛利亚还爱着我……我应该控制着自己,战胜自己,看在她的爱情的分上。"

他在主人家门前停住脚步,"坏心眼"用爪子挠着大门,号叫着。

小兔子也在尽力哀叫着。他弯下身去,用乞求的口吻对他说:

"闭嘴,快别叫啦!乖乖的……"

他和他的狗就这样相互争斗着,究竟在这里待了多久谁也不知道,但是感觉时间很长。

突然一道光朝着门缝射过来,门开了,一个男人走过来,并向玛利亚道着:

"晚安,玛利亚!"

"再见,佛兰切斯科!"

彼特罗心痛得快要死掉了,狗从他的手中挣脱。就这样,他直着身子走过去,到那有光亮的地方。玛利亚看到他脸色马上变得煞白,惊骇地看着他,这时狗已经跑到厨房里去了,尼古拉大叔在前面叫道:

"'坏心眼'在这儿呢!啊,你也在这里啊,我可爱的人儿?"

彼特罗没有说话,静静地注视着玛利亚,看着她离开了大门。

他们一句话也没说,他意识到一切都完了,玛利亚不再爱他了。他木木地走进去,关上了大门。

"晚安,"他随口说了一声,走过庭院时说,"你们肯定没有等我吧?"

玛利亚感到这话是对她讲的。她害怕,本能地吹灭蜡烛,躲到房间里。

彼特罗再也没有看她一眼。

他走到灶火旁边的角落里,回想,曾经时光是多么的美好,可现在却不复存在了。他想要像野兽那样发泄他的情绪，但他没有，痛苦已使得他动弹不得了。

"你简直像具尸体，"路易萨说，盯着他看，目光不像平时那样冷漠了，"你生病了？"

"是啊，我病了，给我点药，我马上就走。"

"你做得对，既然回来了，就休息吧，明天再走也可以，给你奎宁片，刚买了一瓶，玛利亚也发烧。"

"她也病了！"他自言自语道。

他抬起头，四处张望：他周围的东西没有发生丝毫的改变。景物还是那些景物，路易萨大婶还是在纺着线，尼古拉大叔还是用两腿夹着拐杖，玛利亚还是已经背着身子，收拾着灶台上的杯盘。

但是他觉得自己像是到了一个新的地方，一个可怜的没有希望的地方。他觉得自己就像是已经死了的人。不错，是有一人拿起重物，已经把他砸死了，现在的彼特罗是另外一个已经在死亡和痛苦的世界里复活的彼特罗了。

"不错，你现在这个样子就像是一具死尸。"路易萨大婶又补充了一句，"你快点儿吃一粒奎宁片吧。你一定饿了。"

"我告诉您，我不是饿，我发烧了。"

"你是害了相思病！"尼古拉大叔一边说一边用牛角烟壶敲打着拐杖的手柄，然后拿一个雕花的软木塞子堵住了烟壶的嘴儿。

"我已经说过了，我发烧！"彼特罗愤怒地重复道。

"胡扯吧你就！我觉得你根本不是发烧，而是在做白日梦呢！我的小伙子！你别这么嚷嚷行吗？你要是真的在发烧你就去睡一觉吧。"尼古拉大叔说，"不过，你还是稍微喝一点酒定定神比较好。

139

拿酒来,玛利亚!你转过身来又怎么了?难道你在杯子里就看得到你的未婚夫佛兰切斯科·罗萨纳了吗?"

玛利亚并没有转过身来,她慢腾腾地走开了。这个时候,彼特罗看到了几个杯子,想必其中一个就是佛兰切斯科用过的吧!于是他厌恶地推开了玛利亚递过来的酒杯。

彼特罗的心全碎了。现在他宁愿立马就去死,用他剩余的生命来换取哪怕一小会儿和玛利亚单独相处的机会,他要让她解释清楚,他所感觉到的那件神秘的丑事到底是什么。

但是,玛利亚看到彼特罗不接酒杯,就把杯子递给了尼古拉大叔,然后就慢慢走了一圈之后离开了厨房,再也没有回来。

"她是怎么了?她大概是害怕我的吧。"彼特罗这么想着,"她这么会害怕我呢?怎么会?我不是发过誓绝对不会伤害她的吗?她真是个卑鄙的女人!真卑鄙!——但是我爱她啊!比我爱自己还要爱,只要是她求我原谅她的背叛的话。"

彼特罗不知道自己到底是为什么一想起玛利亚就这么的软弱,就像个小孩儿一样。但是,他貌似又听到了远方传来的马蹄声,他的脸红得就像火烧一样,一圈红云就在他脸上飘过。

他要杀人!杀人!一定要杀死一个人不可!现在只有人的鲜血才可以缓解他喉咙里灼烧一般的干渴!

"今天晚上我就要宰了尼古拉·诺伊纳这头红色的蠢猪!"

但是,当路易萨大婶一回到自己的房间休息,男主人尼古拉大叔却举起自己的拐杖,轻轻敲了敲彼特罗的肩膀。

彼特罗大梦初醒。

"怎么了?"

"我现在就告诉你那个好消息吧,我的年轻人!"尼古拉大叔讽刺道。

尼古拉大叔打开了一条蓝色的大手帕,然后把它放到火上烤了烤,呼哧呼哧地吸了吸鼻子。

"不错,这的确是个好消息,至少大家是这么说的。来点儿鼻烟吧彼特罗·贝努!不错,我已经老了,需要用鼻烟了!随便它吧!我的女儿玛利亚已经是佛兰切斯科·罗萨纳的妻子了!晚安,我的年轻人!"

"怎么办呢?"尼古拉大叔说道,"本来可以再等一等的,嫁给一个漂亮一些的小伙子的,但是,现在,你知道了?女人爱的是有钱有势的男人,而不是漂亮的男人。你长得俊朗,可是,女人们会喜欢你吗?过了这个村就没有这个店啦,我漂亮的小伙子!……不错,我漂亮的小伙子,是路易萨大婶看上了这么个人,是玛利亚看上了这么个人,是我们大家都看上了这么个人!"

"看上谁?"

"你没有听见吗,刚刚?我刚才已经告诉过你了,是佛兰切斯科·罗萨纳!他年轻而富有,会说话,又是个市议员。玛利亚原本可以嫁一个中产阶级一个医生或者是一个律师。但是路易萨大婶说,律师都是一群穷光蛋。你知不知道,是谁来求婚的?"

彼特罗仰起头,做出他一贯的轻蔑姿势。

"是市长,我的年轻人!是货真价实的市长!"年老的男主人说道,尼古拉大叔本来想讽刺一下彼特罗的痴心妄想,但是最终变为了因为过度兴奋而显露出来的得意,"这可真是再好不过的事情啦!"尼古拉大叔把帽子摘了下来,又歪戴在头上,"你们要怎么操办,我们就怎么操办！钱的事情不用担心，在我们罗萨纳的家里！玛利亚好像生来就是富贵命！"

"不过，大家都这么说……"彼特罗开口道，但是他马上又摆出了一副轻蔑的样子，并且没有继续说下去。

"别人说？你倒是告诉我说了些什么？你告诉我！"

"有人说，玛利亚与佛兰切斯科的爱情是假的，她并不爱他……"

"爱情？鬼才知道！我有必要给你重复一遍，没有哪个女人懂得什么是爱情，但也没有别人逼着她必须要去爱。她只是需要这个男人，于是他就上套了。我也从没打算要谈起过自己的想法。"

彼特罗此刻在想："糟了！"

东家那真诚的语调和为他设身处地的这段谈论已经将一个最糟糕的事实展现给了他。原来玛利亚对他的背叛完全建立在一种自觉自愿的心态上，她酝酿这种背叛的行径没人知道有多久了！

没错，她被他吻了的那一刻其实她就已经开始了背叛，简直堪比犹大背叛我主耶稣！

原来是这样，一切都已成空。

彼特罗孤零零地站着，他被仇恨与绝望给淹没了。他走到院内，靠着那条小楼梯，在左右来回地踱步，在慢慢构思如何才能潜入玛利亚的房间里。不过看起来这点几乎做不到，因为所有的房间都被关上了，一片万籁之寂。顺着院墙往天空望去，夜空中有一颗绿色的星辰，如同一个小小的月亮一般闪闪发光，也许这就是当年曾以自己的光芒照耀着彼特罗在马雷里山谷中舍命狂奔的那颗星辰吧？它如今光辉依旧，就像摆出一副刻薄嘲讽的面目来，它在嘲讽他那可怜的痴心。

他渐渐走回去，一下扑到了厨房的地上。那过去的回忆就开始撕扯他的心灵，折磨他，让他连气都喘不过来。那儿，就是那儿，在那庄严的炉灶边上，在那就像是有生命的炉灶前面，玛利亚吻过他，向他许下过心愿，和他一起承受过爱情的煎熬……这一切又怎么会烟消云散呢？

他闭上眼睛，似乎又听到她那压低了的声音，她那可爱的手还放在他的手上……其余的一切都是一场残酷的梦。但是，突然那声音变了，变成一个男人的声音，一个鼻音很重的声音，那声音在咬文嚼字地说话。不错，情敌就在那里，坐在灶火旁边，一阵冷笑掀开了他的上唇，他那鹰一般的侧影在墙壁上游荡着，犹如一只猛兽。

可恶的幻觉出现了：瞧，路易萨大婶在幸灾乐祸地笑，她那异乎寻常的笑声有种阴险的意味，几乎像邪恶。她的织布梭吱吱唧唧地叫着，发出一种神秘的尖叫声，像是一扇房门在生锈的门框上缓缓地打开。还有尼古拉大叔在讲述他昔日的爱情遭遇，描绘着污秽不堪的细节，这使得彼特罗欲火中烧。但是，蓦地一切又都变成了哑然无声，男女主人公的面孔都消失了，灶火也一点点地熄灭了。在那发红色的暗影中，显现出了一个群体：一男一女互相搂抱，两个人的嘴唇贴在一起。

这正是他们啊：玛利亚和佛兰切斯科。

彼特罗攥紧了双拳跳起来，走过炉灶，向那无法容忍的幻影冲去。

但是，从地板到那面被半熄的灶火映上淡淡红光的墙壁，只有一个巨大的奇形怪状的影子在晃动，像是把自己的脑袋朝屋顶上乱撞，而且撞得头破血流。

彼特罗走了回去，继续坐在地上，两只手撑着脑袋。是的，他觉得自己的头都快爆炸了,他又一次听到了很多匹马在远处狂奔的声音,听到了很多块石头落地的声音,他再一次热血沸腾。

院子里传来的轻声响动使他恢复了知觉。

"哦,是玛利亚回来了,一定是她回来了,她一定是来对我说这件事并不是真的,她一定是来告诉我她还是属于我的。"

并不是玛利亚,她并没有来。不过,这一瞬间产生的希望,足以使这颗不幸的心里还有动力:为什么就这样绝望了呢?——婚礼还没有举行,一切就还有挽回的余地呢!再说,就算玛利亚真的不再回来了,世界上的女人可是多得是呢!

"我还这么年轻,我一定能够把这一切忘掉……"

他又想起了萨碧娜,也想起了很多穷人家的女孩子。她们一定会爱上他这个勤劳肯干的小伙子,何必为了一个水性杨花的女人而发疯呢?

但是,一想到玛利亚变心嫁给了别人,彼特罗就觉得痛苦不堪。玛利亚是他的爱情啊!她是他唯一真心爱过的女人啊!她是他赖以呼吸的空气,她是他赖以生存的血液,同时还是一直煎熬着他的痛苦。没有玛利亚,彼特罗的时节就不复存在了,一切都会陷入黑暗当中无法再次见到光明。

时间就这样一分一秒地流逝了,在这段时间内,彼特罗甚至严格审查了自己的良心。他一次次问自己,对于玛利亚,他是不是犯过罪,是不是做了什么错事,使得玛利亚背叛了他。——可是,除了爱她,他真的没有做过别的。

在他极为愤怒的时候,他是不会猜透她突然变心的真正原因的。他太把她当作一颗夜明珠了,甚至是把她当作明亮的星辰。——所以,他只看得到这颗星星的光芒。

"她变心,是因为她不再爱我了,她变心,是因为别人总是在她的面前说佛兰切斯科·罗萨纳的好话,所以她也就渐渐爱上他了……嗯,佛兰切斯科长得可真丑!"他继续想,"他就赢在他上过学,又狡猾,会把话说得像律师那样。天晓得他到底使用了多少手段、眉目传情了多少次、说了多少甜言蜜语,才把玛利亚的心从我身上夺走。那个该死的戈纳雷节日啊,原本不该来的!玛利亚是个女人啊,是个柔弱的人,他们硬把她从我手上偷走,让她嫁给别人,可把我给害苦啦!我一定会让佛兰切斯科·罗萨纳这该死的老鹰不得好死!我要报复!我一定会这么干的!……"

他的脑海里闪过很多很多的复仇计划。

"我要杀死他!就在这个神圣的炉灶前!"他大声吼道,一边伸出手去比画着,"就在这儿,在这儿,我要在举行婚礼的那一天,在玛利亚真正嫁给他之前把他给干掉!我就是要他的血和他的眼泪!"

他的耳边响起了崩溃之声,他的眼前飘过一团血红色的云雾,接着,这一切又变得无影无踪了,一切都又像往日一样归于沉寂。但是,对往昔一去不返的那些欢快记忆的回忆却使他的心得到了永恒的温暖,一想到这些,他号啕大哭。

自从他的母亲去世以后他就再也没有掉过眼泪,而这次也是他一生中最后的泪水。

13

  第二天早上,他傻乎乎地等待玛利亚。路易萨大婶从楼上下来,交给他一些奎宁片,督促他尽快出发。
  "昨天玛利亚夜里发烧,她几乎没有休息好。"
  "相思成灾吧。"彼特罗准备走之前如此说道,"举行婚礼的时候记得喊我回来参加。"
  "这个是当然的,我们还得用你种的麦子做成面包在举行婚礼的时候用呢!"
  "可惜啊,没准儿到时候我就死了。"彼特罗动身的时候说道。
  "那你可得好好保重,我亲爱的孩子啊,看着你蜡黄的脸色我真心疼!"尽管路易萨大婶这么说着,但她那毫无表情的脸色没有显示出任何对这个苦命人的哪怕一丝一毫的怜悯之情,"你得注意身体,不保养好身体怎么干活啊。"
  彼特罗在路上又开始了艰苦而深邃的思考:玛利亚究竟是不是有意躲着我不见,已经打算好了不给我任何与她谈话的机会,如果是这样该怎么办好呢？

"就算我找个机会去见她，但她也会时刻小心着我。唉，真可惜我不会写信，如果能写的话就给她写血书！哎呀，叫我如何是好啊？"彼特罗近乎绝望了，"让我如何是好？我都不想活了！"

这时候他脑子里突然冒出了一个想法：自己躲在玛利亚的邻居家里，然后请人去把她喊过来。

"问题是这样做的话我该如何对邻居说让他们帮忙呢？再者说，她肯定会特意提防我，到时候不肯过来，我这么做很可能还会使她生气。"

不过，路易萨大婶的话还是有一定借鉴价值的，"这个是当然的，我们还得用你种的麦子做成面包在举行婚礼的时候用呢！"这一线犹存的希望之光立刻照亮了他的脑海。

"既然如此，一切还有希望，慢慢来吧。"

既然如此，他再次返回了他平日劳作的地方，他抱着一颗久待之心在耕种着"用你种的麦子做成面包在举行婚礼的时候用"的小麦。

唉，他甚至在想如何能给种子上下毒或者直接让它们被大风吹走。

日子就这样一天天不知不觉地过去了，过去得是那么缓慢、无聊和凄惨无比。在高原特有的紫色黄昏中，他这类被弃绝之人的远影看上去是那么的深沉、僵硬而黯淡。每当他站在大石块上用凄惨、伤感而又带着野性的目光遥望天际的时候，他简直就像一尊以仇恨为主题的大理石雕塑。

他变得仇恨一切人。他仇恨路易萨大婶，一个肥蠢的拜金者，在那婆娘眼里，穷人就是些天生的残疾；他仇恨尼古拉大叔，这个有气魄的美男子征服了一个女人，并把她变成了自己的妻子；他仇

147

恨佛兰切斯科，这位"凶猛的老鹰"；他也仇恨玛利亚，她居然就那么轻易地让那只雄鹰把自己给掠走了。没错，他的确恨她，因为在一些时候，对她的仇恨几乎高于对所有人的仇恨。不过，无论他有多恨她，那狂野的激情也完全覆盖住了仇恨，他每每想起他们刚刚相识、相爱的时候，那时候他如同野兽一般地渴望得到玛利亚。现在，他又重新变成了如同那时一样的野兽，他身上所具备的所有慷慨大方几乎全像妇人之仁一般，全都崩塌了，而这种情绪在他幸福热恋的时候却使他变成一个极为温柔体贴的人。就好像是一只拍动翅膀上下起舞的蝴蝶，在春天逝去的时候，翅膀无情地掉落，只剩下看上去令人感到肮脏、恶心的毛虫。

使他无法安眠的是那些痛苦的梦幻，他那悲伤的白日比不上那悲哀的黑夜。

他不断地梦到举行婚礼的队伍穿过高高的草原，践踏着娇嫩的麦苗。他怒火中烧，抄起枪一下子击中了新郎。在某一个夜晚，他梦见在两排黑乎乎的篱笆中间，盘桓着一条灰白色的长路，那是一条望不到边的路，长得似乎穿越整个世界。他肩上扛着一捆柴火，在这条路上狂奔，就像他小时候经常奔跑的那样，当时他是为了多少能帮助他的母亲而跑到山里去捡树枝。

他走着走着夜幕就降临了，那路依然没有尽头。他开始感觉到腹中饥饿、大汗淋漓，浑身累得一点力气都没有了。路却依然走不完，而且他现在也不知道自己该往何处去。

在那边，在那深处，昏暗的天空同漆黑的篱笆连接的地方，暗藏着一个可怕的妖魔，就是他从小时候就害怕的那种妖魔。每当黑夜来临的时候，他扛着那捆柴火从奥托贝内山下来，就总是会产生这种恐惧。

他好似一个得了热病的人，做了那些噩梦之后感到浑身乏力，手脚瘫软。但这一刻，他却又觉得自己变得狡猾起来，他的头脑变得很精明，就还像一个老油条，心里装满了各种诡计。

正是在这种精疲力竭的时候，在梦中亲手把佛兰切斯科·罗萨纳杀掉之后，他必须开始预见以后将要发生的事情。

"他们会把我抓起来，然后判刑，接着我就得在监狱里蹲一辈子了。杀了他又有什么用呢？这比我现在的遭遇还要悲惨。不幸，我得狡猾些，像女人那样狡猾，等着瞧。"他如此自言自语地说道，"现在看得出玛利亚是多么的狡猾、奸诈了吧？她抛弃了我，这些奸计都是她想出来的，却没有使我产生一丝怀疑。我甚至无法责问她：'你究竟为什么要这样对我？'可是，我在她家做工，被人约束，她抛弃了我，而我却一点都没有察觉。所以，我也应该变得奸诈一些，要多长几个心眼儿，要懂得用计……"

于是他果然开始变得狡猾、长心眼、奸诈了，但另一方面他也变得更痛苦，他就好像生活在路边的野花野草，孤独地恣意生长着，好像他的爱也和那野花野草长得一模一样……

某天晚上，他回到了镇上。不过这一次他并没有被盲目的冲动所驱使，而是抱着一种焦躁的渴望而回。他渴望能再见一次玛利亚，并且他也希望做些什么，希望好歹跟命运斗上一斗。

他牵着狗就走了，到达镇上差不多是九点钟的样子，诺伊纳家的大门紧锁着。他先是敲了敲，希望玛利亚前来给他开门。果不其然，有一些灯光照亮了房子的前面以及院子里墙壁的上方，可是那灯光很快就又熄灭了。没有什么人来开门。

不消说，肯定是玛利亚，她出了房间，走到院子里，想到了是谁在敲门，于是就干脆不开门，又走回了房间。

一团怒气涌上了彼特罗的脑门，他一时间想用石头把房门砸烂，可是接着他又想：

"这样做算是怎么回事儿？到时候弄得整个镇子全都知道了。我应该更狡猾些，看看玛利亚是多么狡猾啊！唉，她真狡猾！"

所以，他只好去往姑妈们的小屋。为了不让人认出他，刻意躲开了街上稀疏的行人。在一个开阔的庭院旁就是亲戚的小屋子，两个老太婆正在厨房里生火，若明若暗的厨房被柴火燃烧引起的微弱火光照亮着。

彼特罗对这个家的状况了如指掌。他蹑手蹑脚地登上外侧的楼梯，进入木质阳台正对面的小卧室。在黑暗之中，他摸索到了那个黑色的木箱子，两个老太太的破衣烂衫都堆放在那里。打开了木箱子之后，他终于找到了那把强盗曾经用过的手枪。

当初托妮亚姑妈保存这把手枪是因为这东西算是遗物，但彼特罗肆无忌惮地把它取走了，这是他走出的第一步。

不过，他自己也不知道为什么要这么做。刺客，他已经回到山谷，沿着乡野小道一路走着。那小道被奇妙的月光照得若明若暗，月亮躲在云雾之中时而出来露个头又匆匆隐去。这时候，他依稀想起来他曾经梦见过的看不到尽头的、有着可怕妖魔出没的灰色的路。

"我该去哪儿？我将来的下场是什么？"他本能地质问着自己。

在那荒凉、寸草不生的山谷里，奥妙的秀吉长夜又使他联想到梦中所遇到的神秘情景。彼特罗拍了下手枪。当他来到一片草丛之中，停下脚步，他好像感觉自己的情敌正从他面前走过一般，在这静谧的淡白色山路之上潜行，于是，他掏出了武器，开了一枪。一声惨叫打破了山谷里那可怕的寂静，接着就又陷入万籁俱寂了。

他感到自己的心在狂跳不已，感觉自己好像已经成了个杀人的凶手。不过，紧接着他浑身猛地颤抖了一下，从那恐怖的幻觉中清醒过来，继续走他的路。

"怎么了？我这是怎么了？我究竟要去哪儿？我将来会有什么下场？"

他就这么走着，在那变幻莫测、阴暗相间的苍穹下走着。他走遍了荒凉的山路，那路若明若暗，这取决于月亮是否被云层遮盖。在他的灵魂深处，也有一丝若隐若现的微弱光芒。有时候，这微光会完全消失，于是，在他面前，就像他做梦的时候看到的那样，蜿蜒出一条看不到尽头的神秘之路——邪恶之路。

第二天，他把那把试用过的枪又重新检查了一遍，然后藏到一片枝繁叶茂、渺无人迹的草丛旁的两块凹形石头中间。他又开始捡起原来的活计干了起来，他感觉自己好像完全变成了一个自己不认识的陌生人，好像是做了一场大梦。

"我以前真傻！"他琢磨道，"我原本可以快乐无忧，可是我却放着好日子不过。唉，那次她带葡萄酒来的时候，那机会多好啊！她本来可以成为我的情人，强逼着她父母让我们成婚……可是事情却被我弄糟了，我傻得连小孩子都不如……真倒霉，太倒霉了！我和一条睡着了的狗没什么区别，只有别人朝我身上砸石头我才会有反应……唉，我不愿打开你的心扉，玛利亚·诺伊纳。是啊，你是主人，我是长工。但是，你可要小心了，娘们儿，你拿我寻开心，你玩得挺爽，你要我跟你接吻，现在却叫我欲求不得！你真奸诈，

151

看着吧,是你教会了我狡猾,我会变得更狡猾……"

不过,他在如此思考的时候,却依然抱有幻想。唉,要是自己会写信就好了。

"我必须得杀个回马枪。"他这么想着,"冬天就要到了,我还得住在他们家那倒霉的屋顶下,我总有机会见到她跟她说话,我要把那些折磨着我的心的那些所有的事情全都倾诉给她……"

于是他就这样继续把活儿干下去,这可真是个悲惨、苦寒和充满灰色的一天。快到日落的时候,刮起了一阵寒冷的北风,他想生堆火却发现自己把火镰弄丢了,兴许是在努奥罗闲逛的时候弄丢的。想了想后他前往一群努奥罗农民居住的窝棚,那些农民是他耕地的邻居,时常一起干活。

他寻思着是不是能借到一把火镰,如果没有的话请他们给块已经烧红了的木炭也可以回去引火。

这是个漆黑而寒冷的夜晚,那来自努奥罗山的呼呼北风吹得人脊梁发疼。彼特罗发现那些农民正围在一堆松柏枝作为燃料的篝火旁聚餐,一股浓香的烤肉油腻味道混合着柏树枝的芬芳。

草棚被大风吹得摇摇晃晃,棚内充满了熏烟,这北风似乎都能把整个草棚连根拔起一样。农民们围着篝火席地而坐,正在用两根木棒插着两只整羊在火上烤着。

当农民们刚看到彼特罗的时候他们感觉有些无从适应,但是很快就纷纷露出了笑容,他们招呼他过来,请他一起吃晚饭。

"真香啊!是从别人家偷来的羊吧?"他边说着边顺手捡起一块木炭。

正当他打算转身离开的时候,农民们却开口说道:

"要是你不留下来跟着我们一起享用这羊腿,我们就只能把你视作奸细,是给老爷们跑来刺探我们的。还是留下来一起吃吧,反正吃偷来的肉照样也能让你吃饱,唉,凭什么我们就不能吃些好的?难道吃好些是老爷们的特权吗?"

彼特罗留了下来。农民们接着讲道,这只羊是他们从离这儿不远处的一个羊圈里偷来的。可是,有一个人叫道:

"这怎么能算是偷呢?是它自己一路跑到这里来的,它好像是在告诉我们'快把我抓去吃了吧'。快吃吧,彼特罗·贝努,你瞧你都面有菜色了。为什么你会这么瘦弱不堪?难道你的东家苛刻地对待你,不给你东西吃?"

然后,他们开始谈起了玛利亚。

"啊,要是你能把她带到这儿来,"一个人边大口嚼着羊肉边说着,"要是你能把她带到这儿来,我就会像现在嚼嘴里的这块肉一样把她生吞活剥。我还没有见过任何一个女人能拥有她的美貌!嘿,彼特罗,换我是你的话,你就看着吧!"

彼特罗浑身颤抖了起来,却又一句话都说不出。啊!我以前居然是那么的傻啊!

在饱餐之后彼特罗决定留在这草棚里。他躺在那个用树枝和石头堵住的窗口不知不觉地睡着了。其间他时不时地醒来,好像听到那只叫"坏心眼"的土狗的吠声。他边失神地听着,一边又在想:

"会不会有人偷我的牛呢?想偷就偷吧,在这么暖和的地方睡得真舒服,我才不会因为牛的事情让自己挪窝呢,谁爱偷就偷,偷光了更好,反正所有的牛都是东家的,让它们统统见鬼!"

于是,他选择继续睡下去。

不过天快亮的时候他突然醒来。这次他可是真切地听到了"坏心眼"那特殊的吠叫随着风飘了过来,好像是嘶哑、充满怨气的人声。这时候,玛丽荼达,那些农家小母狗,长得就像一只小狐狸一样,也一并颤抖着拼命地狂吠。

"怎么回事?"彼特罗不安地说道。

当他拨开堵住窗口的树枝朝外看了看之后吓得脸色煞白,有四个宪兵正在那早上黯淡的晨光中朝他们的草棚的斜坡上爬去。

尽管他及时跳出了草棚,可是还没来得及逃避那未知的危险的时候,他就被宪兵给抓住了。

其他的那些农民也全员落网。草棚里昨晚吃剩的生熟肉类、剥下的羊皮,这些统统都成了被没收的赃物,宪兵指使一个农民把这些都背在肩上。

"快点走!"一个宪兵用枪托顶了彼特罗一下并说,"你是不是无辜者要过一会儿才能知道。"

他无可奈何地跟着人群走了,这就好像是噩梦一场。他又走上了多次痛苦地走过的大路,像一个倒霉鬼那样边走边诅咒着。

"是不是我真的应该去死了?"他这样自问道,"究竟是谁暗中这么摆了我一道?"万一我的东家知道了这件事,人家会怎么说?怎么想?玛利亚又会怎么想?她会不会真的把我看成是一个贼?

在下山的路上,他们迎面遇到了山羊的所有者,就是他向宪兵告的状。

"博伯雷!我的朋友!"彼特罗朝那人叫嚷,半是威胁半是乞求,"我没有偷东西!快让他们把我放了!否则的话你迟早得后悔!我又没有得罪过你,博伯雷,我向你发誓!上帝会为我作证。快放了我吧,我简直倒霉透了！"

"彼特罗，"牧羊人博伯雷说道，"我当然相信你，可是我又管不了宪兵，这你可不能怪我，我比你更倒霉，这些下三烂偷我的羊，这都偷到第三头了。我实在忍不下去了！"

那些农民辩解道："我们当时只是看到一头倒在篱笆边上的死羊……是上帝把它弄死的……"

"希望魔鬼把你们统统都绞死！看着吧！"

"我是无辜的！"彼特罗叫道。

"闭嘴，快走。"那个宪兵又用枪托顶了他一下，催促他快走。

"博伯雷！"彼特罗开始了苦苦的哀求，"至少你给我的东家说清楚，去告诉他我是无辜的！看在你老娘的分上，告诉他们真情实况……"

值得庆幸的是他们很快就被押送到了努奥罗，一路上没有被其他人看到。

在法庭上，那些农民全都异口同声地声称彼特罗是无辜的，没有参与偷羊，可是即便是这样，整整一天过去了，他还是没有被释放。

尼古拉大叔知道这件事情之后立即赶到了努奥罗，他先是请教了一位律师，打算再去找法官。

"您打算怎么办呢？"律师回答道，"法院的事情异常的烦琐复杂，多的就像复仇女神的头发，盘根错节……"

"让你这些漫无边际的扯淡言论见鬼去吧！"尼古拉大叔心里这么说着，不过还是到处为彼特罗想办法走动。

到了傍晚，他们把彼特罗从拘留所押到监狱。

结果，他在那里一待就是三个月。

彼特罗很清楚,一个有了案底的人,哪怕他犯罪的迹象再模糊,往往也得被预防性监禁许久,可是他忍受不了这种情况,他认为自己太过冤枉。一种既打算反抗又想琢磨出坏主意的复杂想法在他的脑海里与日俱增,有的时候,他简直以为自己已经变成了一个疯子。玛利亚在做什么呢?每当想到她快要结婚了,而自己却在吃牢饭,那种巨大的痛苦和愤恨使他感觉备受煎熬。

诺伊纳家有时安排人送些吃的和几瓶葡萄酒给他。尼古拉大叔是个厚道人,甚至还争取跟这个囚徒做了一席长谈,安慰他,给他讲些小笑话。尽管他完全可以重新雇人来代替彼特罗,但是他却对他说:

"明年的活,我还雇你来干。"

彼特罗说不出话来,面色阴沉,心情恶劣。他又想到了玛利亚,想到了尼古拉大叔说过,婚期就快要到了。只要一想到他还得回到诺伊纳家亲眼看到那新婚燕尔的小两口的幸福生活,他就快被刺激成一个疯子。

过了几天,一个新的囚徒被关进了彼特罗的牢房。那人不是努奥罗人,是个身材矫健的小伙子,没有蓄须,一张顽皮而聪颖的娃娃脸。他叫乔安尼·安蒂耐,一进牢房他就跟狱友们打招呼,逐个询问他们的姓名并且详细了解他们的案情。

他似乎想要选择一个朋友、同伙,恰好彼特罗就是这样一个合适的人选。

"给我讲讲,"那个叫安蒂耐的问他,"你真的偷了东西?"

"当然没有!"彼特罗回答他。

"那是你干砸了！要是你偷成功了，就不至于现在在这里受罪了。而且你就得到了好处，也获得了安慰。"

彼特罗对此言论付之一笑。

"没偷过东西的人就算不上是好汉！"安蒂耐又说，"告诉我一件事，究竟上帝存在不存在呢？我认为当然存在，而且他还创造了一个世界，让我们在这个世界上享福。所以，世界上的一切都属于大家，只要学会把东西弄到手就行……"

"可是，你看，"彼特罗回答，"宪兵把我们都关进监狱了。"

"所以才得变得狡猾而机敏！"安蒂耐说，"必须懂得如何把东西弄到手！"

"可是你自己不也让别人给抓住了！"彼特罗答道。他认为，这个伙伴讲的话，又像是开玩笑又像是一本正经，让人觉得又讨厌又招人喜欢。

那个叫安蒂耐的眯着贼溜溜的眼睛。

"你什么都不知道！"他说，"我是故意让他们给抓到的，明白了吗？等我从这儿出去的时候，我会比一只鸽子还干净纯洁，现在他们对于我的起诉跟我没有任何关系，我需要证明自己是受冤枉的。下次，我可能真会去犯罪，但是我会告诉法官，我遭到了迫害，有人恨我，他们诬告了我，上次我就是被诬告的，我相信司法公正无私定能还我清白。这样一来，法官就一定会相信我，我有足够的把握，他必然会相信我。"

"到时候我会出庭揭发你，把你现在告诉我的这些当庭和盘托出！"彼特罗叫道。

安蒂耐盯住了他，微笑着露出了两排整齐而漂亮的牙齿，那牙齿在牢房的昏暗中熠熠生辉,就好像一只潜伏着的恶狼的狼牙。

彼特罗并没有注意到安蒂耐的理论是如何的荒诞与自相矛盾,而且以为,这个刚进了班房的小子好像是在开玩笑。再者说,这是个挺招人喜欢、机灵伶俐长着一张娃娃脸的顽皮小伙子,一对狡黠的眼睛,声音清澈,所有人都喜欢他那样讲话,太迷人了。

自打他来到这儿,整天都在想一些恐怖的强盗事迹,并且添油加醋地把这些故事编得异常生动好像真的一般,其余的囚徒们对着他围成一圈,静悄悄地听得津津有味。

彼特罗感觉到他的心里犹如遭到火烧了似的扑通乱跳。那些原始人估计就是这种状态,一听到战场上的史诗、令人传唱的英雄故事还有充满了野性的父辈讲述的那些传奇典故,就浑身像被烈焰包围了一样激动起来。

这个叫安蒂耐的吹嘘自己认识努奥罗一带所有的逃犯(那时候此地的确土匪遍地),而且还从自己的鞋底抽出一封大盗科贝都写给他的信拿给大家看。据他自己说,他和科贝都曾经在奥利埃纳山顶上有约。

这令在场的其他囚徒纷纷羡慕,于是,大家也都在吹嘘自己跟强盗们有所往来。

科贝都的手书从一个人传递到另一个人手中,有的人是文盲,却也仔细地看着这封强盗的信,还毕恭毕敬地抚摸着。彼特罗也把那封信审视了老半天,长嘘了一口气。

"这才真算是好汉一条啊!"他边说便用两根指头轻弹了一下信件。

他似乎还有别的话打算要说,但又突然闭嘴了,脸色也变得阴沉。

"啊!"他想到,"这条好汉,大盗科贝都,绝不会像我这样窝囊、饱受凌辱!他会冲开一切,如同狂风骤雨一般,再看看我自己……我是那么的废物、无能!"

"拿着!"他说,边说边把信递了回去,"我也得能识文断字才行,要是我也去落草,总也有几封信要写啊!"

他只是在开玩笑,而安蒂耐则用奇怪的眼神死盯着他。

"如果你真想这么做的话,"他告诉彼特罗,"反正在牢房里有的是时间,我可以教你读写!"

彼特罗很高兴地答应了,他认认真真地开始学习读写。这样一来,就不会感到监牢生涯很漫长了,这个新的差事令他全神贯注,感到安慰。

有一个老狱卒给囚徒送来了一些纸笔,这是安蒂耐请他喝的那几杯水酒换来的。他还给了他们一本识字课本和几份报纸,仅仅用了几天的时间,彼特罗在此领域就突飞猛进。

就在他被释放前,他几乎已经可以看懂整版的报纸,还能书写出自己的名字和玛利亚的芳名。

他感到一种充满了罪恶感的惊喜,就像是自己得到了一件强大的武器,可以用这件武器来进攻或者防御了!

时间仍旧单调地、令人不知所以然地一天天过去,或者可以说彼特罗已经对时间丧失了观念。有的时候他觉得自己好像才被囚禁几天,但有的时候,他又感觉自己似乎已经成了积年的老囚徒。

每到晚上,在死一样寂静的阴森牢房里,只有呼啸而过的卫兵的粗声呼喝才能将那寂静打破。每当这时他就回忆起在东家那温暖的房间里,守着灶火度过的那些美妙夜晚。在睡着的时候,他又梦到了玛利亚，他亲吻她的脸颊，被爱情的烈焰所深深灼伤。

上帝啊！难道那些真的都已经消逝，都已经不复存在了吗？醒来后，他又想到了佛兰切斯科·罗萨纳，满腔仇恨不禁涌上心头。他一边呼唤着情敌的名字，一边恶狠狠地咬牙切齿。他甚至在想，如今他落得身陷囹圄的下场就是佛兰切斯科害的。他在想，如果那一夜他没有去努奥罗偷了姑妈的手枪，他就不会因此而丢了火镰，也就不会去农民那里借火种，宪兵正是因为他跟那些农民搅在一起才将他逮捕的。

在他的心门之内有一束焦躁、集合起来的怒焰，一种深远的怨怒，一股试图和这个世界以及个人命运所抗争的反抗情绪在翻江倒海。在这上下翻腾的心门深处，狱友安蒂耐所描述的罪恶理论就如恶魔果实的种子一样入土扎根，并且很快就钻出了幼苗。

"好汉们，我们之间又有什么区别呢？"安蒂耐说，有的时候好像是在开玩笑，有的时候则是正襟危坐地布道，"我们之间没什么区别，就好像是一个老爹生下的儿子。上帝就是我们在天上的父，上帝在创世纪的时候对所有的人说：'看，我的孩子们，我烤出了一个大面包，你们人人有份，你们把属于自己的那份拿去吧，我的儿子们！'而偏偏世人中有一帮脑子不开窍的家伙，因为他们当中有些人一无所有，而有些人则得到太多。然后一无所有的人满怀怨恨，上帝就告诉他们说：这个还是你们自己解决吧，我的孩子们，自己做好自己的事情，我只能顾大家，谁想不出办法谁就只能吃亏了！"

"但是，"此刻彼特罗表示不赞成道，"仅仅有东西，这并不意味着就一定幸福。"

"谁这么给你讲的？"安蒂耐回了一句，一副瞧不起他的样子，

"你是不是这么想？傻瓜，告诉你一个道理：金钱是万能的，拥有钱财就意味着受人尊敬和爱戴，别人就对他产生恐惧。甚至女人们也会爱上和看上财产颇丰的男人，哪怕他是个丑八怪，大嘴巴眯缝眼，走路得拄着棍子……"

"说的没错！"彼特罗说道，接着又问，"事情为什么会这样呢？"

"那是因为我们是群蠢货，不愿弄懂这个道理：大家实际上没区别，世界是属于大家的。比方说，你看空中飞翔的小鸟，他们身上都一样长着羽毛，能到哪里找食吃，就到哪里找食吃，想在哪里筑巢就在哪里筑巢。为什么我们作为人类就不能学学它们呢？原因就在于人比鸟笨！"

"可是，说白了，还是像你说的那样，有的人狡猾，有的人愚蠢。比方说我就是那种比较傻的人。我被人欺负了也不还手，我也没有能力到能发财的地方去赚个盆满钵圆。可我又有什么罪过呢？唉，原来是这么一回事！"彼特罗恨恨地说道，现在想想，如果当时他有那个意愿的话，他完全可以占有玛利亚，从她身上得到并享受爱情。"没错，是我太愚蠢了。"

"可是你想过没有，人可以由愚蠢而变得狡猾。"

"那该怎么做？"

"靠学习啊！你看，你现在学会了读写对不对？这样就很好！"

有时，彼特罗特别想把自己的苦恋与绝望告诉安蒂耐一些，可是他又心存疑惑。因为在他的内心深处多少还有那么一线希望。

希望和梦想在他身上都存在着：说不定会出些个什么乱子，让玛利亚跟情敌结不了婚。佛兰切斯科说不定会突然罹患恶疾甚至病重身亡。到时候，玛利亚就有可能因后悔而念及往昔情谊和他旧情复燃。但是,时至今日还没得到何时能被释放的消息。究竟是为什么?这世上的不公平接二连三地降临到我的头上!

玛利亚和佛兰切斯科的婚礼就要举行的消息把彼特罗手上的那杯苦酒给倒得都快要溢出来了,而且他一直想办法把苦酒从嘴边拿开,可是已经迟了,一切无济于事。他怒火中烧,死命地摇晃铁栏杆,就好像他打算把这些栏杆扯断一样,他觉得这个牢笼憋得他无法呼吸。

法庭至少应该把他从监狱里放出来啊!如果是那样的话,他就至少可以有所行动,想办法阻止婚礼的进行。他会上门去哀求,还会去威胁别人,也许杀人这种事情他也能干得出来……

他在狱中度过的那最后一周,是他饱受仇恨折磨的一周。窗外终日阴雨连绵。通过铁窗向外观望,能看到的只有天空那灰沉沉的一角,色调极其单调,空中有几只叫声嘶哑的乌鸦纷纷掠过。

"并不存在上帝!根本没有上帝!"这个绝望的囚徒这样想到,"如果上帝真的存在的话,他何至于让自己这个无辜的人在这里受罪呢?"

不过,某天,法院承认了自己的错误,于是,他被释放了。

"等我也出狱了,会立刻就去找你,"安蒂耐对他说,"到时候我会帮你做笔生意,让你发笔小财,祝你生活幸福,玩得过瘾,可别忘记我。"

当彼特罗又重新走在那些熟悉的街道的时候,他感到仿佛从噩梦中惊醒一样,他找到了一种大病初愈后的愉悦感。

他的神经开始敏感地跳动,他的脸色被不见天日的囚禁和深重的痛苦给折磨得如同白纸一般,他就这样走向诺伊纳家。玛利亚不在家,路易萨大婶态度冷淡地接待了他,还告诉他,玛利亚举办婚礼的日子就快要到了。

"你还来我们家干活吗?"她问道,"我听佛兰切斯科说,他那边正缺一个用人。"

"玛利亚去哪儿了?"彼特罗问道。

"这个不清楚,我想,她可能是去做九日祷告了……这么着吧,你想喝点什么?彼特罗。你的脸色白得像小羔羊,来喝点酒吧,葡萄酒会让你的脸色重新红润起来。到时候你会来参加婚礼吗?"

他喝了些酒,但在他感觉,这酒和毒药没什么区别。

他走了出去,绕着这所房子不停地徘徊,他在等待玛利亚。夜幕降临,黑暗笼罩了一切,当然也笼罩了他的心。

"她一定是在家里,她甚至都不愿意看我一眼了。"他悲苦地思索着,"完了,全都完了,一切都完了。"

这时候,那复仇计划在他的心中点燃了,他想起了他曾计划在婚礼举行之前把佛兰切斯科干掉。这时候他在想:我完全今晚就可以动手,让自己潜伏在诺伊纳家的门后……

看,他仿佛看到他的情敌来了,他是那么的幸福快乐,志气昂扬。只需要一丁点勇气,他就能把这个家伙扑倒后亲手掐死,可是接着呢?又是去蹲监狱去坐牢,在两个平行的世界中过那种毫无希望昏天黑地的生活。哦,不!绝不!

重返监狱的威胁是如此令彼特罗恐惧,这种恐惧完全压制住了他的激动情绪和复仇的念头。他想起安蒂耐给他说过的话:"必须等待时机,利用时机!"

"对,没错。"他在心中又重复了一遍,"必须等待!……"

他怀着沉重的心情与怨念,带着被阴影笼罩着的灵魂,离开了诺伊纳家那座倒霉的房子。

14

玛利亚结婚的前一夜。

这栋小房子的外墙和每一个房间都被粉刷一新。厨房里，所有的炊具和餐具都被精心地擦得干干净净、锃光闪亮，大锅是金铸的，锅盖是银质的，至少路易萨大婶对外是这么说的。

就连楼梯和阳台的扶手栏杆也都用灶灰和橄榄油擦洗过，在初春温暖阳光的照耀下，处处闪烁着金色的光辉。

最后的那几场雨停了之后，天气渐渐暖和起来，人们已经可以感觉到春天的来临。在院落里，在这对即将享受新婚之乐的夫妇的小房间里，空气好像变得更加柔和，洋溢着爱情和吉祥的兆头。

在大大小小的炉灶上，一个个咖啡壶都在咕噜咕噜地叫着；楼上的一个个房间里，弥漫着糕点和美酒的浓郁芳香；床铺、座椅和茶几上，所有的家具上都堆放着五彩缤纷的蛋糕与一种用杏仁和蜂蜜制成的带有阿拉伯式建筑风格图案的点心。

院落里和一楼的房间内，人们不断地走来走去，大门每隔一阵儿就打开一次,好让那些浓妆艳抹的妇人门走进来,她们人人都用头顶着蛋糕和杏仁糕点,还有用长春花枝编织的、盛满了小麦的箩筐,从就像金粉一样的小麦堆里露出装着红色和黄色葡萄酒的瓶瓶罐罐,瓶口都用小束的鲜花塞紧。

这些宾客们都被诺伊纳家和罗萨纳家的亲友和用人请到新婚夫妇那里贺喜。

萨碧娜以优美的姿势端着盘子和小箩。这时候,诺伊纳家的另一个亲戚把这些妇人引导到一间准备好糕点和酒水的房间。萨碧娜则走进侧室,将小麦倒出,把蛋糕放好。把那些得归还给客人的器皿里放进一大块牛肉、一个做成爱心状的杏仁甜品和其他做成鸟兽、花草、三角形状的小点心。

一个红发女郎坐在摆满了大块大块的肉和一束束鲜花的桌子前,把送礼者的姓名写在一条礼单上。

萨碧娜进进出出,口里唱着礼单上的姓名,把小麦和酒瓶取出来:

"玛利亚·罗萨纳大婶,杏仁蛋糕一块。"

"安乐尼奥·玛利亚·钟凯都老爷,礼品——小麦。"

"格拉齐娅·卡苏拉大娘,礼品——小麦,一块杏仁点心……快些,你要写快一些,卡德琳娜,你慢腾腾的样子看上去就像是只死猫。"

卡德琳娜继续沉住气不紧不慢地写着,不作回答。可是,要是到了房间里只剩下她一个人的时候,她就会立刻上蹿下跳,能偷多少点心就偷多少,把这些点心塞到衣服口袋里、袜套里、胸衣里……

在这些天里,玛利亚什么活都不能干,但她对这个状态委实难以接受。她浑身上下都是崭新靓丽的衣服,雪白的衬衫、绣花头巾、脖颈上系着一条黑色的装饰带。新郎的亲戚们和她一同坐在一个烧满了炭火的火盆边聊天。

前来送礼的妇人都过来跟她握手致礼，俯下身子对她说"生活幸福美满，就像大家送来的麦粒那么多"，然后就相继去品尝咖啡。

玛利亚总是在优雅而不失端庄地道谢，心中暗想：她们并不是在真心实意地对我祝福。而此刻，路易萨大婶则端出一副华贵的姿态来招待这些妇人，坚持让她们多吃糕点多饮用咖啡和美酒。

玛利亚并不喜欢自己母亲这种"拿架子"的方式，她不快地将母亲拉倒隔壁的侧室去跟她说：

"您还是让她们一切随意吧，把整盘的糕点倒进她们的围裙里多不好！"

"孩子，你不要管我，"路易萨大婶说，一边整理围在头上的包头巾，"这类日子我一辈子也经历不了几回，当然应该正儿八经地庆祝庆祝……"

她没有继续说道：就应该在这几天，特意地"显摆一下咱们家的阔气"，借此让所有人都知道咱们诺伊纳家的富庶。当然，玛利亚已经看出了她的心思，也就没必要继续坚持了。

"玛利亚！"新郎的表妹——一个俊俏的小姑娘在呼唤她。

玛利亚当即迎了上去，和她握手寒暄，引着她走到楼梯口，看着她上楼，她看到萨碧娜和她说话。

"你真兴奋啊，萨碧娜。"那小姑娘说道。

"我当然很兴奋。"萨碧娜回答。

"哎，明天彼特罗·贝努也定然会来参加婚礼。"

"随他便吧。"萨碧娜装作一副无所谓的样子说。

"难道他来了你不高兴吗？"

"他来与不来跟我有什么关系？！"

"萨碧娜你可真会装，你太狡猾了……"

萨碧娜黯然一笑，便走到另一个妇人身边，接过杏仁蜂蜜蛋糕，走进了客房。进入房间后她的脸色立刻就变得阴沉下来，难道彼特罗真的会来吗？他来做什么？他想要见到什么？

"啊，"萨碧娜思量着，"我倒是打算看好戏！"

恐惧、怜悯、仇恨、不安与残留的幻想把她的心搅乱了，她不敢对自己说：在玛利亚订婚之后，希望和怜悯在他身上旧情复燃，正是因为有这种旧情，她想要原谅他，忘记过去不快乐的一切。

就像是有种默契一样，萨碧娜和玛利亚之间早就不再提到彼特罗这个人了。萨碧娜对她这位有钱的表姐在短期内走错了一步的行为表示谅解，而她谅解的原因也正是因为她对那段恋情依然抱有希望。

现在，彼特罗回来了。一连几个月萨碧娜都没有见到他。听到他要参加玛利亚的婚礼并为东家贺喜的消息后，她感到忐忑不安，不过，在心灵深处，她却依然保留着若隐若现的希望。她打算在一旁用怜悯的眼神注视着他，幻想着他能回到她身边。

这些幻想在她的脑海里翻来覆去，她就是这样不断地接受礼物，一直忙到很晚。她还得在礼物上标注记号，因为那小姑娘把点心都吃足了，也偷够了，便丢下了她原来的工作。

到了傍晚，新郎官到了。他把脸刮得很干净，穿戴整齐，一双皮鞋咯噔咯噔地作响，裤子甚至白得耀眼。他看起来英俊帅气，他的眼中闪烁着兴奋和性欲的光彩。

可是，新娘子却显得心神不宁，近乎是以冷待来接待他。

彼特罗要来参加婚礼的事情使她安不下心来，并且使她感到不安。他想要做什么？难道他来的目的是出丑吗？

自从那天晚上被从牢房放出来之后，彼特罗就再没有回到这所房子。有一天令玛利亚感觉到出乎意料，托斯坎纳的酒吧老板给她捎来了彼特罗的一封手书，他在信中提出希望和玛利亚进行一次约会。

"每天晚上十一点钟，我都会从你的门前走过，如果你还有一点怜悯之心，就请把门为我打开吧。"

她并没有回复，也没有去开门，于是他也就再未曾露面。而现如今他会来做什么呢？他想要干什么？是打算就这么忍了还是打算进行报复？

"也可能，"玛利亚想着，"也可能还是和他见一面比较好，向他忏悔，乞求他的原谅……更何况，他要是真打算进行报复的话，他早就去报复了。也可能他明天根本就不会来，估计是塔塔娜在给萨碧娜开玩笑罢了。"

可是，这时候她开始感到恐惧，因为她的心中不知不觉地想到了一个自私、凉薄的念头：

"唉，要是法庭把彼特罗多囚禁一段时间就好了，反正他已经被关了三个月，那关四个月也应该没问题，我这样想并不是有意去陷害他……仅仅是为了给大家求个平安无事罢了……如果他在我结婚以后再被释放，应该会对这种状况更能接受吧。"

看，仅仅过去了四个月而已，那团在她心中曾经不幸燃起的爱情烈焰就这么见不得人地熄灭了。她的确不爱佛兰切斯科，不过她也感觉自己已经对彼特罗毫无爱意。她的爱情得了一场重病，现在虽然已经康复，但就像是一个大病初愈者那样，浑身乏力昏昏欲睡。

"不，"她自言自语道，"我的担心是多余的，彼特罗这人不会去作恶，没人比我更了解这一点。"

更何况，还有许许多多琐碎的小事令她分心，她也顾不上多想这件事了。经过了长久的讨论，她和佛兰切斯科共同决定婚后住在娘家，这样的话新郎的房子可以对外租赁，每个月都能有两百块以上的收入，并且玛利亚跟自己的父母住在一起的话也会过得更舒坦一些，这样一来岂不两全其美。

佛兰切斯科最终同意了这个决议。

玛利亚的房间被重新装修了一遍，墙壁被涂成天蓝色和玫瑰色。合欢床订购自萨萨里，其他的桌椅、屏风、穿衣镜等，都使这一带的人家羡慕不已。

甚至这几个月内大家因此而没有谈论别的。

并且，玛利亚房间的豪华嫁妆的奢侈之名甚至远远超出了穷人邻居的范畴，就是中产阶级的人家听说后也既让他们羡慕又酸溜溜地批评，原因是这些东西都被描绘得十分夸张。他们疯传佛兰切斯科·罗萨纳的新娘穿的是这一带最漂亮的贵妇服装，就是那种有绣金花的裙子、带金纽扣的紧身上衣，还有手套以及金项链的组合套装。

这些当然都是谣传，可是，这种谣传令玛利亚非常得意。她之所以平日里能得到快乐，全拜这种小小的虚荣心所赐。

婚礼那天一清早，玛利亚比平时起床要早得多。因为在婚礼过程中她得跟新郎有所亲近，所以她沐浴更衣把自己浑身上下都洗得很干净，沐浴的时候还抿住了嘴生怕咽下去几滴水。然后她穿好衣服，蹬了双锃亮的皮靴，尽管这双靴子尺寸稍小了一些，但是她穿上这靴子之后那双脚就显得格外小巧玲珑了。

她像个孩子一样美滋滋地把自己的这双脚仔细看了一会儿，然后把萨碧娜喊过来，她把衬裙高高撩起。

"喏，看我的脚多漂亮啊。"她得意扬扬地对萨碧娜说，声音中依旧带着那惯有的嘲笑口气。

萨碧娜把窗户敞开得很大，接着转过身心有所想地端详着自己的表姐。晴日白昼的阳光洒满了玫瑰色的洞房，在华贵的床头木上绘着一些镶嵌着贝壳的风景画，这些画也反射着阳光。在院内，燕子们在喳喳地喧闹着，公鸡也在忙着打鸣。这一切都在展示着和平与欢乐。

在隔壁的厢房里，尼古拉大叔正大声地打着起床后的哈欠。已经有人去敲他们家的大门了。

"咱们得快些，先把房间收拾利索了吧。"萨碧娜一边说着一边动手把所有的摆设都整理好，"这真是个好天气啊，看来兆头不错。"

"你听听，这靴子真响啊！"新娘边盯着自己的靴子边说道，"太像佛兰切斯科的靴子了，不过毕竟是消瘦的女靴，别人看到我穿着这么扎眼的靴子一定又会到处说些无聊的闲话，你说是不是这样？"

萨碧娜没好气地笑了笑。她心里想，在这个早晨玛利亚居然没有任何不快，显得那么轻松那么幸福！难道她没想到一些别的事情吗？！

但是，刚刚那只是表象，新娘那美丽而平静并带有笑容的脸庞突然被阴暗所代替，一双刚刚还在闪亮的眼睛也流露出哀伤之色。萨碧娜看到后不怀好意地挖苦道：

"是不是新靴子把你的脚弄疼了？"

"不，没有，不是，我只是在想……"

"你还能想什么？来帮把手拉一下被子，对就这么拉，枕头也一样。我可从来没见过这么漂亮的合欢床铺！"

"我是在想……佛兰切斯科说在春天和我一起到他的羊圈那里待上半个月左右的样子。那时候，你会不会来陪陪我妈妈？"

"小心，让开一下，我得在地板上洒水，快，就是那儿，快让开。嘘，嘘……"

萨碧娜在拖地，而玛利亚则躲到隔壁的厢房里了。此刻，尼古拉大叔已经起床并穿戴整齐。他身着节日盛装，握着他的手掌在院落和厨房里走来走去到处发号施令，不过没有人理会他。路易萨大婶进了厨房后流露出比平时更加冷淡的表情，一副装腔作势的势头，跟邻居家的一群娘们儿在一起有一搭没一搭地闲聊。

"如此之多的礼物，你真了不起啊，路易萨大婶，"那些夫人们对她奉承着，"有些东西我从来都没见识过，你们招待的规格也太高了！你们真慷慨。"

"哎呀，这种事情一辈子又能摊上几回？再说了，咱们既然出得起东西又何必冒充小气鬼呢？还好有这些东西，感谢上帝。"

"是啊，这是自然。愿上帝保佑你们。"

当所有的房间都被整理好后，玛利亚和萨碧娜便走到了楼下的厨房，他们俩像矮子一样嘻嘻哈哈地笑着，你来我往地相互追赶。妇人们马上就注意到了新娘的那双脚并开始夸赞起来。

"简直像是两个写字用的笔尖儿，真叫一个娇小啊。"她们一边说一边为了看得更仔细些而弯下腰去看。

萨碧娜把一杯牛奶咖啡递给玛利亚，并和她开着玩笑。

"你要是不要的话，那我就喝了。"

这时候玛利亚打了个呵欠，一个女邻居调皮地逗着她说：

171

"得了吧，今天夜里，你一定会整晚都不吃不喝呢。"

玛利亚当时就红了脸，匆匆扭身跑开了。她回到自己的房间后开始准备婚礼上的礼服。正在这时，尼古拉大叔和路易萨大婶的一个娘家兄弟一起去接新郎，要把新郎接进新娘家的大门。

佛兰切斯科的那些姐妹们纷纷要给玛利亚梳妆打扮，所以一大早就已经来到了。尽管她们穿着自己当新娘时穿的衣衫，富丽堂皇的厚长衫、绷束紧俏的腰带和紧身上衣，还有那戴了戒指的双手，但是他们为玛利亚打扮的时候还是尽心尽意地做着。

玛利亚把自己的腰板挺直，不断地打量着穿衣镜中的自己，她转来转去，扭过脖子去寻找自己背后有无瑕疵。只可惜镜子的光线很差，在镜中的她看上去显得矮小而且扭曲，总之把她的身段照得很差，因此她此刻对自己的美丽和华服感到不够满意。

可是，镜子哪里会有新郎更能说服她，让她对自己的美丽与华丽的服饰充满自信呢？此刻佛兰切斯科突然走进了房间，他呆住了，用他那闪闪发光的一对眸子深情地凝视着她。

"你简直美极了！"他不禁如此赞叹。

她身着新娘的礼服，那又圆又翘的臀部，那束着金色腰带的柳腰，那白缎绣花的紧身上衣体现出那完美的胸部，她的的确确明艳照人。在那白色的头纱下映透着玫瑰色的压发小帽，更遮不住那两长串珊瑚做的耳坠，她那被纱巾遮盖下的面庞，就像是一轮新月被一束光给圈住了。

在这之前，她唯有一次让佛兰切斯科感受到她这样的美，尽管那是另一种与此不同的美：在那个戈纳雷的夜晚。

他把自己当时及现在的感受告诉玛利亚后，慢慢向她走去，用自己颤颤巍巍却饱含柔情蜜意的双手开始给玛利亚整理华丽的围裙上的蝴蝶结。

"亲爱的你疯了！"她如此答道，用自己拿镶嵌着贝雕的《玫瑰经》上的金徽饰轻轻地敲了一下佛兰切斯科那颤抖的双手。

"我们走吧，你们过一会儿再聊。"佛兰切斯科的一位姐妹如是说。

可此时他突然搂住了玛利亚的腰企图亲吻她。

"放开！"她说，一边挣脱开，"你不知道这是死罪吗？"

"如果连接吻都是死罪的话，那我们就尽情地犯罪吧！"

她毅然走开了，一片阴影又将她的面颊遮盖住了，因为她又回忆起那时彼特罗的亲吻。不过，由于别的一些事情很快又把她拖回到现实中来，新嫁妇的明媚笑容再次照亮了她的眼睛。路易萨大婶亲自操办了婚礼的队伍。

"你，你和你，你们俩走在最前面。"她边说着便把两支用蓝色丝带装饰着的蜡烛交给一个小男孩儿和一个小女孩儿。

"你们俩就这样往前走，就像一对小新郎和小新娘，要可爱一些，乖些，别吵架！"

接着是新娘和她两侧的表姐妹们，再往后是新郎，尼古拉大叔和路易萨大婶这对老两口夹在中间，其他众亲友尾随在最后。

路易萨大婶靠在大门旁，用眼睛记录着婚礼的人群越走越远，然后她黯然地回到厨房，扯着头巾的一角来抹去默默流下的一滴眼泪。

女街坊们特意把这儿的一条条街道打扫得干干净净，只为了这场婚礼。在这些被精心打扫的街道上无论是男女、小孩儿、猫猫狗狗都在为这支婚礼队伍喝彩助兴。因为在其他并不怎么热闹的街道上，人们得过很长的时间才能看到这样盛大的景观。

玛利亚觉得自己开始控制不住地心神不宁，她感到自己看不到任何东西，也什么都听不到，甚至她的两条腿都开始颤抖起来，心更是快要跳到喉咙眼里。看啊，她现在的表情哭笑不得。

她在想，仅仅一个小时之后，她就会又走回到这里来，不过到那时候，她就已经失去了自由，不再是处女之身了，并且要和自己并不爱的一个男人一起生活一辈子。但是，她并没有为自己的命运而哀怨，她的怦怦心跳只是因为有一种她自己也无法解释的恐惧感。

还有一件事也令她万分恐惧，彼特罗·贝努那不依不饶而又令人伤感的身影不知会不会在这个场合出现。长长的婚礼进行队伍终于顺顺当当地进了教堂，直到此时她才长叹了一口气。教堂那灰色的穹窿使她感到宁静和安逸，她的心似乎也被这种氛围给感染了。太好了，现在一切都结束了，我不再需要为那些令人烦恼的事情而忧心忡忡了！该过去的全都过去了！

透过教堂那空荡荡的大窗户，明亮洁净的阳光稀稀落落地照射在落满灰尘的长凳上。在这洁净与温馨的空气中时不时传来咕咕的鸟鸣。

玛利亚和佛兰切斯科一起跪在祭坛下，绘在穹窿上的天父正在目光威严地审视着他们。这位天父被画得就像是撒丁岛上的一个老牧民，在他的四周有绿色的祥云在环绕。玛利亚虔诚地做了祷告，她向上帝承诺，自己一定要做一个合格的妻子。她用铿锵有力的声音做了承诺，只是，直到他们离开了教堂之后她才敢正视自己的丈夫。

他就是自己的男人了，得和他一辈子都生活在一起。她不再是玛利亚·诺伊纳了，现在她叫玛利亚·罗萨纳。

她差不多是兴冲冲地走在佛兰切斯科身边，他不断地用目光品味她。

"说点什么吧,亲爱的!"他温柔地对她说,"随便跟我说些什么吧,要不笑一笑?你看,我们正被大家所围观呢……"

她回之以莞尔,回答说:

"我现在心里挺慌的,实在不知道该说什么好。"

此刻,因为大家尚且期待婚礼队伍的经过,他们都站在窗旁或者大门前,还有的在街上等着看。一群流浪儿把这对新婚夫妇一圈圈围住。新婚夫妇和队伍中的其他人从市政厅出来,出乎意料地碰上了这出恶作剧。

那些妇女把大堆密密麻麻的小麦、鲜花和干果从窗户和大门里抛撒出来,仅仅这样还不行,他们又在新娘面前啪啦啪啦地摔碎了几个盘子。这个举动有一定的意义,因为在再婚的寡妇或者婚前已经不是处女的新娘面前并没有这个仪式,玛利亚被羞得面若桃花,佛兰切斯科却美滋滋地笑了起来。

在住满了诺伊纳家邻居的那些小路上,小麦被铺天盖地地撒下,到处都是啪啦啪啦砸盘子的声音,女人、小孩儿的祝福声震耳欲聋:

"祝福你们!愿你们幸福!"

路易萨大婶一直在大门旁守候着,当她一看到新婚夫妇的来临,眼泪就止不住地流了下来。她哭泣着拥抱新人佳偶并亲吻他们。

玛利亚的一滴泪顺着眼角也流了下来,头巾的一角在不经意间把那滴泪沾去了,而在那泪痕依然存在的时候,新娘子就又马上破涕为笑了。

15

在命运的残酷迫使下，彼特罗又重新回到了诺伊纳的家。这些天以来，他始终与那困扰着他的念头斗争着：他渴望着再去见一见已成为他人妻的玛利亚，去看一看他那已经无可挽回地永远失去了的玛利亚。是什么原因驱使他还要去见一见她呢？连他自己都说不清楚。可能是因为永恒的绝望吧。

他现在寄居在他那已经老迈不堪的姑妈那里，在她们那一小块立锥之地里干活。玛利亚举行婚礼的那天早晨，他一大早就醒了，并且马上干起活来，那劲头比平常可是明显大多了。但是，他的心思却早就飘离了这片田地，直接闯进新婚夫妇的洞房，伴随着他们参加结婚典礼。他仿佛看到玛利亚穿着新娘的华贵礼服，他仿佛看到佛兰切斯科冲她微笑，他仿佛跟随着熙熙攘攘的兴高采烈的婚礼队伍。玛利亚美丽得光艳迷人，佛兰切斯科在扬扬得意展示自己的幸福。可自己呢……他却只能待在那里，弯着腰，傻乎乎地望着土地，那土地在春风的吹拂下已经像个正在装扮的新娘。他待在那里，孤家寡人，真像是一个被背叛、被出卖的呆子……

冷汗已经浸湿了他的后背，太阳穴一鼓一鼓地乱跳，冲击着他，跑到镇上和前往新婚夫妇家中的欲念终于像恶意的教唆犯一样成功地控制了他。

"我发烧得厉害，我现在干不了活儿。"他自言自语地说，为的是给自己的懦弱找个充分的理由。他给自己把了脉，又抹干了汗水，接着就动身了。他的确到了努奥罗，他不但没有躺下来休息，反而把自己洗了个干干净净，还穿上了一身节日华服，一头向那伤心的地方走了过去。有一种冲动的力量推动着他，他回到诺伊纳的家，就像一个杀人犯重返犯罪的现场。

来到大门前，他又抽搐了一会儿，接着又用他那一贯的轻佻姿势摇了摇头，大大咧咧地走了进去。但当他到了天井的篷子下的时候，他却止步了。这个时候大约是下午一点左右的样子。庭院被阳光洒满，他闻得到厨房里散发出强烈的炖肉和煮咖啡的气味，也听得到人们的嘈杂声和叮当的杯盘声，以及婚礼宴会上的一片喧闹声。

彼特罗的一双充满怒火般的眼睛朝着阳台看了过去。我该上楼去吗？该去厨房，坐到自己那侍候人的位子上去吗？往事猛烈地令人惆怅地涌上了他的心头。瞬时间，他又回到了过去，回忆起了初次幽会。他咬紧牙关，就好像是要压住愤怒而又痛苦的一声吼叫。

有一个女人来到厨房门口，手里端着一个大白盘子，盘子在太阳光下熠熠生辉。

"嗨，彼特罗，你好！"她愉快地打着招呼，"来，上楼来。"

"哦，客人很多吗？"他一边问着一边走进院落。

"不怎么多。快过来吧，我想尼古拉大叔见了你一定会很高兴的！"

他跟着那个女人上了楼梯。

"快看看是谁来了？"那个女人走进宴会厅对大家喊道，大家都盯着他。他碰了一下帽子，然后走到尼古拉大叔旁边，一只手扶着尼古拉大叔的肩膀。

主人已经半醉了，欠了一下身子，叫彼特罗靠在他身边坐下，然后把一个盘子摆在他面前，开始跟他说话。

彼特罗一句话也听不进去。他什么都看不见，什么都听不到。他感觉自己好像是闯进了一个从没到过的地方，只感到自己的心在怦怦地乱跳。但他慢慢地平静下来。他看到自己面前的盘子，随手将其推开，之后环顾四周。

宾客总共有三十多位，男女老少都有。他们围坐着设计得非常豪华的餐桌，桌上放着五颜六色的碗碟和形状各异的酒杯。众所周知，这些东西都是从一些熟人那里借来的。

新婚夫妇正在用一个碟子吃饭，这是按照撒丁岛的婚嫁习俗。佛兰切斯科给玛利亚递酒送菜显得有些过分殷勤。

她此刻已经换下了新娘的礼服，但是在绸缎上衣的下面，仍然穿着那件华丽的绣花衬衫，她用一条带有蒲公英和玫瑰图案的深色头巾包住头。她是多么的美啊。佛兰切斯科看得如痴如狂，既是因为爱，也是因为已经喝醉了，仿佛在他眼里根本就没有别人，唯有玛利亚。客人们的闲聊和叫嚷都丝毫没有打扰到他。他好像是没有察觉到彼特罗来了，甚至玛利亚也没有眨一眨眼，她只是不停地微笑。

"她眼中根本就没有我，那为什么我要来？"彼特罗脑海中一片信马由缰。

"呵呵，你依然是那么白净，白的简直像个小娘们儿。"尼古拉大叔一边对他说,一边把碟子又推到他面前。蹲号房把你给蹲俊俏了,可你他妈的为什么不吃呢?"

"我已经吃过了。啊?我变俊俏了?那好啊,这样,追我的女人一定比原来多多了……"

"啊,娘们儿!"尼古拉大叔叫道,"好吧,好吧,现在我让位,你光有女人就够了。"

玛利亚把眼光迅速地朝周围扫了一下,她对着彼特罗笑逐颜开的脸盯了一会儿,接着就垂下了眼帘,俯在自己的碟子上不再抬头。

"他不再把我放在心上了。他来就是为了让我知道这一点的。原来如此!"她这么想着。也不知道因为何故,她皱起了眉头。

佛兰切斯科把他已经热得发烫的手放在了她的手上,她抬起头,嫣然一笑,于是他用胳膊紧紧地搂住了她的腰……

这时,彼特罗已经对他们两个目不转睛了:主啊!上帝!他在极度绝望中想象的但又不愿正视的幻象居然真的出现在了眼前!甚至在梦中他都认为不可能发生的事,如今却变成了现实。

如此说来,这已经是千真万确的了吗?他的一切都结束了吗?一切的一切,一切的一切都一去不复返了……而他不是还没做出过什么反应吗?有时候,他耳朵里似乎听到远处传来嗡嗡声,像是马匹的狂奔,一块血红色的帘幕从他的眼睛上垂落下来。

这时候,只有萨碧娜注意到了他,她发现他的目光像野兽一样,一直射向了新婚夫妇。萨碧娜脸色苍白,几乎心都要碎了。她掩盖不住焦虑和沮丧的心情。她曾经等着彼特罗,而且听说他来了,可如今,她却发现他是因为万念俱灰而来的。

"完了。"她想着,"再也没有什么指望了。他一直爱着她,根本就没有把我放在眼里过。瞧他是怎么看着她的啊!他的眼睛像野兽一样,让人害怕。"

"你怎么了,我的宝贝?"一个小伙子问她,"你的脸色为什么这么难看?你看到些什么?"

她耸耸肩,什么也没说。小伙子向四周扫了一眼,但是,他只是看到一些微笑的、喝得红扑扑的脸。

欢庆达到了高潮。大家都又说又笑,嘴唇亮晶晶地闪着油光,眼睛也射出光芒,手也高高举起来了;语意双关的笑话和暧昧含蓄的话语从餐厅的这一端传到那一端,有的人甚至骂骂咧咧的。

有一个身材壮硕的牧羊人挺直身板,站在新娘的旁边;他面色像紫铜,有一半被阳光晒得晶莹发亮;他有一头红发,乱蓬蓬的虬髯;他驾轻就熟地把一口肥嫩的烤乳猪切成小片。他用的是一把打折刀,是从他的袋子里拿出来的;在他那瘦骨嶙峋的大手里,那刀简直像是把无影飞刀;他用刀寻找着每个关节,斩断每条筋,在那乳猪的红色脆皮上咔嚓咔嚓地滑来滑去。乳猪切完以后,他满不在乎地舔舔手指,又用餐巾擦净了刀子,然后吁了一口气,得意地向自己的周围瞅了瞅。

有几位来宾为他的好手艺鼓掌喝彩。新郎也转过身去看他,并且用意大利语叫着:

"好啊,好啊,兄弟,要是国王大驾光临,准会选你做他的切肉大厨!"

大家哄堂大笑,除了萨碧娜(因为心中绝望)、路易萨大婶(为了不丢面子)和玛利亚(因为心情烦躁)以外。的确,玛利亚看到佛兰切斯科已经醉了,所以开始愤怒了。对这一点彼特罗肯定会在一旁窃喜的。

盛着切好乳猪的大盘子围着餐桌转了一圈。佛兰切斯科在盘子里翻来覆去找了半天,最后挑出几块猪腰子,切成小块,撒上盐,递给了玛利亚。

可玛利亚把佛兰切斯科递过来的叉子又礼貌地推了回去:

"我吃不下去了,已经很饱了。"

可是,佛兰切斯科还是把一小块猪腰子硬塞进她的嘴里,使她不得不吃了下去,但也更加生气了。

"够了,你让我安静一会儿!"

"玛利亚,你别生气。"佛兰切斯科说道,他做出非常遗憾的样子,"玛利亚!……"

"唉,你总不至于为了这点事情就哭哭啼啼吧?还不如……"她温柔地说着,一边把他伸向酒杯的手拉住了,"为了我,你能不能别喝了……"

"啊?你怕我会睡着吗?"他顽皮地看着她说,"好,不喝了,我不喝了,今天不喝了,不喝了!"

于是,他把自己的手放在了她的手上,既不吃也不喝了。可是,他已经醉得很厉害,他的眼睛半闭着,美酒和情欲把这双眼睛弄迷离了。

他突然站起来,用意大利语宣布:

"爱情万岁!"他先吻了一下坐在他身边的一位老太太,接着又吻了玛利亚。

大家又一次哈哈大笑起来,还大声地鼓掌。

"看这个佛兰切斯科多快乐啊,简直乐疯了。"路易萨大婶跟她旁边的一个女人说。

彼特罗一直死死盯住玛利亚，而萨碧娜则一直死死盯住彼特罗。他们俩的脸色都是那么苍白而又阴暗。在这美酒佳肴把一向不苟言笑的路易萨大婶也感染得神采飞扬的餐厅里，他们俩就像两个恶灵来参加筵席，为的就是给这里带来恶兆。但是，来宾们都并没有在意他们。彼特罗是刚从牢里出来的，而萨碧娜又是一个弱不禁风的穷用人，谁会把他们的伤心事放在心里边呢？其他人的兴致越来越高，一盘盘佳馔不断地端了上来，围着餐桌传来传去的，最后都不见了，因为没人再想吃了。佛兰切斯科的一个女亲戚算了算端上来的菜，把两只手的手指来回数了两遍：算清楚了，二十道菜，规格真高啊。

宴席尾声，咖啡和烈酒被端了上来。那些侍候用餐的女人这时也都站在客人的座椅后面，也都跟着闲聊了起来。这时，忽然有一个邻镇的年轻人手举酒杯站了出来。大家都等着他祝酒，没想到这个年轻人却高举酒杯，把左手食指尖和大拇指尖连在一起，打起节拍来。他开始朗诵一首诗，一位撒丁岛诗人写的《爱莲诺拉·达博雷亚的胜利》：

爱神射出他的金箭
第一次穿透我的胸……

"他简直是个疯子。"玛利亚一边说着，一边用餐巾遮住自己的脸，好让别人看不到她在忍不住地笑，"他醉了。"

尼古拉大叔站起身，向这个年轻人做了一个手势，于是这个年轻人就不唱了。之后，新娘的父亲就双腿分开，跨在他的椅子上，用手杖敲打桌子,开始作婚礼诗。他请在座的诗人们应和他的诗句,然后向新婚夫妇祝酒,歌颂"新婚快乐"。

一个年轻诗人即兴赋诗作答,这人以现编的应景诗词而远近闻名。他开始赞颂新娘的美貌和新郎的品德,尼古拉美大叔用一只手支撑着耳朵,认真听着,准备应答。

斜阳从敞开的房门射进来,深蓝色的天空中飘着一朵朵美丽的白云。它们从地平线上缓缓升起,就像山坡上的一头头小羊,这美景给午后的时光增添了甜蜜的气息,显得格外温柔而又宁静。

渐渐地,客人们对这种即兴赋诗的把戏厌倦了,相继站起来,下楼到院子里了。餐桌旁只留下那些对诗的:有两个老农民和一个小男孩,还有彼特罗和一个年轻的地主。

彼特罗和这个年轻地主没有心思理会那些诗人,他们在低声商量着事:

"是的,"彼特罗说,"我有一点本钱,过一段时间我就要买几头牛,然后再倒卖出去。我还有一个合伙人,一个相当有钱的家伙。你有没有牛要脱手呢?"

那地主听说这位侍候过人的用人居然"有一点本钱",并不奇怪。彼特罗没有家人需要养活,他那年迈的姑妈,大家也认为是个有钱的女人,尽管她表面上看上去很穷。

"是啊,我的确有好几头牛和牛犊要卖出去。"那地主回答。

"你看,"彼特罗说道,若有所思,"四月份,也许钱还凑不齐,不过总是有办法的。你那些牛现在哪里?"

"在牧场,你那个合伙人叫什么?"

"乔安尼·安蒂纳,一个很机灵的家伙。"

"啊？那小子，我认识他！可他现在正在坐牢呢。"

"呵呵，那没什么大不了的，他就只是用棍子揍了一通税警，"彼特罗急忙说，"过几天就出来了。"

"这一来，你姑妈就有棵摇钱树了。"那地主感叹起来，"你能发财，彼特罗。我祝你成功，因为你配！"

"谢谢，"彼特罗说，"不过，你应该相信，我可没找到什么摇钱树。我做了十五年的用人，积攒了几个小钱，不过如此。"

他这是在撒谎，可他也不知道为什么要这么做。他猛然站起身来，哈哈大笑，感觉自己真的变得兴高采烈了。

"咱们也下去吧。"彼特罗建议道。

他们来到阳台上，看到客人们正在院子里跳撒丁舞。有一个穿着盛装的漂亮小姑娘坐在楼梯的台阶上拉着手风琴，看着围成一圈的跳舞的人。这些人手拉着手，蹦蹦跳跳的。

但是，当彼特罗和年轻的地主下了楼，来到院子里时，那个拉手风琴的小姑娘竟然放慢节奏，仰起她那玫瑰色的下巴，原来她的下巴一直是倚在那手风琴上的。她叫道：

"喂，现在该换人拉琴了，我也想跳舞呢。"

"继续拉吧，帕斯卡，等一会儿你再跳。"跳舞的人都央求她。但是，她索性站起身来，把手风琴放在楼梯上，抓住年轻地主的手，就跟他一起跑到围成一圈的跳舞的人群当中，开始又蹦又跳了。

这时，萨碧娜抬起她那幽怨的眼睛，看着彼特罗。

"以前你会拉这首曲子的，"她郑重地对他说，"拉吧，求你了。"

她好像是在向彼特罗提出一个非常哀伤的请求，但是彼特罗却根本没有回答。

"拉吧,彼特罗·贝努,你这么不高兴,是肚子疼吗?"那个邻镇来的醉醺醺的小伙子叫道。

"我不会拉。"彼特罗烦躁地回答。

"好了,让手风琴见鬼去吧!咱们唱歌算了!"一个跳舞的老头说。他是个面色红润的漂亮男人,天生长了一副黑黑的胡子。

"至少你也应该跳跳舞吧?"萨碧娜壮起胆子嘀咕着,一边抓住彼特罗的手。

他被拉进了跳舞的圈子里,但是,他的手一点生气和活力都没有,萨碧娜感觉这简直就是一只死人的手。

有三个小伙子一起站在院子中间,嘴里哼着撒丁舞的旋律。这是男高音的嗓音,粗犷有力,好像是来自于远方,来自一片原始森林,林中的一头野兽被唤醒了,并且跟着唱起来。围成一圈的跳舞人群把这三个歌唱者团团围住,在那音调独特的人唱出的乐曲的刺激下,他们跳啊跳啊,像蛇一样拖着逶迤的舞步。他们有时彼此挨得很近,有时又散得很开。有几个年轻人不时发出粗犷的叫声,既欢乐又有一些轻浮。那三个歌唱者继续唱着他们那怪里怪气的歌曲:

宾巴拉姆巴拉,姆巴伊,宾巴拉姆巴伊……

随着太阳在大门后逐渐西下,阴影慢慢笼罩了院子,客人们变得心事重重了。他们又各自开始惦记起自己家的情况,好像已经从一天婚礼的狂欢中清醒过来了。舞蹈、歌声、音乐声都慢慢停下来,多数人也都相继离开。佛兰切斯科把玛利亚拉到一个偏僻的角落里,两个人坐在了一起。佛兰切斯科拉住玛利亚的手。跳舞的剧烈运动消化了酒精，使新郎的醉意去了一大半，如今的他又变得彬彬有礼、温柔多情了，但还是像平常那样，既努力逢迎，又多少有些过分做作。

人们走来走去。那些年轻的姑娘们在玩着认亲游戏。她们把一块方巾的四个角结起来七次，又解开来七次，然后互相握手，彼此称呼着干爹干妈。在楼上的房间里，依稀可以听到酒杯互碰的声音，以及尼古拉大叔的朋友们粗哑的说笑声。但是在新婚夫妇躲起来的那个角落里，在楼梯的顶板的下边，却有一种柔和的、几乎带些哀愁的宁静。太阳已经落山了，阴影彻底笼罩了庭院，在那清澈透明的天空，开始卷起一丝丝的晚霞。没有一丝风，没有一片云，没有一声鸟鸣，没有任何东西来打扰这个既幽怨又甜蜜的和谐时刻。而这时，这对新婚夫妇却隐隐约约地感到心神不宁。玛利亚的脸更加苍白，她的眼睛也似乎比平常变大了一些。

"你玩得过瘾吗？"佛兰切斯科一面问着，一面用手指轻轻敲着玛利亚手上戴着的那镶满宝石的戒指。

"如果我今天不玩个过瘾，那要到什么时候我才能玩得过瘾呢？"玛利亚以嘲讽的口气回敬道。

佛兰切斯科用胳膊搂住她的腰，用深情的眼睛凝视着她的双眼。她为什么能这么美？她那略带慵懒和疲惫的神情，她那迷离的眼睛，望着玫瑰色的天空。不，世上没有什么国王能像佛兰切斯科·罗萨纳现在这样幸福。他微微颤抖着，就像是被微风吹拂着的树。他凝望着新娘的双唇，一股由衷的喜悦浮在心头，就像是一个干渴的人把自己干裂的嘴唇靠近那水花四漾的喷泉。

但是，她却凝视着远方，她的眼睛里有一种朦胧的光芒，犹如晚霞的反射，又犹如愁苦的梦境……

这个时候，彼特罗已经重新上了楼，到尼古拉大叔待的房间里去了。尼古拉大叔还在忙着编他的诗句呢。

"世道真是不一样了啊。"一位面色红润，留着黑胡子的大叔说道，"以前，一唱就唱到后半夜，或者唱到新郎新娘入了洞房，而且跳舞也跳那么晚。可现在，这些年轻人反而未老先衰，不喜欢寻欢作乐了。这喜事一点不见喜庆，倒像是在奔丧。"

"我也看出来一件事。"那个切开烤猪的牧羊人说，"以前办喜事，大家都会去亲新娘的脸蛋，有些家伙还会去亲新娘的嘴儿。可现在，什么也不亲，好像都害怕似的。谁也没有亲玛利亚。"

"呵呵，我可是真想亲她的啊！"那个大叔拍着手叫，"真是的啊，送给她礼物的时候就该亲她。我已经送过她礼物了，可还是应该亲亲她呢……"

"好吧，要是你亲她，我也亲。"那年轻的地主说。

"佛兰切斯科·罗萨纳一定会把你的骨头打断！"

"你个胆小鬼！这难道不是我们撒丁人世代相传的习俗吗？他母亲嫁人的时候，还不是让所有的客人都亲个遍吗？"

"你愿意帮我一个忙吗？"彼特罗这个时候对那年轻的地主说："我也想送一块银币给新娘，你能给我换两块银币吗？"

"你想怎么样，就怎么样吧。"年轻的地主说，"不过，很抱歉，我没有银币。"

但是，彼特罗灵机一动，又把路易萨大婶拉到一边，问她能不能把十里拉换成银币。

"行啊，孩子，要是你喜欢，换金币都行。"路易萨大婶说，"你想要什么，我就换给你什么。"

"好啊,大婶,那就给我半块马连哥金币吧。"

路易萨大婶给彼特罗换好了钱,彼特罗把那枚小小的金币紧紧攥在手里。

"走吧!"他对那年轻地主说。"再见,尼古拉大叔。"

"怎么这就要走,彼特罗?怎么也得再喝几杯吧?"

"好吧,大叔,您把酒递过来吧。"

彼特罗喝了一杯烈性葡萄酒,然后走出房门,后面跟着他那个新朋友。在院子里,他停了一会儿,哈哈大笑了一会儿。他感到一阵轻微的头晕,觉得拳头里的小金币像是有生命的东西在活蹦乱跳。

"再见,路易萨大婶,"他把脑袋伸进厨房里叫道,"再见,萨碧娜美人……"

"再见。"萨碧娜一边回答,一边像疯子一样跑到门边。

但是,当她跑到门边时,却看到了一幅奇异的景象:彼特罗和他的新朋友走近了新郎新娘。佛兰切斯科原来是低低弯着,让玛利亚依偎在他身上的,这时站了起来,脸上堆满了笑容。年轻的地主说了几句话,弯下身去,吻了一下新娘的额头。

彼特罗立刻也效仿他的做法。不过,他不是吻玛利亚的额头,而是吻了她的脸,几乎吻到了嘴。然后,他握住她的手,把那块金币塞给了她。

萨碧娜的心猛地收缩了一下,觉得自己快要站不住了。

两个年轻人穿过院子扬长而去。玛利亚把彼特罗送给她的金币拿给佛兰切斯科看。他微微一笑,开玩笑地说:

"呵呵,他们是给我看的吧!不过,要是所有人也都这样亲吻我

188

的新娘,那就糟了!"

"彼特罗的亲吻是犹大对耶稣的吻啊,你居然还能笑得出来!蠢东西!"萨碧娜心里想着,转过身去,背向了新婚夫妇。

彼特罗在他的新朋友的陪同下整整闲逛了一个晚上。他们走进"异乡人"酒吧,漂亮的老板娘弗兰西斯卡挑逗着使劲灌他们酒,并且用挑逗的眼光让他们一直意乱神迷。

再后来,那个托斯坎纳人朝这儿走了过来,坐到了他们的身边。

"多棒的婚礼啊!"他赞叹着,"说实话,以后可再也见不到这么盛大的婚礼啦。"

"我们亲了新娘呢。"年轻的地主说,"不过,我是什么味儿都没尝到啊……"

"嘿嘿,新娘可尝到了更多的味儿呢!"酒吧的老板娘说道,她丈夫一直背对着她,这时,她那一闪一闪的黑眼睛就像磁石一样,魅力十足,紧紧吸住了彼特罗的目光。彼特罗沉默着,盯着她。

这是破天荒的第一次,他发现这个女人居然很像玛利亚,只是她的粗嗓子太不叫人恭维了。

在托斯坎纳人和年轻的地主说着佛兰切斯科坏话,嘲笑着他那矫揉造作的姿态时,彼特罗站了起来,走近柜台去付账。

"你干什么?"年轻的地主叫道。

"好吧。"彼特罗回答说,"你能给我换五里拉吗,弗兰西丝卡?"

她打开钱柜,别有用心地说:

"今天晚上,我男人要去奥利埃纳。我所有的零钱都放到他的手提包里了。"

彼特罗弯下了腰,趴在柜台上。当她抬起头时,他向她使了一个眼色。她数着零钱，点了一下头。

彼特罗和他的同伴在酒吧里一直泡到很晚。后来，这位前用人遇到了其他的熟人，于是大家成群结队地跑到各个姑娘的家门口唱歌，这些姑娘都是他们多少有些喜欢的。夜很甜美，也很温和。彼特罗醉醺醺的，一直想着那对新婚夫妇。为了排遣烦愁，他也唱了起来，而且还不时用那奇异的叫喊来发泄自己的烦恼，努奥罗人本来是愿意用这同一种叫喊来表达自己的欢快的，但是，这时彼特罗的叫喊却只是既悲痛又愤慨的狂吼。

他胡闹了一整夜。

弗兰西丝卡等了他很久。当他早晨来到的时候，她张开手臂把醉醺醺的他搂在怀里，这时，她听到他像病人一样的呻吟……

16

两个月后。

在诺伊纳的家里，一切又都恢复了原来的规矩和平静。收入比以往翻了三番，路易萨大婶大大地发胖了，而且扬眉吐气；连玛利亚都一起胖了，看起来很幸福。现在她不再走路打赤脚了，也不再照看那些卑贱的家务活，她已经变成了一位少奶奶。她有一个手脚又灵活干活又麻利的女仆，当需要给佛兰切斯科的用人们准备大麦面包时，别的女人也来到她家帮忙。在五斗橱的一个抽屉里，玛利亚放着一个装满钞票的盒子和一个盛满了硬币的小筐子。努奥罗的上等人家的所有女人看到她每个礼拜天都打扮得珠光宝气，去做中午弥撒，都羡慕不已。总的来说，她过去的所有梦想都已经成真。

佛兰切斯科越来越爱她，不仅对她照顾得无以复加，对她钟爱得无以复加，而且还彬彬有礼，甚至达到了令人生厌的地步。

在春光明媚的好天气，这小两口骑上那匹曾经把他们从戈纳雷驮到努奥罗的白马，去察看佛兰切斯科的橄榄园和葡萄园以及羊圈。

他们其至还决定在羊圈里度过整个五月份，就像努奥罗这个地方一些新婚的牧羊人的习惯那样。

其实，佛兰切斯科并不是一般意义上的牧羊人。他是个地主，收入还不菲，不过，由于牲畜和牧场是他的主要财产，所以他常常要把相当大的一部分时间花在羊圈上，跟他雇用的牧羊人、牧羊狗以及肥肥壮壮的漂亮奶牛待在一起。这些奶牛认识他，而且好像对他有一种特殊的眷恋之情。他也爱这些奶牛，给它们起了一些非常有诗情画意的名字。他常常抚摸它们，观察它们出没出什么毛病。

这些奶牛一年到头自由自在地在佛兰切斯科的这片肥沃的牧场和树林里吃草。它们喝着小溪里的水，在千年橡树林的林荫下休息，夜晚则回到周围扎上了篱笆的场院里。冬天，没有什么遮拦，在那漫长的下雪天，牧羊人总是用橡树的细枝和叶子来喂牲口。

听到要去羊圈里度五月的建议以后，玛利亚像个孩子一般兴高采烈，拍起手来。这主要是因为她已经对这种贵妇人的无所事事的生活已经感到厌倦了。

"我太幸福了，幸福得简直有点害怕。"她一边给佛兰切斯科的衣领上绣花，一边想着。她绣花的耐心和灵巧，完全比得上任何一位行家。"我什么都不缺，我父亲现在身体很健康，我母亲也一样，他们两个和和睦睦，而且都疼爱女婿，把他当成自己的儿子一样看待。一切都是那么的称心如意。今年年成看起来也差不了，我们既会有很多收成又会很有钱，我们用不着为一些鸡毛蒜皮的小事就争吵和烦恼。大家都喜欢我们，而且那个倒霉鬼也看不到了。他已经把我给忘了，不再想我了。感谢上帝！"

她坐在大门口的荫凉地方绣着花。路易萨大婶和女仆在厨房里干活。佛兰切斯科在田地里。尼古拉大叔在酒馆里。

诺伊纳家比以往任何时候都更加平静和安全,简直就像是一个小小的城堡。它俯瞰着周围贫穷的左邻右舍,那里的条条小路都长满了高大的野草,那里的件件院落都长满了蒲公英、天仙子,瓜棚豆架到处都是,呈现出一片荒凉的诗一般的伤感景象。

"现在就缺一样东西了,"年轻的媳妇在心里想着,她抬起头来穿上了针线,"不过,那样东西很快就会来的!还早着呢,才两个月!会来的,会来的……"

她一想到自己很快就可以做妈妈了,心里就感到一阵的喜悦。

"没有儿女,圣母玛利亚,生活、幸福和金钱又有什么用呢?"

是啊,她虽然并没有和别人说过,但还是心照不宣地感到,她的确还是缺少了某样重要的东西。一盒钞票、一筐硬币、华美的衣服、男女用人,以及和她一个阶层的妇人们的羡慕,都并没有让她的生活充实起来。她的确就是缺少某样重要的东西。

难道她缺少的是对丈夫的爱吗?

"你爱我吗,玛利亚?"她的丈夫往往在最炽烈地爱着她的时候会不断地问,"你高兴吗?你是不是和我一样的幸福?"

"是的,是的。"每次她都这样回应着。

"我从来没有爱过别人。"她肯定地说,但是,她的眼睛模糊了。

有这样一个丈夫爱抚,即使一尊冰冷的石像也会比她更受感动。但是,这个丈夫爱她,也是希望她也同样爱他,希望她贞洁而无知,眼睛上遮着一块忠贞的纱幕。

五月的一个早上,这对夫妇上了马,直奔羊圈而去。

还是同一条路,同一个地方,正是他们几个月前到戈纳雷山去的时候经过的地方。但是，这个时候的田野在阳光照耀下郁郁葱葱，繁花似锦，在炎炎夏日的平原上铺展开来；微风吹拂着野草，掀动着像海洋般的野草；银绿色的野生豆蔻，仍然闪耀着晶莹露珠的常春花，也在微风中摇曳；阿魏草高举着白色透明的小伞；粉红色的野花像斗篷一样覆盖着整个草原；野草莓和野玫瑰把温暖而又纯净的空气熏得香气扑鼻。远山像一顶蓝宝石镶成的巨大王冠罩住了大地，那宝石比天空还蓝得可爱。

马塞达，那匹母马，沿着牧场和橡树林的草丛中开出来的一条小路上安安静静地走着。虽然没有太多的蚊虫叮咬，但它还是把尾巴时而甩向这边，时而甩向那边。每当佛兰切斯科放松了马僵，它就用鼻子嗅着草香。它仿佛也为这晴朗的天气感到高兴，感到自由自在的空气令人心情愉悦。当它穿过几条小溪，闻到溪边水仙花和薄荷散发出刺鼻的香味时，它就会张大鼻孔，全身抖动。有时候，几头奶牛在橡树林边上露出它们长着黑白相间皮毛的嘴，并且和善地发出哞哞的叫声，这匹骏马也用嘶嘶的叫声来回应。

玛利亚伏在佛兰切斯科的肩膀上，听任马用舒缓而又有节奏的步子摇晃着她，有着一种几乎带有哀伤的甜蜜感。那太阳的温暖，那野草的芳香，静静的草原和蔚蓝的天空，产生了无穷的魅力，让她有一种梦幻中的迷惘和陶醉。

在这遍生野玫瑰的旷野荒原，她听到鸟儿在欢唱，奶牛在低吟，几只五颜六色的飞虫被太阳晒得懒洋洋的，被花蜜熏得醉醺醺的，也在嗡嗡地飞鸣；她看到小蝴蝶飞来飞去，有白色透明的，有红绿相间的，也有黑紫相间的，它们像是在花丛中诞生，在空中发狂地相互纠缠相互爱抚。她像饮了爱情的美酒，产生了一种莫名的情欲，整个身心都瘫软下来了。但是，佛兰切斯科的热得发烫的手虽然紧紧地握着她，却并不能使她埋在心里的情欲的烈火蔓延开来。如果他转过身来吻她一下的话，她甚至会马上伤心得哭起来。

他们终于来到了羊圈。玛利亚动了一下身子，从马背上灵巧地滑下来，她看了看自己的裙子是不是已经被马的汗水给弄脏了。

"我好像睡了一觉。"她说，一边走动了几步，松一松双腿。

佛兰切斯科把一直横放在马鞍上的长枪挎到了自己的脖子上，吹了声口哨，告诉牧羊人他们已经到了。

马上，羊圈里的几只牧羊狗一边蹦蹦跳跳地飞奔出来一边叫个不停。整个牧场和橡树林，刚才还是静悄悄的，现在热闹成一片。小牛们哞哞地叫着，好像是猜中了主人的到来；邻近一些羊圈里的狂犬也跟佛兰切斯科的那几只狗相互吠叫起来。牧羊人都跑了出来。

玛利亚信马由缰地朝茅草屋走了过去。

广阔的牧场和橡树林都被篱笆搭成的围墙团团围住，北面是一些巨大的岩石，再过去一些，就是一条蜿蜒曲折的小路，那小路被高大的荆棘和野生的橡树覆盖着，简直像一个山洞。

茅草房和牲口棚是干打垒建成的，墙上长满了枝蔓。它们坐落在牧场和橡树林的中央，后面靠着一块巨石，四面都是空地。

玛利亚弯下身子走进茅草屋，里面的情景她早已熟悉了。一块大石头放在地上，就是灶台；几张粗糙的木板凳，是牧羊人自己做的，这些就是这个住处的全部家具。

在枝蔓搭起的顶棚下面，支撑着一个十字板架，牧羊人的粮食都放在上面；在翘起来的树枝上，挂着木柄可以叠起来的软木水壶，以及其他用来做干酪和炼乳的工具；还有几把劈木头用的长斧，几根烤肉用的铁叉,用作勺子的羊爪。这些都是这个住处的必要的生活用品。正是在这个住处,这对新人准备度完他们的蜜月。

玛利亚到处看了一圈,又翻弄完各个角落,把一切都收拾得井井有条,然后坐到一张木板凳上,直到那个牧羊的用人到来,她对这个用人有一种本能的反感。

这是一个块头很大长得很粗鲁的年轻汉子,他的名字很生硬,叫作齐祖·科罗卡,他的小名也不太让人放心,竟然叫什么图鲁利亚。他那外貌就像是个原始人,一双蓝色的充满血丝的眼睛,一张阿拉伯式的黝黑的脸,既像熊又像鹰,再加上他那件翻毛的上衣,他那未开化的野人形象就完整地显现出来了。

尽管形象粗鲁,齐祖·科罗卡的举止却是彬彬有礼的,声音也柔和,柔和得像个女人。

"您二位就把一切交给我吧。"他说,因为这时玛利亚和佛兰切斯科正忙着搭睡铺,"我会给您二位搭一张床,比您二位的婚床还舒服呢。我可以睡外面,睡在篱笆下面。要不然,我也可以再搭一个草房。在这里吧,在这个旮旯,我们可以用青草搭一个漂亮的睡铺,上面再放床垫啊褥子啊枕头啊被子什么的,这些东西都会从努奥罗取过来的。"

他果真就朝小溪走过去了。小溪两岸长着那种锯齿形扇状叶子的蕨草。他割了一大捆,在拿进草房之前,他先把蕨草放在太阳底下晒,叫阳光的热气把草里的水吸干。

将近中午的时候,仆人赶着大车来了,车上载满了各种物品:床垫、枕头、被子,还有口粮。

玛利亚把所有的东西都放好,之后这对夫妻就去看奶牛,去参观整个牧场和橡树林。这时，太阳已经像火烧的一样，把它的滚滚热流都冲泻到了草原上。高大的橡树棵棵都闪耀着璀璨的光芒，遍生木樨和毛茛的草场仿佛被喷上了一层黄金。大自然的每样东西都在中午的明亮而又宁静的阳光下闪闪发光。小蚂蚱在花色缤纷的草丛里跳来跳去，跟花色斗艳的蝴蝶，跟草色融为一体的昆虫，使这庄严的牧场和树林变得活跃起来。铺满绿茸茸青苔的岩石后面是一片蔚蓝，那是万里无云的晴空，宛如辽阔的大海，充满梦幻的大海。

佛兰切斯科·罗萨纳对大自然有一种本能的好感。他一直在用那有些做作的方式，一边用胳膊搂住妻子的腰，一边爱抚地凝望着她的眼睛，对他年轻的妻子说：

"有一次，我看过一本带彩色插图的《圣经》，里面有一幅画是人间天堂。那高耸入云的树，那繁花似锦的田野，就像这片牧场和橡树林。亚当和夏娃在草地上走，你看你看，我觉得，咱们就像待在人间天堂里一样。我独身一人的时候，多少次都渴望跟你一起到这里来啊。噢，你看你看，我现在觉得简直就是在做梦……"

他把她紧紧搂在怀里，贴紧自己的身子，就像怕她突然消失掉一样。她随着他的心意，心平气和，脸带笑容，像一个女神。她漫步草原，脚踩着遍地的鲜花和小虫，采摘着在手边摇摆的野玫瑰。

有着一块块黑斑块的白色小母牛，有着梦幻般湿润大眼睛的红色公牛，有着玫瑰色粉红的小嘴、一对才冒出小犄角的奶油咖啡色小牛犊，都在缓缓地转动着头部，摇晃着尾巴，向它们的年轻主人们问好。

玛利亚对这种悠闲的田园生活感到惬意，她甚至希望这个美丽的五月能一直这么延续下去。

她清晨即起。这个时候,橡树的顶端还在微风中摇曳,淡淡的天色把树梢都染成了银白。她和佛兰切斯科一起去看挤牛奶、做干酪,帮助牧羊人把牛奶倒进奶桶,一切都准备妥当。一头头奶牛从牛棚里悠然地走出来,站在牧羊人身边,这时,佛兰切斯科就一个个地呼唤它们的名字。牛奶像大雨一样喷进了铜锅或木桶里,冒着腾腾的热气。

小牛犊也透过篱笆瞪着大眼睛好奇地向这边张望。在这片林中空地的边缘,长着整整齐齐的燕麦、打着小白伞的阿魏草和闪耀着黄金般光泽的毛茛,它们都被露水弄得湿湿的,也在激动地颤抖着注视着这项既简单又神圣、既平凡又庄严的工作。

过了一会儿,玛利亚又重新回到了炉火旁。她先是把干酪放在火上烘烤,再把它揉成一团。她在做这项工作时动作特别的优美:她把袖子一直卷到胳膊肘,把头巾的结在头顶上扎紧,这样她两只耳垂下的漂亮珊瑚耳坠就都露出来了;她在燃烧的炉火上弯着身子,灵活地搅动着锅里的奶酪。等那块奶酪完全搅成了一块有弹性的发黄的面团的时候,她就把它取出来,放到一个盆里,用两只湿漉漉的手弄得光溜溜,再揉成一团椭球形状,扔到凉水里泡着。接着,她又立刻开始做另一块干酪。

佛兰切斯科和牧羊人们把这块已经做好的干酪团捏成一个个漂亮的小玩具。比如说小鸟啊,小牛啊,小猪啊,小梅花鹿啊,小人(这些小人特别像泥偶)啊,以及鞍辔俱全的小马和马上的骑士。这些可以吃的小玩具以后就都由路易萨大婶送给亲友的孩子们了。

玛利亚准备饭菜。牧羊人可以和主人们一起参加这种家庭宴会,他们常常是在一棵橡树底下坐着野餐。饭后这对夫妻就到牧场和橡树林里闲逛,也参观一下邻居们的羊圈,有时甚至走得很远去圣神小教堂。这座教堂孤零零的,是个黑色建筑,就像是绿色原野里的一块巨石。

如果玛利亚和佛兰切斯科没有离他们的羊圈太远,那么他们就会在橡树林里吃午餐。有时候,他们甚至就在被阳光撒上一层金色的微风轻拂的橡树林下睡着了,身下是稻草和雏菊铺好的软榻,面前是蔚蓝色的闪着光辉的山谷。身临其境,就会觉得自己是在梦幻中眺望遥远的大海。

醒来以后,玛利亚就去准备咖啡,然后坐到草房前面在岩石的荫凉处缝补衣服。这时,佛兰切斯科就会看一份已经过期了的《新撒丁》报,或者是撒丁诗人多雷·迪波萨达写的《爱莲诺拉·达尔博雷亚的胜利》这本诗集。

这种远离尘嚣的生活是那么的甜蜜和慵懒,就连小狗们都昏昏欲睡了;在草场上和林中空地的深处,小牛犊们在尽情地嬉戏和追逐着;有时也能听到远方传来的人声和口哨声;橡树的阴影在草地上慢慢地拉长,太阳在无限温柔地慢慢西下。临近黄昏,玛利亚就准备晚餐。

如果晚间的气候不算凉,这对年轻的夫妻就会到这里闲逛一会儿,再到那里闲逛一会儿。几只萤火虫一动不动地趴在草丛里,一闪一闪地发着光,像神秘莫测的夜之花,又像是美丽夜空中不多的几颗星星反射在地面上的光。一切都那么悄然宁静,到处都散发着原野的馨香;橡树顶端的叶子临近星星,也在微微颤抖,身穿着野外活动衣衫的牧羊人们蹲在牛棚前面背诵着喜欢的诗经。接着,这对年轻的夫妻就又蜷曲在他们用蕨草铺成的软床之上。温柔的夜张开它那幕布般的翅膀，覆盖住了进入了梦乡的大自然。

一天天的日子就这样度过了。

牧羊人中有一个人是最年轻的，这是一个一脸病容又一言不发的小伙子。他每天晚上把奶牛挤出的奶送到努奥罗去，第二天中午之后，再把路易萨大婶捎给这对夫妻的食品和用品带来。每天，尼古拉大叔都叫人捎话说他很快就会过来，但是他终究没有来。

这对小夫妻在春天度过的这段美好的田园时光没有受到任何打扰，只有几个邻近的牧羊人拜访过他们，还有几个努奥罗地方的过路人在他们的羊圈里歇一歇脚。不过，图鲁利亚，那个上了年纪的牧羊人，却常常为了一些鸡毛蒜皮的小事跟佛兰切斯科吵个不停。他对玛利亚倒是挺殷勤也很和善的，时常跟玛利亚抱怨他的男主人为人苛刻，像个书呆子。夜里，他就睡在树枝搭成的顶棚下面，离茅草屋不远，像条狗一样警戒着。

一天晚上，佛兰切斯科赶牛回来，发现少了一头牛。像平常一样，主仆二人又争吵了一番，然后两个人都各自出去找牛。玛利亚是第一次独自留在了羊圈里。不过，佛兰切斯科答应她很快就会回来的。为了消磨时间，她信步而走，一直走到俯瞰羊肠小道的那片岩石丛中。

月亮已经高高挂起，照耀着草场和橡树林，西边的天边仍然留着一抹浓烈的火一般的红色。

玛利亚倚着一块岩石，望着脚下那条竖着篱笆的小路。更远一点就是小路的拐弯处，它一直穿过草场和橡树林的边缘。

突然，她好像听到了小路尽头有男人的脚步声。她以为这是佛兰切斯科，于是往前走了几步，但是她没看到人影，脚步声没了。

"佛兰切斯科？"她呼唤道。

没有人回答。于是，玛利亚抬起眼睛，重新又朝着邻近的草场和橡树林方向望了过去。她看到一个身材高高瘦瘦的男人匆匆地穿过这块岩石旁露出来的一段小路。她认为自己已经看出这个人是谁了，而这时候，即使是在她面前出现一个鬼魂，也不会使她像现在这样感到更大的恐惧了。

她本能地躲在这块岩石后面，一动不动地待了好一会儿。她浑身发冷，心惊肉跳，千头万绪一起涌上了她的心头。彼特罗到这地方来干什么？她觉得自己已经把他认得一清二楚了。不错，是他，那高高的身材，那瘦瘦的背影，还有那黄皮上衣，努奥罗这地方不会有别人会有彼特罗·贝努这样的傲慢的举止。即使是在月光下，在远远的地方，她也能把他清楚地认出来。

过了一会儿，她动了动身子，又四处打量了一番，听了听。什么声音都没有，什么人都没有。月夜的无限宁静在这片荒凉的草场和橡树林里蔓延开来，草丛的阴影里有青绿色的萤火虫在发光，蟋蟀也在乱草之中漫无目的地吹着奏鸣曲。

"不，我没有看错，不会看错的。"玛利亚寻思着，又回到了茅草屋。

一种忐忑不安的心情冲击着她。她点上灯，准备做晚餐。但是，每一种细小的声音都会使她心惊肉跳。

佛兰切斯科没用多久就回来了。

"连牛的影子都没看到，"他愤愤不平地说，"你看吧，找不到了。啊，咱们碰上图鲁利亚真是够倒霉的，这个家伙简直就是吃人的秃鹫。"

"他有什么过错吗？"

"我有说错吗？我早就说过，这地方有些家伙在活动。"

玛利亚不敢说她好像看见了彼特罗。

弗兰切斯科说道:"最近附近的牧人的牛也被偷了,肯定有这么一帮贼和混混,串通一些管放牧的仆人一起干的,现在我们知道,他们跟这个老混蛋也串通起来了。"

"那你现在打算怎么办?"

"等等再说,等我们回到镇上,你就看好戏吧。"

但是夜深的时候,那仆人却牵着那头丢失的母牛回来了,只是那牛一瘸一拐的。他说,找了一整夜,突然在一条大沟里找到了它,它看起来像是摔了一跤,嗯,摔了一跤。

后面的几天相安无事,这对新婚的夫妇也已经在羊圈里度过了三周甜蜜的时光。这期间他们的客人有尼古拉大叔和佛兰切斯科的亲戚。

天气一直很晴朗,天空干净清澈,阳光明媚,只是这种好天气在撒丁岛却显得有些无情,因为草地已经开始越发的黄,溪流也愈加的狭窄了。

这天,萨碧娜骑着那个年轻仆人的马来看望他们。

"我跟你说,有人向我求婚了。"她对玛利亚说。她马上发现玛利亚的双眼蒙上了一层暗霜,于是她赶紧解释说:"你认识他的,朱塞佩·佩拉,长相虽然不中看,人也还是挺好的,还有点儿地,对了,他兄弟在这附近也有一个羊圈。"

"那么,祝你幸福吧。"玛利亚飞快地说。

"别那么快祝福我,我可还没爱上他呢。"

这显得不是很愉快的交谈就这样结束了。萨碧娜到草丛中开始像蜜蜂一样寻找野花,吮吸花蜜。

她的脑子里浮现出了玛利亚正与彼特罗亲吻的景象,就在她眼前那片寂静的金黄茂密的麦田里,高原上的风低声地吹着。她开始颤抖,不停地颤抖。

她想着彼特罗,用抖个不停的嘴唇里寒冷的牙齿咬断了一根麦秆。她一直爱着他,而现在这种爱已经比以往任何时候都强烈。既然玛利亚已经把自己的亲吻给了佛兰切斯科,那为什么彼特罗不选择回到她的身边呢?

17

第二天，牧场里的牛又少了两头。

弗兰切斯科虽然没有暴怒，但他气得脸色煞白，斜着眼睛看着那个仆人说道："咱们走！这回奶牛准是又摔进了沟里了。你去那边找，我去这边！"他转身又对玛利亚说："我要去佩拉家的羊圈，问问她们有没有看到奶牛，我很快就回来。"

主仆二人顺着各自的方向走了。玛利亚做好了晚餐，然后就走出了茅草屋，等待。牛又丢了，她感觉到不安，但也希望事情能像上次一样顺利安稳地解决掉，更希望佛兰切斯科能在半个钟内回来，不要撇下她独自一个人太久。

她坐在茅草屋前，张望着面前空地另一边的树林的方向，佛兰切斯科应该会从那个方向回来。

她思索着："再过几天，我们就要回努奥罗去了，现在天气已经开始热起来了，也该开始收割了，是时候该回去了。得好好地料理家务，干活，我妈妈现在一定累得很，得帮她分担些。是的，是时候了。"

距离上次收割，整整一年已经过去了，模糊的记忆和闪烁的人影掠过她的脑海。啊，这一年发生了多么多的事情！人怎么能老得这样快！是啊，一年以前，她还是个冒冒失失的十五岁的小姑娘，任性顽劣，想到那时候干的傻事她就觉得羞愧，虽然羞愧但是她不后悔，谁没有年轻过呢？那些神秘的书籍，梦幻的果实，谁不想触碰呢。

"没有罪责的人总是会失足的。"她得想法这样为自己辩护着，这次，她把菲洛泰亚也带到羊圈里来了。"不管怎么说，我现在也是一个忠实的妻子了，我老老实实的，规规矩矩，像个老太太一样，你还能要求我怎么样呢？"

她这样想着，眼睛发直地盯着空地，她忘掉了丢失的奶牛，忘掉了佛兰切斯科的疑虑，也忘掉了时间——它伴随着思绪流淌了半个钟头，距离佛兰切斯科离去的时候。

夜晚柔和地降临了，静谧又深沉，几乎像是一个夏季的夜晚。天空已经失去了春季那样清澈的颜色，它覆盖着纹丝不动的橡树林，灰灰的，散发着凝重的气氛，就像是一片用天鹅绒裁成的一大块天幕，一点一点，被初生的星辰点亮了。

这里寂静得有点凄凉，最后的一线光芒照亮着俯瞰茅草房的那块岩石的灰色顶端，玛利亚开始心神不宁。远方已经昏暗了，树林在灰色的天空下越来越黑，但佛兰切斯科仍旧没有回来。玛利亚心中那些略带甜美的模糊思绪逐渐淡去了，一种忧愁，恐惧，就像一个十五岁少女惧怕黑暗的恐惧，占据了她的心。

为什么，佛兰切斯科还没有回来？他答应过会早些回来的，是谁把他留住了？发生了什么麻烦事？

"他知道我是独自一人留在这里的，他知道的。可是他不回来，肯定是有什么事情，让他走不脱。"

她坐不住了，站起来穿过林中的那片空地，眼睛一直看着一个方向。一个人也没有。羊圈里的大狗在吠叫着，她带来的小狗也跟着吠叫起来，但是声音显得清脆一些，像是人的声音，燥热的寂静的夜晚的深沉被这热闹的犬吠打破了。玛利亚感到更焦躁，更忧伤了。

"佛兰切斯科？亲爱的？佛兰切斯科！"

她的声音是那么微弱，在空旷的林中空地里向四外飘去，消散在一些枝叶和草丛里。她穿过草丛，又再停下来，四下张望着。她从来没有像今晚这样，感到黄昏是那么的神秘，周围的阴影会那样吓人。在已经变成一片漆黑的树林的那一边，到底发生了什么事？那些岩石上边胡乱地摆着一些小石块，还在被夕阳的余晖微微地照亮着。这些石块是从哪里来的呢，在盯着谁吗？为什么那些已经变成暗黑色的花草在她经过的时候窃窃私语呢？

"我山上的圣母啊，我山上的圣母啊，发生了什么事啊！"

她走着，走着，跨过小溪，穿过树林。夜色变得更浓了，到了橡树林下，已经漆黑一团，只能勉强靠摸索前进。她感觉到一种异样的恐怖，就好像看到她所经过的地方一块块幕布被刷刷地撕裂；那一声声若有若无的夜鸟的呻吟，在她的脆弱的双耳里，也像是阴影里的橡树下发出的微弱的人声。

终于，她来到了草场和橡树林的边缘，她跳过围墙，快速地穿过另一片草地。她已经完全慌乱了，心脏在激烈地怦怦直跳。

"佛兰切斯科？佛兰切斯科？"

回应她的是一片死寂,和远处一点点在闪烁的红光。她就朝着那个红点走去,时走时停,她觉得听到了人的喊声和脚步声,一条狗在吠叫,另一条狗在远处应和。

"佛兰切斯科肯定已经回到羊圈了,只是没能跟我相遇。啊呀,我真是不应该出来。"

但是,既然已经走出了这么远,她就继续朝着安东尼·佩拉的羊圈走去。

"安东尼,安东尼!"她叫喊着。

红点一下子灭了,一个黑影从草地那边跑了过来。

"是谁?"

"是我,安东尼·佩拉,是我。"玛利亚上气不接下气地喊叫着。

"玛利亚!怎么了,发生了什么事?"

"啊!安东尼,可吓死我了!佛兰切斯科有没有到你的羊圈来?他去了哪里呀?我吓坏了。"

"他来过,大约半个钟头以前,但他马上就走了,说是要到草场和橡树林去找一找,然后就马上回你那里去。现在他肯定已经回到羊圈了。走吧,我陪你,一起回去。"

于是他们结伴一起往回走,玛利亚的紧张感仍没有退去,不停地发抖。

"别害怕,玛利亚,也许他们已经找到了那些贼的踪迹,所以才耽搁了。"

"这么黑,他们怎么可能找到什么呢?"

他们回到茅草屋里,里面空荡荡的,一个人都没有。狗在拼命地吠叫,比之前更激烈了。玛利亚的心里生出了某种悲惨的不祥的预兆。

"怎么办？他没能回来。怎么办！咱们走，咱们去找吧，去找他吧。"她绝望地说，"肯定是出什么事了，肯定是！"

"不会的，不会的，玛利亚，你不要这样想。也许佛兰切斯科早就回来过，发现你不在，就又出去找你了。"

玛利亚听不进他的安慰，又回到林中的空地里，叫喊着："佛兰切斯科？佛兰切斯科？"

只有犬吠在回应她。

安东尼在茅草屋里燃起一堆火，走出来说："要是你不怕自己待一会儿，我就去找找，看能不能找到他。"

"去吧，去吧！谢天谢地，去吧！"

牧人大步地走远了，玛利亚就坐在茅草屋前用草秆编成的小凳上，继续等待。

18

　　安东尼已经走了一段时间。玛利亚精神紧张，竖着耳朵仔细听着草场和橡树林里发出的所有的声响。时间一点点地流逝，她的忧愁和不安在持续加剧。

　　火把把茅草屋的门外照成了半圆形的一片红色。黑暗的树林上空，繁星在闪耀。

　　狗已经安静了下来，只有一条在远处的狗，还在不停地吠叫。

　　牧人总算回来了。

　　"我想他们肯定是找到了什么线索，去追赶那些贼了。"他说，但是他的声音犹豫不定。

　　"不，不是这样，肯定是出了什么事，一些不幸的事，我已经感觉到了。"玛利亚呻吟着，她站立起来，绝望地扭曲着双手。

　　牧人想尽办法安慰她，但是，玛利亚根本听不到他在说些什么。她在焦虑中认为，她已经失明了，或者说，这可怕的黑夜永远也不会有黎明降临。又能向谁求助呢？这些石头、野草、树木连动也不会动。佛兰切斯科肯定是被一个恶魔抓去了，谁都无能为力。

"佛兰切斯科？佛兰切斯科？"

他没有回答，没有任何人回答。

"他答应过我会很快回来的！他确实答应过！难道比起我来，一头牛更叫他惦念吗？他明明知道我是一个人呆在这里，而且又是在夜里……"

安东尼觉得她说的有理，但还是安慰她说：

"现在还不算晚呢，看看星星就知道了，也就是十点钟左右。为什么你要这样沮丧呢？你又不是个孩子。"

玛利亚就再鼓了口气："走吧，咱们再去找，我也一起去。"

他们又朝着安东尼的羊圈走回去。玛利亚跟跟跄跄，走路也走不稳了，牧人不得不扶着她。在茅草房，他们碰上了一个年老的牧人，那人劝玛利亚休息一下，叫她放心。

"你看吧，"他说，"再过一会，佛兰切斯科一定会回来的。你不需要害怕，当然他不应该撇下你一个人，但是可能就是他一心想着要抓住偷牛的贼，把他要照顾你的责任也忘记了。要不你就待在这里好了，就当是惩罚他，这样的话，他回到你们的羊圈，找不着你他肯定着急。你就躺在这些麻袋上睡上一觉，安东尼去周围找一找，我就在这看着。别害怕，谁能伤害佛兰切斯科·罗萨纳呢？"

玛利亚坐在麻袋上，脸色像是涂了一层蜡。

谁能伤害佛兰切斯科·罗萨纳呢？只有她一个人知道。

"今天，"那牧人在安东尼走远以后说，"今天我看见佛兰切斯科跟那个仆人争吵。怎么，他们有什么不和吗？"

"是的，我害怕的就是图鲁利亚。佛兰切斯科说过，那个丑鬼关系复杂，很有可能就是他跟那些偷牛的贼串通在一起。这话我还没跟别人说过……"

"你放心，这话我不会告诉别人。不过，也有其他的牧人听到佛兰切斯科跟图鲁利亚争吵。"

玛利亚不作声了，闭上了双眼。

牧人以为她睡着了，就走了出去。其实她并没有睡，她内心的绝望越来越重，她已经没有办法反抗，就像是高涨的洪水，把她彻底地淹没。

"佛兰切斯科死了，彼特罗把他杀死了……可我却不能出声……"

这个想法纠缠着她，她开始深信不疑，可她又希望是自己弄错了，矛盾着，等待着……突然，她似乎听见了佛兰切斯科走近的轻微脚步声。她赶紧睁开眼睛，但是只看见，在发黄的火光下，茅草屋的出口那里的牧人的黑影。

"安德里亚大叔，有看到过什么人吗？"

"还没有。放心，你就睡吧。再过一会，他们就回来了。"

她又闭上了眼睛，这时候，大滴大滴的热泪在她的脸上滚落下来，浸湿了她那颤抖着的双唇。

"放心，睡吧。"这简直是在嘲弄！

他们都不知道，佛兰切斯科一定已经死了；也可能只是受了伤，在呼救。她蜷缩在麻袋上，一动不动，牙关紧咬，手指交叉在手掌里微微颤动……为什么她不动弹呢？为什么她不呼救呢？为什么她不做些什么去帮他呢……啊，她开始觉得悔恨，这悔恨让她瘫痪掉了，什么也做不到了。

"佛兰切斯科死了，是我的错，是我的错……"她想。

她又睁开了那双泪眼。

"安德里亚大叔，还没看到他们吗？我需要走动一下了，我要走，再这样待下去，我就要受不了了，就得死掉了……我要到镇上去，我要把事情跟我的父亲说……"

"怎么了，身体不舒服吗？你要去哪啊，这可不行……听着，他们很快就会回来了，你不要这样担心，他们就已经快回来了，一定会回来！"

啊，是这样就好了。要是一切都只是一场噩梦就好了！

现在万物寂静，听不到什么声响了；树林微微地颤抖着边缘的枝叶，等待着月亮升起；星星都变大，明亮地闪烁着；黑夜安静地蔓延着，丝毫不理会迷失在这沉寂大地上的人们的痛苦绝望。

玛利亚再次哭泣起来，她想：

"要是佛兰切斯科真的死了，就像我担心的那样，那该怎么办呢？我必须一声不吭，为了我的声誉，也为了他的。我只能默不作声，这会是对我多么严厉的惩罚啊。但是，究竟是发生了什么事呢，我的上帝，发生了什么？啊，不，我的担心是有道理的，因为我太幸福了！"

她想起了她的爱情历程里的所有的细节，想起了彼特罗所有的亲吻，想起了他的诺言："我绝不会伤害你。"

"他不会伤害我，这倒是的，但他会伤害佛兰切斯科啊……啊，为什么那一天，会决定把彼特罗收留在我们家啊！……可是，可是要是我错了呢？也许安德里亚大叔是对的，没发生什么不幸的事。到了凌晨，佛兰切斯科就会回来，到时候他发现我不在羊圈里，又会怎么想呢……"

疲倦静悄悄地征服了她，睡意像是一条柔软的温暖的鸭绒被盖到了她身上。

但玛利亚还是强打精神，"我必须得走。"她虽然这样说，实际上已经动弹不得了。

再说了，现在这个时候，她又能去哪儿呢？月亮还没有升起来，安东尼还没有回来，老牧人在茅草房和草场的围墙之间来回地踱步。

"安德里亚大叔，安德里亚大叔，这么久了，还没有人来，这太痛苦了，太痛苦了！"玛利亚低声地自言自语，这时候，门口露出了老牧人的身影。"我想走动一下，也出去找一找,想到努奥罗去……"

"你还是睡觉吧，我的好姑娘！没人来才是好事呢，那说明，大家都去追赶偷牛贼了。"

"那，那我们回我的羊圈吧。"玛利亚建议着。

"那也可以，但是要等月亮出来以后，现在太黑了。"

她就又垂下头去，打起盹来。

她失去了知觉，再恢复的时候，她觉得只是过了一小会儿，猛地一抖身子，睁开眼，她看见月亮正高高地挂在天上。她打了个寒战，用力地站了起来。

"安德里亚大叔！安德里亚大叔……"

没有人回答。好吧，他们也把她撇下了，他们也不管她了！她感到自己像迷路了的少女一样无助，想再大声呼叫，但她只是振作了下精神，就走出茅草屋，辨认了下四周，向前方走去。

这一晚是下弦月，淡黄色的微弱月光，沉闷地照着萋萋的草丛和寂静的橡树林。

"要是安德里亚大叔也去了那个什么地方，肯定就是出了什么事了。"她想着。

突然,她感觉到一股莫大的勇气在胸中升起,那勇气在推着她,在指引她。她加快脚步,跨过围墙,走进树林,沿着小路向下走。月光被橡树的枝蔓阻隔,缝隙间的淡黄色月光拼在小路上,像是在这陌生的路径上混乱地描绘着些模糊的惨淡的图案。

玛利亚依靠着在痛苦和绝望中产生的勇气,在即将退散黑暗的树林里行走,就像是传奇故事中的人物,即使那些诡异的阴影、恐惧、预感、悔恨、不幸、罪恶在包围着她,冲击着她,她仍凭着她那不自觉的坚韧毅力左冲右闯。渐渐西斜的月色照着她的身影,照着她渐渐坚定的脸。这种毅力显示出了她的个性,在这种种不幸激发出的绝望谷底产生的这力量,不但指引她穿过了这片黑暗的森林,也指引她度过这一生。

她已经不再哭了。她只想知道发生了什么,她要自己去弄清楚,她不想再迷惑,不想再猜测。

她回到了自己的茅草房,停了一会,仔细听着动静。

林子里的空地没有一点声响;月光下,灰绿色的草地也静默无言;整个草场,橡树林,同那越升越高的月亮,都默不作声。东方现出了鱼肚白,这黑夜,就快结束了。

玛利亚向着北边走去,那里有个栅栏门。门的另一边,她仿佛听到了断断续续的人声,缥缈又柔细。她穿过一条黄色的溪流,时而停下来听听动静,再转身看看东方,期盼黎明快些到来。

地平线处的淡白色越来越明亮,一颗晨星颤抖着晨辉,宛如远山上空的一颗晶莹的银色泪滴。早晨的微风终于吹起,吹散了萦绕着的哀愁的气氛,青草和树叶都睡醒了。云雀们跳上一块块岩石,向着远空里的晨星清脆地啼鸣。

玛利亚继续着她劳苦的奔波。她感觉到自己浑身上下沾满了露水，焦急和疲惫浸湿了全身，只有那意志在支持她，推动她。

她再次听见了远处的人声，那里还有小狗们的吠声。

玛利亚来到了栅栏门，那嘈杂的人声变得更加清晰了，但仍然在远处。她仔细地听了听，辨认出了方向。这些声音应该是从那条两旁竖着篱笆的小路那边传来的。

于是，她开始奔跑，穿过小路，来到了路口有许多岩石的地方。从前的那一天，正是在这里，她感觉到自己发现了彼特罗·贝努的身影。

有三个男人正站立在石块和青草中间，他们听到玛利亚靠近的脚步声，都转过身来，看到玛利亚，他们立刻发出惊讶又痛苦的叫声，然后马上就一起围上来，想阻止玛利亚再向前去。但是，她已经看到了……

她没有叫，也没有说话，推开了拉住她胳膊的男人，向前走去，跪倒在地。

佛兰切斯科就倒在那被践踏的杂乱的草丛里，一丛长春花生长着，几乎完全遮住了他的脸。她只能看到他的两只耳朵，他的脖子，乱糟糟的头发，煞白的没有生命颜色的脸。他的衣服上有一大摊发黑的污血，那些血也溅到了石头和青草上；他的右手，手掌向上翻着，上面也满是血迹。

牧人们发现他已经死了，就派了一个人去报告市政当局，等他们的人来，而牧人们也并没有移动他的尸体。

晨曦的淡银色光辉穿越了橡树林和荆棘丛的重重阻隔；小路两旁的篱笆上还留着蜘蛛吐出的游丝，啜吸着滴滴晶莹透亮的露珠，就像一串串光洁的珍珠；云雀继续唱着它的歌儿；岩石的上方，残月像棺椁旁的一盏长明灯，守护着这具尸身。

19

第二天，大约在早上十点钟的时候，诺伊纳家的厨房里团团围坐着二十几个妇女，她们不停地哭哭啼啼地念叨着，一起等待神父来把佛兰切斯科的遗体送走。不幸的遭遇，再加上失去亲人的痛苦，这个原本幸福的家庭像是被雷霆击中了。从前平静又有秩序的环境里的一切都仿佛开始变得惊慌失措。每个房间都是一片狼藉：帐幔被拆掉了，镜子都蒙上了布，窗户上也都关起了挡板，地板上厚厚地铺着灰尘。棺材停放在新婚夫妇的房间里，黑丝绒衬里，勾着金线，它周围点着八支长长的蜡烛。隔壁的那个房间，曾经举行过婚礼的盛宴，现在则由尼古拉大叔接待吊唁的亲友，他双眼深陷，面如土色。房间的门关闭着，里面蔓延着一种淡黄色的气氛。在这种氛围中，平日那些趾高气扬的男人们的棕色面孔显得非常悲戚。他们都哭丧着脸，心事重重，掩饰不了心中的悲痛。

大家都热爱佛兰切斯科，他的死就像一个噩梦一样令人难以接受，难以相信。有的人默默地哭泣，设法隐藏起流下的眼泪，因为一个勇敢的男人，不应该哭泣。大家都压低着声音，不敢大声说话，聚集在厨房里的那些妇女们的哭泣声，听起来是那么的微弱，就像是另一个遥远的地方，也发生了这样不幸的事情，从那里传来了的。在这屋子外面，是阳光灿烂的阳春五月，它那欣欣向荣的光辉笼罩着这所被哀伤占领的住宅，大家在里面饱受着痛苦的煎熬，就像是在承受铁窗之苦。

厨房里的场面像是在举行一场旧式葬礼，由于房间中的光线半明半暗，这场面就显得更有特色了。灶火熄灭了，窗户也都关起了挡板，只有一线光芒从房门里挤进来，一道细微的阳光从那扇小窗户的缝隙中执拗地钻进来，在空中留下了一个灰尘飞舞的通道，最后打在窗户对面的墙壁上，变成一只金黄色的眼睛。

在厨房深处的最阴暗的角落里，年轻的寡妇一身黑色丧服坐在那里，这身衣服是从一位邻居那里借来的。她的脸色苍白极了，双眼因哭泣变得红肿，她就像突然老去了二十岁，在肉体和精神上都感到痛苦，而肉体上的痛苦更甚，更无法承受，她麻木了，痴呆了。路易萨大婶和死者的最亲近的亲属围着她，其他的妇女就盘腿坐在地上，所有的这些妇女都穿着厚实的长袍，包裹着黑黄两色的包头丧巾。

房门不时地打开，强烈的晨光涌进厨房里，照亮了这些悲伤的妇女们，其中几个抬起头，用哀怨的眼神注视着门外，她们甚至感觉到奇怪，发生了这样的不幸，为何还是这样艳阳高照，天空还是那么清澈透明。几位刚到的亲属走进来，马上就小心翼翼地关上门。于是，一切恢复了原状，而且比之前更加阴暗，更加凄惨。

新来的妇女踮着脚走过厨房，来到玛利亚身前，弯下身子，几乎是用一种命令式的语气说道："行了！你需要忍耐！这世道就是这个样子了，只有上帝才是咱们一生的主宰。你得忍耐啊，玛利亚！"

"上帝可以忍耐，一直忍耐，人可不行！啊！他们杀死了我的丈夫，就像杀一头羔羊一样杀害了他！"玛利亚马上哭泣起来，把这件事情的一切从头到尾地跟新来的妇女讲了一遍，就像她已经跟其他的这些女人讲过的那样。

现在，所有的妇女都已经知道了事情的经过，玛利亚一直在用相同的话在讲述着这一切，就像是在不断地复习一堂毛骨悚然的功课。即使是这样，这悲恸的寡妇一开口讲话，周围就总是响起一片抽泣和悲切的声音。门后的一个角落里，两个女人低声议论着玛利亚所讲述的事情。

"她的胆子可真是不小！要是换作我，早就死上个一千次了。"

"可不是嘛，但是你好好看看她现在的样子，简直像个百多岁的老太太了。她以前，多么强韧啊，像棵暴风雨里的橡树一样，可现在……"

"那些牧人居然把她孤身一人地留在安东尼·佩拉的茅草屋里！真是不可理喻，你说呢……"

"他们以为她睡着了，安德里亚大叔见没人回来，自己也出去到附近寻找了一会儿。他说他听见有人在叫他的名字，当他回去茅草屋的时候，玛利亚已经出去了……"

"这我知道，可是，"另一个女人说道，"可是他不该把她一个人留在那茅草房里，如果不是他离开那一会，她就看不到那吓人的尸首了……"

"哦，不，不是的，她总是要看到的，玛利亚可不是那种能被谁哄住的女人。不管怎样,她的胆子可是真够大的!那时候她守着尸体,坚持要等市政那边来人,要把她知道的一切都告诉他们。"

"我听说,今天早上他们逮捕了图鲁利亚,他当时正在往奥尔格索洛森林那边逃跑,想跟他的同伙们会合。"

"没,没有呢,还没抓到他,可惜……"

"唉,这杀人犯,该死的混蛋……"

"可是,你真的是这样确定、毫不怀疑吗?"另一个女人话里有话,玛利亚就把佛兰切斯科对那仆人早有猜忌的事情讲了一遍。

"啊,是的,我的好妹妹,我一点都不怀疑。有几个牧人都听到了他们俩的争吵。那仆人见自己败露了,就杀了佛兰切斯科。伤口就是他的刀捅的,那把刀已经在小路的尽头那里找到了。"

"耶稣啊!老天爷……"另一个女人悲叹着擦拭着眼泪。

这时候,人们听到了前来护送遗体的神父们的葬歌,一口大钟在远方响着沉重又凄厉的刺耳声音。

在厨房里,妇女们开始声嘶力竭地哭喊,两位死者的亲属临时编成了几段葬歌,每人轮流着唱一遍,跟妇女们的哭叫声、呻吟声和抽泣声应和在一起。

玛利亚苍白的脸颊开始浮现出青色,她的双眼和双唇都紧紧地闭合着。棺材被抬到了楼下,神父们停下了脚步,在街上唱起送葬的圣歌的时候,玛利亚怔得倒下了,就像断了气一样,瘫软在路易萨大婶的膝盖上。

厨房里的呻吟和哭叫顿时加倍地响亮起来,许多妇女围在了昏倒的玛利亚的身边,其他的就逃进了院子里。只有路易萨大婶依旧保持着庄重和矜持,她稍微吐了些吐沫到她可怜女儿的脸上,解开她的紧身上衣。

这年轻的寡妇很快就恢复了知觉，她直挺挺地站起来，四肢僵硬。她发现，她的丈夫，已经永远地抬走了，就尖声地惨叫起来。

院子里，萨碧娜一脸惨白，包着一条黑色丧布，在给那些愿意参加葬礼的人发放蜡烛，其他的一些妇女也在帮她做着与这类似的丧事活儿。全身黑袍的神父唱着丧歌，很快就走远了，他们衣衫上镶着的金线反射着太阳的光。穿着白衣抬着棺材的送葬人拐过街角的时候，大门就关上了。明亮的春光再次幸灾乐祸似的照耀着哭声震天的房屋，照耀着天井和满是怒放的鲜花的楼梯。几只燕子栖在墙头，另几只在叽叽喳喳地相互追逐。萨碧娜回到厨房，蹲在了门后。她并不是在哭泣，也没有到处张望，她的心里有一个阴郁的念头死死地抓住了她的心神，她的温柔的双眼也看不清什么了。

尽管有医生们的验尸结果，证人们的证词，和公平公正的司法当局的定案结论，但是只有萨碧娜的温情脉脉的双眼，看穿了这场惨剧的奥秘，感觉出了令人悲伤的真相。

玛利亚又一次昏过去了，这次她被抬到了她的房间的床上。厨房里的妇女们就又开始唱起葬歌，编起悼词。年轻的寡妇已经不在场，没有太多顾忌，她们就可以尽情地发挥她们的吟诗赋句的灵感。

带头哭丧的两个女人，一个是佛兰切斯科的奶妈，另一个是他的婶娘。那奶妈是个矮小的老太婆，全身青色，一张小脸白皙又松弛，一对蔚蓝色的大眼睛。那婶娘穿得很是华丽，绿丝绒的紧身上衣，一条系得过紧的银色腰带在她肥胖的腰间生生地勒出一道沟壑。

那婶娘的声音甜美而洪亮，是出了名的金嗓子。玛利亚还在场的时候，这两个妇女只是在悼念着死者的品德、不久前的婚礼和遥远的他的童年。可到了现在,她们却开始描述他的可怖的死状和年轻寡妇的无法承受的痛苦。她们大呼小叫着要复仇,诅咒着凶手。

"我们的圣母啊!"那奶妈唱着,就像是真的动了真情一样,一边唱一边用衣袖擦抹着眼睛,"对善良的人,你大慈大悲,对待恶人,你从来都不会手软!你一定要惩罚那个杀人犯,他杀死的,是这世上最和善的人,是我用奶水喂养大的人!是我的心肝宝贝儿!你要在他活着的时候惩罚他,在地狱里也要继续惩罚他!"

"佛兰切斯科·罗萨纳!"那婶娘说,"噢,你是努奥罗所有姑娘都心仪的男人,年轻的俊杰,你骑着你白色的骏马在牧场和橡树林里穿行,你为你的将来做过千百次的打算,可你能想到吗,你竟然会死得这样惨?害人的人都不会有好下场,杀害你的人不会有好下场,绝对不会有好下场!"

"啊,是的,凶手绝不会有好下场!我喂过死者多少乳汁啊!这该死的杀人犯,让你万箭穿心我也不解恨!哦,我的奶水喂养大的孩子啊,你再也无法见到你的妻子了,你再也不能像我爱抚你那样爱抚你的儿女了。虽然我不是你的生身母亲,可我确实爱抚过你啊……"

"哦,命运啊,多么可怕,你的侄子、侄女们都会牢牢记住,佛兰切斯科·罗萨纳是怎么死的,而且都会诅咒那个杀人的凶手。大家都看到了,不是吗,昨天阳光惨淡,乌云密布,因为老天爷也在为我们爱着的这个慷慨大方的小伙子的死在哭泣。"

"你主持公道,忠诚又踏实,你是你们一族人的骄傲,你是你亲属们的顶梁柱和舵手。可现在,你温柔的妻子穿着丧服,悲伤地哭泣,你的亲属们也只能在垂首悲恸中度过余生。"

"可你为什么，要带着你的妻子去你的羊圈呢？你知道吗，她后来只能孤身一人回到她那个凄惨的家。"

"现如今，你的土地、牧场和牲畜们对你归来的祈盼都落空了，庄稼都成熟了，可它的主人却不能再祝福丰收了。"

"你是多么的诚恳、正直啊，就像一只清白的初生的羔羊，正因为这样，他们才杀害了你，上帝头上的神圣荆棘，染着的是你的鲜血。"

"那些粗鄙又傲慢的土匪都要对你毕恭毕敬，你得到了所有人的尊敬，你是最珍贵的人，是最艳丽的紫丁香，你的离去让所有人心碎……"

"我们的愤怒冲上云霄，在云霄上要求上苍为你报仇雪恨。喂养过杀人凶手的人不得好死！那该死的混蛋所走的每一条路都会生满荆棘，正义会把他捏在手里，然后碎尸万段！"

"他们的恶毒的匕首捅穿了你的心，竟然整整捅了七刀！全知全能的主啊，让那些用阴谋杀害了你的恶棍遭受七十七年的苦难吧！"

"上帝还是仁慈的，他早就把你的父母召唤到他的身旁，以免他们经历这样的不幸。但是，还剩下谁能安慰你的妻子呢？我的漂亮的侄子啊，我的心肝宝贝儿，我再也见不到你了！"

快到中午的时候，人们渐渐地离去了。萨碧娜跟她的女东家请了半天的假，也不得不回去了。只剩下几个死者的亲属，留在玛利亚的身边。

这一整天，诺伊纳家没有生火，没人有心思准备饭食，但是中午的时候，有三个妇女带来的三个大篮子里，就有诺伊纳家的亲友送来的现成饭菜。路易萨大婶虽然极度痛苦，还是庄重地表达了谢意。大家都装作茶饭不思，一天过去，那几大篮的东西还是都吃光了。

玛利亚在发烧。前几天，她还那么的勇敢、冷静，可是到了现在，她却像被病魔纠缠，全身瘫软无力，精神恍惚。她仿佛还在牧场和橡树林里，躺在牧民的茅草屋里的麻袋上，在等着佛兰切斯科回来，即使她明确地知道，他永远也回不来了。

可怕的幻觉无休止地折磨着她，她看见佛兰切斯科正在被凶手袭击，锋利的刀刃深深地刺进他的皮肉里，鲜血飞溅……

神秘又浓重的黑暗像是一块黑色的幕布，遮挡住了行凶的人的样貌。他到底是谁？是那个老仆人吗？还是彼特罗·贝努呢？这个谜题一直困扰着玛利亚，不得到答案，她的痛苦就永无宁日。

她突然抖动了一下，睁开双眼扫视四周，想马上清醒起来。在这一刻，她仿佛真的爱着佛兰切斯科了，她想起了他的双眼、他的亲吻和爱抚。多么善良的一个人啊！

那个带头哭丧的女人说得很对，他善良得就像一头洁净的羔羊，而且也像一头羔羊一样，被人宰了。

是谁杀了他？是谁杀了他呢？

在她的努力的思索中，杀人犯的身影总是游走在深不可测的黑暗里，但是，有些时候，她的记忆却又会变得清晰，她会看到彼特罗·贝努的身影，就是那个身影，在五月里的一个清凉的夜晚，在两边是篱笆墙的小路尽头晃来晃去……他手里拿着刀，蹑手蹑脚地行走着……

在熬过那些可怕的幻觉之后，她得出了一个令人不寒而栗的推论：彼特罗先杀死了那个老仆人，然后用他的匕首进行了报复……他一定还有几个帮凶，也许那些帮凶就是土匪。在那附近，土匪是不少见的，也有可能的是，他的帮凶是那些牧民，他们假装是我们的朋友……

　　猜疑、焦虑、残酷的想法，悔恨、恐怖的念头，这些可怕的梦魇每一天都在折磨着她。但是，她紧闭着双唇，没有去告任何人，也不去诅咒那个不见了的仆人。她那善良的心地、坚韧的意志和强忍着的悲痛，让她变得远近闻名，传得神乎其神，到处都是关于她的，诗一般的描述。

　　三天以来，长工们陆陆续续地经过玛利亚的面前，大家都慰问她，并且都在说着：

　　"忍耐着点吧！再勇敢点！"而她也确信，她必须忍耐，必须勇敢。

　　后来，她周遭的一切又恢复了平静。灶火再次点燃了。尼古拉大叔严肃又哀伤的神情，就像一只衰老了的烦躁不安的野兽，他又开始四处闲逛，又再光顾那些酒饭茶肆。他拖着那条病残的腿，吸着牛角烟壶里的鼻烟，嘴里是嘟嘟囔囔的牢骚。

　　家里的女眷们又再操持起家务。她们买来了黑色包头布和头巾，准备施舍给所有愿意给佛兰切斯科戴孝的穷亲戚们。为了拯救死者的灵魂，她们慷慨解囊。要等到新月出现的时候，才用桂木灰和树皮把玛利亚的衣衫染成黑色，因为在满月的季节，衣衫是染不好的！

　　很长一段时间里，窗户和大门一直紧闭着。

225

20

佛兰切斯科的葬礼举行了八九天之后，在这天的晚上，路易萨大婶和玛利亚正在厨房等尼古拉大叔回来，这时候，她们听见有人在敲大门。

路易萨大婶走到院子里给访客开门。

过了一会儿，她回来了，身后跟着的，是彼特罗·贝努。

"玛利亚，你好！"他的声音坚定，一边打招呼一边走向前来。

玛利亚苍白的脸颊上微微发红，彼特罗拿起一张板凳坐到她身旁，目不转睛地看着她。

"请原谅我，"他压低嗓门，声音依然镇定自若，"前些日子，我没有过来，是因为我去了外地，那地方太远了，这一趟跑下来，十五六天都过去了。直到今天我回来，才知道这件不幸的事。我当时真的惊呆了，怎么也想不到，居然会发生这种事情。"

玛利亚抬起眼睛，直直地盯住彼特罗的双眼，那眼神锐利无比，像利箭一样可以刺穿任何伪装，但是彼特罗却并不在意，神情没有一点心虚。

他们俩现在坐的地方正是他们从前待过的地方，在那里，他们的眼神就那样紧盯着对方，可是那年轻人一点都不介意。

他们俩坐在之前他们相爱过的地方，在那里他们相互亲吻了那么多次，他们的周围环境依旧是当年热恋过的地方。往事在空气中一直压抑着人们，灶里面的火焰却像是有生命的东西一样吱吱地不断发出响声，周围的东西像是忠诚的见证人一样使得他们回忆起从前……"他为什么要撒谎呢？"玛利亚在心底琢磨道，"就是在这里，他曾发誓绝对不会做伤害我的事，不是吗？"

"的确，"她又开始追忆事情发生的经过，再次把惨痛的往事叙述了一遍，往事历历在目，"是的，他们像对待羔羊一样把我的丈夫给杀了！那是五月二十日他到邻居的羊圈去的途中。"

她讲述这些的时候，目不转睛地盯着彼特罗的脸，仿佛在他的脸上能看出一些蛛丝马迹。

他用淡漠的眼神注视着玛利亚，她突然感到如释重负般的轻松。

玛利亚心想着他不会再爱她了，他早已经将她忘却，而自己的疑心显然是头脑发昏。

彼特罗长得愈发高大，显得也老了，蓬乱的头发下是他冷漠的眼神和瘦削的身体，那晒黑的面孔有一种严酷的神情，这也是玛利亚从来都没见过的。

但是当她用低沉而又嘶哑的声调缓慢地讲述事情的经过，追述看到佛兰切斯科尸体那恐怖场面的细节时，彼特罗的眼神似乎变得温和了，面容也松弛下来。他欲哭又止，嘴唇间流露出孩子一般的怜悯。

只见灶火的照射下他又显出了那淡定的神色。

玛利亚注视着他,愈发相信他与此事毫不相干。

他仍然是过去那个放荡不羁的孩子,不过内心却有着常人难以察觉的同情心。他的脸看着像有同情心的朋友的面孔,纵然显得有点冷漠,但觉得不是一个罪犯的脸,她还是多疑了。

在那个夜晚以后,彼特罗就经常光临玛利亚的家了。

突然有一天,他竟然从佛兰切斯科那儿继承了部分遗产的玛利亚那儿买了几头牛,包括公牛和一对耕牛。买牛这件事是由他的一位年轻的财主朋友乔安尼·安蒂耐陪着来的,他向别人介绍起这财主是他的朋友。

一提起丢失的奶牛,这位安蒂耐谈到那个仆人图鲁利亚。据说正是这个人杀害了佛兰切斯科,而这人已经伙同其他土匪逃到了科西嘉岛的山上,而且当时大家都这么认为此人是凶手。

"有一次我从这个图鲁利亚那儿买了一头价格非常便宜的奶牛,但是价格如此之低却让人不免怀疑这牛是偷来的。好在他向我介绍了两个证人之后我才放心。"安蒂耐说道。

"谁是证人?"玛利亚问。他提出了两个在努奥罗的年轻人的名字,到后来他说的这件事儿被证明是真的。于是所有被偷的牛的主人,都来怪罪这些事情是佛兰切斯科的那个仆人和伙同他的人做的。

玛利亚一直坚信杀害佛兰切斯科的真凶就是图鲁利亚,然而有时候她又满腹猜疑,使得她难以摆脱糟糕的处境。彼特罗却依旧来看望她,也跟路易萨大婶相处融洽,并且还帮助年轻的寡妇和尼古拉大叔干活。

有一天玛利亚问彼特罗:"听别人说你的买卖做得不错,到底怎么样呢？"

"还能怎样？"他用惯常的傲慢姿态晃了一下脑袋说道，"其实我还算有好运，遇到了一个瞧得起我的人，为他也为我自己而奔波。我四处走其实也是横竖为了糊口，跑遍了整个县城又算什么呢，狗急还跳墙呢，就不要说比人了！"

她问他的姑妈们最近怎样，"托尼亚姑妈已经是风烛残年了，变得越来越老。"他装出十分悲伤的神情回答道，然后就像是为了从鼻尖上赶走一只苍蝇一样摇了摇头，"可是……我们早晚都是要死的。"

"的确，我们早晚都是要死的。"路易萨大婶很认同地点了下头。

但没过多久她又开始谈起生意来了："听我说，你现在到处跑，可曾知道哪里可以放心地存上千里拉而又有可观的利息吗？"

"我可以去找我的朋友商量，当然我们也可以帮你存钱。"彼特罗不屑一顾地说，"保证吗？你们需要什么保证都可以的，我们都是有贷款的。"

"你什么时候结婚呢？"路易萨大婶急迫地追问道。

"急什么，就等我发财了再说吧！"彼特罗说笑着，但是眼睛却不由自主地朝着玛利亚身上瞟去。

玛利亚胳膊挂着膝盖，两手托着脸什么也不说，彼特罗所说的每一句话都打动了她的心田。

"管谁知道不知道。"她心里暗暗想，"我就怕他闹起来。难道我父亲不是以后才发家致富的吗？也许我要是等他会更好一些，如果真是这样，佛兰切斯科可能就不会死了，我也不会受这么多苦难……现在，一切都结束了。"

也正是在此刻，从院子里传来了萨碧娜如同孩子般清脆的声音。

"路易萨大婶,你们在家吗?""来吧,我们在这里呢。"路易萨应了一声。

那姑娘一看到彼特罗就开始意乱神迷,不过她的声音反而因此响得更加欢畅,更加清脆了。

"彼特罗·贝努!真没想到你也在这里,最近还好吗?路易萨大婶,请您过来给我倒一升油吧。快一点,女主人还在等我,我还得再回一趟家,未婚夫还在那里等我呢。"

"你没开玩笑吧?"路易萨大婶站起来拖着那笨重的身躯问。

"当然不是啦,再过几天你就能看到我到底是不是在开玩笑了。您倒是快点儿呀。"萨碧娜又说了一遍,然后用油瓶依依不舍地敲了敲门。"再见,年轻人……"

然后,彼特罗和玛利亚独自留了下来,他们本能地相互望了对方一眼。就在这目光交接的一瞬间,她羞怯地把头低了下去。

她声音颤抖地叫了一声对方的名字,然后说道:"我老早之前就想和你独自谈一谈了,要麻烦你一件事。我确信我丈夫的去世是完全不寻常的遭遇,是图鲁利亚的暴躁脾气害得我守了寡。一到夜里我就开始做噩梦,有可能是得了热病或者是神经错乱,但这总是让我无法摆脱。听着,彼特罗,就看在你祖先的分上,你就用这个神圣的十字架发誓吧:你并没有教唆别人谋害佛兰切斯科,而且你也没那样干……"

她用高高抬起的手托着一串黑色的玫瑰经念珠,可是总也不敢看彼特罗的脸。

他一直没有说话,她焦急地等了一会儿,然后就抬起眼睛来看他,一见他的脸色苍白得吓人,就本能地把手缩回去了。

就在这时,彼特罗像丧失理智一般发狂地紧紧抓住了那只手。在她和年轻人的手中间,她感到玫瑰经念珠紧压着自己的手掌。

"玛利亚!"他紧咬着牙关怒声吼道,"我没想到你会这么毒辣……不要这样,没料到你毒辣到这种程度……不……"

"正是因为我毒辣,我才害怕……"玛利亚声音颤抖地说道。

他不停地快速地扭动着他戴着的小帽,用火一般的眼神注视着玛利亚的眼睛。

"我向你发誓……我用最为神圣的东西发誓……我是无辜的。告诉我,快告诉我你是相信我的!"

"是的,我相信你。"她吁了口气,缓和地回答道,就像是刚摆脱了一场噩梦。

彼特罗松开了她的手,戴上了帽子继续说道:

"你就不该有这种想法的,我要是想害他早就害了他。再说这对我有什么好处?而且你再也不属于我了,在你眼里,我就永远像个用人。"

"别说了,快别说了,"她哽咽着,"就别再说了。"

他站起身来,用那炽热的目光凝视着她,使得她又不得不垂下了眼睛。

"我得走了,不然你母亲可能会发现我意乱神慌,你看,我就像一个小孩子那样发抖,因为你如今使我受到的痛苦超过了其他的痛苦……啊,不,我实在没想到这次来只是为了看看你……因为这对我来说是最后的一个慰藉罢了。"

"快住口吧,求你了,"她说,"别再用这些折磨我了。我说过我相信你了,快走吧,我放心了。"

"好的，我这就离开。只要你愿意我永远不会再来了，告诉我吧，快告诉我……"彼特罗悲伤地说道。

她待在原来的位置上一动不动，默不作声。就在这时，萨碧娜刚巧穿过走廊，他也只是赶上前去，但仅仅是打了个招呼就走。那姑娘摇了摇头，目送着他离开。

到了第二天早晨，萨碧娜去找他的未婚夫，这是和他提前约好的。她思虑着："现在该到我考虑自己事情的时候了。朱塞佩是个不错的年轻人，像我这样处境的女孩，谁都会认为嫁给他是幸运的。我也没有其他什么指望了。"她曾经怀疑彼特罗跟佛兰切斯科被害是有瓜葛的，因而这个疑团到现在仍让她倍感不安。无论怎样，彼特罗都不再像以前那样执迷不悟地想念她了。然而尽管她是那么温存和通情达理，暗地里却有一种复仇的愿望总是推动着她胡思乱想。她的未婚夫是安东尼·佩拉的兄弟，也就是那个自己的羊群靠近罗萨纳羊圈的牧羊人。朱塞佩由于透露了几句议论彼特罗·贝努的话使得萨碧娜感到惊奇不已，因而她就愈发怀疑了。

"玛利亚和彼特罗永远都结合不了，永远也不会！"她既凄伤又满意地想道。

这是十二个月的一个清凉而又寒冷的早晨，天刚蒙蒙亮，萨碧娜就用头顶着水壶去古尔古力盖伊泉边，然而她走到孤独小教堂的前面就站住了。这儿就是说好约会的地方，她由于紧张而觉得很不好意思，朱塞佩还没到，于是她开始想道："他会说什么呢？如果来得太早性子就急？还是会想别的？总之他将来要做我的丈夫，不管那么多了。瞧，他过来了！"

朱塞佩骑着他那匹枣红色小马驹过来了，他一看到萨碧娜就立马跳下鞍来。等他把马儿拴好,就微笑着向她跑去了。

"他看起来没有那么年轻了,不过样子倒像个老实人。他洁白的牙齿长得很整齐,漂亮的眼睛充满了光彩。"萨碧娜心想。于是她的脸上也绽放了笑容。

"我来了,"她满脸笑容地说道,但语气却没有太多的温柔,"有什么事吗?"

"有什么事?你应该知道的,对吗。我要离开这里了。我已经把麦子种好了,现在要到森林里去干活,大概要离开两个月。萨碧娜,难道你就没有什么要对我说的吗?……"

他深情地注视着萨碧娜,眼神里流露出无限的爱慕之情。

萨碧娜低下头,望着地面。她确实是个美人胚子,寒风把她俊俏的脸吹得红扑扑的,头上顶着水壶,修长苗条的身材紧紧裹着一件长衫。

"你要我说什么呢?我不是已经答应……爱你了吗?"萨碧娜细声说道。

"这不够,萨碧娜。你得答应做我的妻子。"他的语气更像是一种命令。

"好,我答应你……"萨碧娜羞涩地垂下了眼睛。

"萨碧娜,你听着。我觉得,这样还不够!你得在祭坛前面许愿。我是为了这个,才约你到这里。我已经要了教堂的钥匙,你瞧,在这里……"朱塞佩得意地从口袋拿出了那把钥匙。

萨碧娜的脸色略有些变化,瞬间,千头万绪涌上她的心头。因为这样做,对努奥罗地方的居民来说,几乎就是完婚,那代表着谁要是违背誓言,谁就要遭到严厉的惩罚。可现在朱塞佩却要她做

233

这样的仪式,她犹豫了。

"容我再考虑考虑,"她用手抚着前额说道,"你去把教堂的门打开吧。"

"啊,那么你是同意了?……"他显得有点激动。

"去吧,听我的。"萨碧娜的口气毋庸置疑。

他大步向教堂走去,萨碧娜慢慢地把水壶放到地上,看了看空旷的街道,没有一个行人,只有那匹枣红色的小马驹一动不动地,耐心等候着它的主人。此刻,在孤独小教堂后面,晨曦已经画出了好几道玫瑰色霞光。

萨碧娜快速追上了未婚夫,跟他一起肩并肩走进了那陈旧的小教堂。朱塞佩摘下自己的小帽,把它放到肩上,虔诚地在胸前画了一个十字。

"我亲爱的朱塞佩,"萨碧娜若有所思地说,"当走到小教堂中间时先等一等……我有话要对你说。在我起誓做你的妻子之前,你得先告诉我一件事……"

"你想知道什么呢?"朱塞佩好奇地问道

"你得告诉我,是谁杀死了佛兰切斯科·罗萨纳,这件事情你应该很清楚。"

"我?"朱塞佩像是受了惊吓,向后跳了一步并大声斥责道,"你胡思乱想什么……"

"不,我没有胡思乱想。你瞧,如果你真不知道底细,你肯定会立刻说出图鲁利亚的名字……"

"可不,正是他啊……"朱塞佩显得有点慌乱。

"不,不是他。"萨碧娜摇了摇头,"你跟你兄弟,或许还有别的什么人都知道事情的真相。"她停顿了一会儿，继续说："其实，我也知道……"

"不要，不要，你千万不要这样说。"他打断了萨碧娜说道。

"不，我要跟你讲这件事。不论怎么说，这事跟我毫无关系，我跟你和知道事实真相的人一样，不想自找麻烦，遭人怨恨。让法庭去制裁吧，要是法院没有知道真正的杀人凶手，那么那些人侥幸逃脱是幸运的……这使世界总有人落脚的地方。不过……"

"不过什么？……"

"不过……请真诚地告诉我……其实我并不是要你非说不可，但是，如果我们成为夫妻后，我向你询问真正的杀人凶手的名字，你会告诉我吗？……"

"等你成为我的妻子，我一定会告诉你事实是什么样子。"他坚定地答应了。

于是，萨碧娜又逼问道："要是我觉得有必要，在我们成为夫妻之前，你也会告诉我的，对吗？举个例子，要是玛利亚·诺伊纳跟彼特罗·贝努结了婚，你会不会告诉……"

农民睁大了眼睛，紧紧地咬住了自己的嘴唇，像是在怕那个秘密会不小心泄露出来。但此时，萨碧娜却不再要求他来告诉她真相。

他们俩走近那光秃秃的、满是灰尘的祭坛，朱塞佩点燃两根蜡烛，在萨碧娜身边跪了下来，紧紧地握住了她的手。

"我发誓要做你的丈夫。"

"我发誓要做你的妻子。"

说完这些，他们俩开始沉默。多么感人的誓言，在此刻却显得那么苍白。萨碧娜把自己的手从年轻人那紧握的手中抽回来时，感到一阵伤心,她甚至流下了眼泪。她并不是后悔发了誓,而是有一阵悲惨的幕布遮住了她的心,而她的这颗心原本是平静的,和善的。

21

悄然无息，五年时间很快就过去了。

彼特罗两个年迈的姑母相继去世，他搬进了她们曾经的小房子里，并且重新收拾了房间，还进行了修葺。

"世道变得多厉害啊！"住在附近的妇女羡慕地说道，"过去的事情已经被大家遗忘得了无踪影了！"

的确，彼特罗不再伺候别人了，他开了一个生意很不错的店铺，现在大家都很敬重他。当然不仅仅是因为他有了财富，还因为他是个作风严肃，不爱慕虚荣，懂得尊重别人的年轻人。如今，他正是风华正茂，身体健壮，动作敏捷的好时光，三十三岁的他比过去瘦了些许，没有了过去的黝黑，但仍是仪表堂堂。每个星期日中午，他都会穿上漂亮的衣服，口袋里面装着怀表和白色手帕，去教堂做弥撒，一些贵族人家的姑娘竟然会含情脉脉地注视着他。

但是,他觉得他的一生除了那一个希望再别无所求。他日复一日，年复一年地为了那个目的而奋斗，这个抱负使他变得更加机敏过人，工于心计。

他从不去酒店,也不跟那些可疑的人做朋友。托斯坎纳酒店老板的老婆每逢彼特罗去诺伊纳家打这儿经过时,都会跑到门口去张望,可他却从来不正眼看一眼。光阴似箭,在他过去侍候过的主人家中,他被当作朋友待为上宾。路易萨大婶端庄持重的性格让她对所有人都是彬彬有礼,对他也是如此,但路易萨却是唯一一个仍会不时地向他提起他的出身和昔日的处境的人。

在彼特罗姑母们去世了几个星期后的一天,他正在自家门口看着一些泥水匠砌一道墙,这时,安蒂耐走上前来找他。

这个个子不高,事业上颇有闯劲的人穿戴华丽,尽管头发有些花白,但是一张刮得精光的脸却使他依然保持着青春的气息,讨人喜欢。他结婚已经一年多,妻子虽然是穷人家的孩子,但门风很好。而安蒂耐现在已经到努奥罗落户,他一边做着生意,一边放着印子钱。

不久前,彼特罗和安蒂耐把他们合伙开的公司解散了,如今是各自开店做生意。但是,他们俩没有中断过来往,还是像以前一样,相互接济帮助。

安蒂耐停下步子,跟彼特罗一起站在正在修建的那道墙前面。二月份的晴朗天气,待在太阳底下总是很惬意的。

"我老婆生了,是个女孩。唉,我真没想到我老婆竟这么不给我争气!"安蒂耐半开玩笑半正经地感叹道。

"应该看一看不争气的到底是不是她。"彼特罗狡黠地说。

"你以前答应过我,你还记得吗,要做我孩子的教父。"

"那么,教母是谁呢?"彼特罗开玩笑地说道。

"你自己去挑选好了……"

"啊！我选的你肯定不会同意的！"

"试试看嘛！不管怎样，彼特罗，你自己出面去请她吧。也许，她会同意的。如果事情如我所愿，今天晚上我们就可以做洗礼了。这可是个好机会啊，让人家说：'这两个人就要结婚了！'"

"我可不喜欢让人家说这种话，别有心思的人太多了！"彼特罗低声说道，"来杯葡萄酒如何？"

"那就让我们痛快地喝一杯吧。对了，你为什么叫人砌这堵墙？"

"我想弄个天棚。"

他们走进一个光线很暗的小房间，隐隐约约看到房间里面脏乱不堪，彼特罗好不容易才找到两个杯子和一瓶酒。

"有了，"他弯下身打开了编着柳条的酒坛塞子，"眼下，家里乱七八糟的，女用人也走了，她的亲戚不愿意让她留下来跟一个单身男子做伴……虽然……"

"别吹牛了，再说，你也不是什么圣人！好了，你倒是赶快倒酒啊，别客气了，真是的！"

彼特罗倒了酒，有一点酒溅到了地上。安蒂耐于是感叹地说道："真快活啊！你应该尽快问一下玛利亚·诺伊纳，问她是否愿意当我孩子的教母。我真心希望事情能顺利进行。"

彼特罗摇了摇头，举起酒杯，他的神情蓦地变得充满了悲伤。

"别开玩笑了，你知道，我不喜欢听别人说三道四……你还不如告诉我：你能不能再借给我一千里拉？"

"我还真想跟你借呢！"安蒂耐顺势说道。

"哎，别逗我了，"彼特罗又说，"我真的等钱用。你知道，我的本钱很有限，可所有人却以为我发了大财……"

"你会发财的。但是为什么你一定要娶她呢?……现在,我可是认真的,彼特罗!"

"我吗?我早就想娶她一百万次了,不过,我现在却害怕了,我倒不是怕她拒绝我。只要我乐意,我就能办到!可她如今像一片蔫了的叶子,需要一点阳光让自己再伸展开来。"彼特罗说,"把一个个手指捏拢到一起,接着又把它们张开,就像这样。"彼特罗做起了手势。

"我多么愿意娶她啊,不过现在只要看看她就够了。有多少次,我在她身边发抖啊,但是,我不敢……现在还为时过早。"

"好了,那你就等着那片叶子变干枯吧!直到你们俩都上了年纪!……瞧,你把我惹恼了,彼特罗·贝努!"安蒂耐用杯子拍着桌面叹息道,"你瞧着吧,这一次你还会……像第一次那样干的。你告诉过我,当时的你是那么傻……"

"请你不要再说那件事了,"彼特罗咬着自己的拳头狠狠地说道,"闭嘴!"

"啊,是的,彼特罗·贝努,你生来就是为了财富……可是正好相反!你一半是男子汉,一半却是个窝囊废!你总是在害怕。那一次,你也在害怕,结果却相反,一切都很顺利。过去的时光多好啊!从以前你就该听我的话,鼓起勇气,克服自己的胆怯。过去推动你向前走的是嫉妒和愤恨。可现在,你却淡忘了那种感觉,一切都完了。害怕,害怕,你总是在害怕着一切,害怕着所有的人,也害怕你的兄弟我!我以前和你说过多少次,胆小鬼是永远都发不了财的!"

彼特罗静静地凝望着窗外的世界,摇摇头。

"发财!"他用悲伤而又压抑的声音说,"这个世界没有人比我更倒霉了！我生来老实，却变成了贼。我生来并不是为了杀人，可我却杀了……你瞧，如果是这样，难道我真的发财了？我不过只有臭不可闻的几千里拉！可我冒了多少风险，多少可怜的人遭了殃啊！"

"嘿，这是什么话！难道你不愿意从小事做起，只想挣更多的甚至几百万里拉吗？要想偷大的东西只能到大陆上去。"

"行了，"彼特罗恶狠狠地说道，他不时地注视着门外，生怕泥水匠们会走过来，听到些什么。"别再谈这个了。现在，我们还是去做洗礼吧。咱们给小女孩起个什么名字呢？"

"叫玛利亚吧。我非要你请玛利亚·诺伊纳不可……"

"不管怎么样，那是你的事。我要认真地再跟你说一遍，我不喜欢空口说白话。玛利亚有一次收到一封匿名信，信里提到'彼特罗不到你家去，那才好呢'。自从那件事发生以后，我做事就处处留神了。好了，我们出去走走吧，这种气氛让我浑身难受。走吧，去看看小女孩。"

他们一前一后地走出去了。路上，安蒂耐让彼特罗看一个生意人写给他的信，那个生意人托安蒂耐代找一些愿意到阿尔及利亚去伐木和推车的工人。"我还想招一些妇女做清洗树皮的工作，这些工作可以让伐木工人和推车工人的老婆来做，住的地方由我解决。"

"也许真有那样的可怜虫会愿意跟着丈夫一起去，咱们可以去找找看。"彼特罗说道。

安蒂耐告诉他，自己的妻子很乐意让玛利亚给她的小孩做洗礼，安蒂耐再次请求彼特罗去找玛利亚。

为了不引起安蒂耐妻子的猜疑，彼特罗只好答应尽自己的努力试试看。

"然后，我再正式提出请求。"安蒂耐开玩笑地说道。

241

他们俩又一起出来，朝着尼古拉大叔的家走去。

"去吧，现在，你是牵线人。等这件事完了，我再帮你牵线。"那小店老板说道，"你等着看吧，这件事最终还得我来办。快点拿出你的决心，去吧。我要提醒你，一天托斯卡纳人告诉我说，佛兰切斯科·安东尼·穆雷杜经常去尼古拉大叔家呢……小心啊，彼特罗，记着第一次……"

"玛利亚已经拒绝很多上门求婚的人了。"彼特罗说。每逢看到诺伊纳的家，他的内心就焦急不安。

"你要当心，孩子。也许她会等得不耐烦了。嘿，我们到了，我去托斯卡纳人的酒店里等你。加油！"

彼特罗走进了诺伊纳家里，却仍然没有发现，酒店老板的老婆又跑到门外向他张望。

当然，玛利亚还是拒绝了给安蒂耐的小女孩做教母。虽然那件事已经过了很多年，最沉痛的哀伤依然压抑着这个年轻的寡妇。她深居简出，就算出门了也只走一些最僻静的小巷。她总是穿着那件黑色的丧服，甚至对亲戚们，她也是以寡言少语的严肃态度相待，往往还显露出悲凉的神情。在她的眼里，自己更像一个要脱离尘世的尼姑，但青春和对爱的追求却仍然在她的血液里翻滚。

好多次，她自忖是否又爱上了彼特罗。她不知道，更确切一点，是不敢承认自己的情感。任何一个男人都没有像他那样注视她，在他那种令人不安的目光的逼视下，她感到茫然失措。她的意志始终是那么的坚定不移，可在他面前却屈服了。

举行洗礼的那天是一个阳光灿烂的星期日，这位前用人伴随着清脆的钟声来到了诺伊纳家的厨房。尼古拉大叔和路易萨大婶去了玫瑰经小教堂唱弥撒，那里正在举行庆祝圣约翰的节日。此时正剩下玛利亚独自一人在厨房准备午饭，她赤着双脚，衣着很简朴。

"你好，玛利亚，"彼特罗一边靠近她，一边说道。

她回过头看见彼特罗有点惊慌失措。他衣着华丽，用一只白净得像贵族绅士的手轻轻地抚摸了她头上的小帽。

玛利亚连忙把脚伸进那双黑色的便鞋里，然后微笑着说道："我父亲去做弥撒了。你是来找他的吗？"

"不，玛利亚，我是来找你的。"

"那么你先坐吧，你们已经做过洗礼了吧。"她一边说，一边拿了一把椅子过来，掸了掸上面的灰尘，尽管在一大清早她就已经把它收拾干净了。"坐到这边来吧，"玛利亚指了指椅子继续说道，"那个地方会弄脏你的衣服的。"

她把椅子放到靠门的地方，又挪到灶前。她不知道如何去掩饰内心的慌乱。

在这窗明几净的厨房里，只有地板上一些地方溅了一些水，这里呈现出一种舒适的气氛，荡漾着一种灶火般的温暖，这种温暖体现了一个安详的小家庭的和美与寂静。此刻，彼特罗回忆起了在这个小家庭里度过的美好时光，他鼓起了勇气：

"玛利亚，猜猜我为什么会到这里……过来，转过身来，听我讲话，已经过了多少光阴啊！你快点转过身，到我这里来。"

玛利亚的心跳加速了，她缓缓走过去，试图让自己镇定下来。

"把手递给我吧，玛利亚，给我一点温暖和力量！你不愿意吗？为什么要垂着眼睛呢？为什么不愿意把手递给我呢？你不要害怕，你知道吗，我发过誓无论发生什么事，我绝对不会伤害你的。来吧，来到我的身边，玛利亚！"

她摇了摇头，还是没有去直视他的眼睛，更像是在逃避。

"你说吧，彼特罗，你需要我做点什么？"

这时，彼特罗的双手紧紧地抓住了椅背，就像是在和自己想要紧握玛利亚双手的欲望做斗争。随后，他深深地弯下了身：

"我要你干什么？你当然知道。我要娶你！是时候了，我确信你会忘记过去的事情，不会再记着我过去卑贱的处境，正如我也不会记住你的背叛行为一样……让我们重新开始吧，开始新的生活。我是爱你的，我是为你而活着的，只是为了你，我才变成如今的样子。我知道，你也是爱我的。有多少次，我们是眼神来交流！请告诉我，至少，请看着我……"

她抬起眼睛，看了看他，他的眼神里充满了柔情。是啊，他们俩都在颤抖，但是他又一次克制住了自己。

"你瞧，"他忽然猛烈地摇晃着椅背说道，"你是爱我的，你的眼睛是不会说谎的！为什么咱们还是继续折磨自己呢？我的心千疮百孔了，玛利亚，不要再折磨我了！我过去答应你，只要我不能问你这句话——'玛利亚，还记得我答应过你的话吗？'我就不跟你谈爱情的事。现在我是不是遵守了我的诺言呢？"

"没错，你遵守了！"

"那你是不是也应该信守你的诺言呢？你怎么不说话了，你是退缩了吗？我知道，你敬重你的母亲，她是不会愿意让自己过去的用人做女婿的。你害怕流言蜚语，当然，最重要的是你害怕你自己。这件事不是我说错了，就是你的眼睛在说谎！难道你不再爱我了？难道你忘记了我们过去的甜蜜吗？快点想一想，我最爱的女人，那时候的你答应过会一直等我回来，就算等十年，二十年，可是现在只过去了七年啊。你是反悔了吗？你要放弃我们的爱情了吗？玛利亚……玛利亚……你为什么流下泪水？"

他站起身来走到她的身边，将她的双手紧紧地握在自己的手里，激动地说道：

"你告诉我，你告诉我，你为什么要这样无声地哭泣，到底是什么原因让你如此伤心绝望？"她没有说话，只是在不停地摇头。他很温柔地把一只手放在她的前额上，将她可爱的脸抬了起来，他们的眼神碰触了。她发现他的脸色好苍白，嘴唇在欲望和害怕的双重折磨下变得肿胀起来，他的身体在不停地颤动。

"快点告诉我，这一切究竟是因为什么，因为什么！"彼特罗显得有点激动。

"没什么的，"她像个小女孩似的慢慢地闭上了眼睛说，"可我现在却像是行尸走肉，你又为什么让我重新苏醒过来啊，你很年轻……你可以……"

"可我只想要你！"他的呼吸越来越急促。

他深情地吻了她，她做出了回应。他们的嘴唇仿佛是因为受到了世上最悲惨的待遇，却也因为最甜蜜的爱情的触动而瑟瑟发抖，亲吻间充满了悔恨和情欲，又充满了野心和爱情。

就在这周末，彼特罗和安蒂耐会面了。

"我想开始为那个阿尔及利亚的生意人招募工人。今天要过节，乡下的农民们都会到镇子上来的。"安蒂耐略有所思地说道。

彼特罗陪伴着安蒂耐来到了小镇上，他们在玫瑰经小教堂前面停下了脚步。那里有很多劳动者在欣赏夺彩杆的节目，有不少顽童试着爬上去都没有成功,那个年轻的小伙也去尝试了一下,最终还是失败了。

彩杆是一根高高的杨树干,光溜溜的,表面用肥皂涂得很光滑。在彩杆的顶端,晃动着一个圆圈,上面挂着红色和黄色的手帕,还有新鲜的奶酪块、一个提包和一双鞋子。手帕顺着清凉的晚风飘动着,像是为了引起人们的注意。

顽童们又开始了努力,一个个向上爬啊爬,但是只爬到一定的高度时就会滑下来,终于他们不再爬了。

人们欢呼着,歌唱着。

彼特罗和安蒂耐又继续前行来到了面积不大的广场,有一个年纪不小的男人正在爬彩杆,他的双脚裹着布条。

没有了晚风,上面的手帕已经不再飘动,只有鞋子、奶酪和提包在太阳余晖的照耀下轻轻晃动着,等待着胜利者的到来。

彼特罗的内心尽管被各种想法冲击着,但也被这奇妙的一幕所吸引,而安蒂耐则东跑西跑地跟他所熟识的人聊天解闷。

在这些人中还有萨碧娜的丈夫朱塞佩。他身着盛装,整整齐齐的胡须已经有些花白。他的一些劳动者朋友把他围在一个圈内,怂恿他为他的生命之神朱塞佩庆祝一番,要拉着他一起去喝酒。

那个脚上裹着布条的男人越爬越高,在他几乎快要爬到彩杆的一半时,人群中忽然发出一声吼叫:

"他脚上系着两片镰刀呢!这就是为什么他可以爬那么高,却不会滑下来!"

人群开始骚乱,有些人在哈哈大笑。顽童们紧紧地围着彩杆四周,使劲地摇晃着彩杆并发出抗议:我们要把这骗人的选手晃下来。

"喂，你这可恶的东西，下来！你怎么可以昧着良心这样做！下来，快给我滚下来！"

但是，那人却仿佛什么都听不见，他那因为消瘦而显得并不灵巧的身子仍然稳健地向上爬着。在彩杆的高处，那些神秘的锦标在颤动着，圆圈在彩杆顶端转来转去，夕阳在提包的弹簧上显露出一丝反光。

在人群的嘲笑声和叫喊声中，安蒂耐跟那些农民和工人谈判起合同，这些工人和农民多半是些酒鬼。

他也走到了朱塞佩身边，问道：

"你呢，愿不愿意到非洲干活呢？"

"是不是距离海边很遥远呢？"

"不算怎么远，你是否在顾虑你的妻子呢，你完全可以带她去，有住处的。"

"我老婆不愿意干这么辛苦的活，"朱塞佩说道，"不过，我倒是可以试试看……请容我考虑一下，以后再和你说。"

"她人不是就在那里吗？你快去问问她吧，因为我要统计一下一共有多少人愿意去那里。"

果然，萨碧娜抱着一个小女孩，一边和身边的几个妇女聊着天，一边观看着爬彩杆呢。

那个裹着脚布的人还在继续向上爬，全然不顾底下群众的抗议。关键时刻他用力蹬了一下，爬到了彩杆的顶部。一时间，焦躁的人群不再叫唤了，太阳落下了山头，圆圈也停止了转动。

"太棒了！"安蒂耐朝着那个胜利者摇晃着手臂叫道。这时，那个人用手抓住了圆圈，并把那个提包揪了下来。

247

大家立刻鼓起掌来。胜利者带着圆圈滑了下来，到了地面，他不管那些争先恐后要检查他双脚的顽童们的推搡和抗议，自顾自地把手帕、奶酪和鞋子包成一团，扬长而去了。

安蒂耐走到彼特罗身边，笑着望了望他，朱塞佩·佩拉则紧跟在安蒂耐的身后。

"你都看到了吧？"安蒂耐有意向彼特罗说道，"就该这样干！"

彼特罗用他那轻蔑的姿态晃了晃头。"就该这样干！"他早就知道。他的嘴唇还因亲吻了玛利亚而感到火热，他面露微笑，眼睛里闪烁着欢悦的光芒。

彼特罗和他的朋友，还有那个农民一起来到萨碧娜身边。

这时的少妇已经失去了昔日的美丽：略显金黄色的头发散乱在前额和耳际，衬托着她那消瘦的、略显黄色的小脸；她的鼻头似乎有些透明，只有那明亮而清澈的眼睛依然保持着昔日的光彩。

她很贫穷，但却很幸福。虽然不需要为饿肚子担心，但是她必须劳动，生儿育女，用自己的乳汁喂养孩子。而做这些事的妇女总是未老先衰。她结婚以后，几乎跟诺伊纳家没有了来往，因为她没有时间去看望那些有钱亲戚，而且那些有钱亲戚也未必记得她了。

萨碧娜已经把过去丢到了脑后。傍晚时分，她总会倚着门板静静地等候着丈夫的归来。每当看到那个老实的农民从小巷尽头吃力地扛着布袋，背后拖着那疲惫了的耕牛走过来时，她就握着自己的小女儿的手说："瞧，爸爸回家了，爸爸回家了！"此刻她觉得自己是最幸福的。

但是，当彼特罗走近她的身边时，她抬起来头，脸上立马浮现出了一层薄薄的红晕。他是那么的英俊啊，穿得那么的漂亮啊，一双炯炯有神的双眼！世道进展真是迅速，人们的命运总是发生着翻天覆地的变化！幸运的人总是得到他们想要的，而贫苦的人总是一蹶不振啊！唉，这个世界实在太不公平，等我离去，我希望那另一个世界是公平的。

"那么，"安蒂耐说道，"你到底愿不愿意和你丈夫一块去劳动呢？你还这么年轻，怎么能独自一个人留在家里待上三个月之久呢？"萨碧娜亲吻着女儿，以掩盖她那颗因为彼特罗的到来而感到措手不及的心。

"至少我是不会找你来陪伴我的。"萨碧娜立马回了他一句。可是，她又去打听，那工作是否可以在收割时节之前结束。

"你只种了麦子，"她对朱塞佩说道，"所以，咱们可以在那里一直待到七月份呀。"

"太好了，就这么说定了，我们要干到七月。"安蒂耐同意了。

他在笔记本上画了一个句号，好像表示事情已经完成了。

几天之后，大家整装待发。一些妇女也像萨碧娜一样跟着自己的丈夫动身了，去做他们那份辛劳的工作。

22

玛利亚的第二次婚姻是在密不透风的情形下举行的，就连关系最密切的亲戚和左邻右舍都不知道。尽管邻居们每天都会看到彼特罗会到他以前的雇主家走一趟，但却已经习以为常了。

很久之前，玛利亚就已经把女仆辞退了，甚至连托斯卡纳酒店的老板都不知道他们家发生的这件大事，直到最后的几天才知道一点眉目。

镇子里的人们都很惊奇，到处都充满了流言蜚语。已经是五月初了，那些喜欢打听别人隐私的妇女们看到了市政府门上贴着的公布结婚消息的告示。

"原来是为了这个啊！"酒店老板一边用纸条做的蝇拍驱赶苍蝇一边感叹道，"我记得有一天，我听到路易萨大婶和尼古拉大叔吵得不可开交啊，争吵声中我还听到了彼特罗·贝努的名字呢，我记得路易萨大婶好像是这么给她丈夫说的：'他当然讨你喜欢了！天下乌鸦一般黑！'这就是说，他们俩是属于同一类人。可见路易萨大婶很不乐意让彼特罗做她的女婿。"

酒店老板真是聪明,事实也是这样。当玛利亚表示她一定要嫁给彼特罗·贝努时,路易萨大婶涨红了脸,她这么一个善解人意的人很少有几次像这次这么明显地表现出她的愤怒和羞愧。后来,他们家因为这件事闹翻了天,尼古拉大叔差点就说出他为彼特罗对他女儿的求婚感到相当荣幸呢!路易萨大婶却忘却了她的"善良",竟然开始泪流不止,号啕大哭。

"彼特罗·贝努?我的前用人!他竟要娶我的宝贝女儿,佛兰切斯科·罗萨纳的妻子?彼特罗,他是个出身卑贱的用人,只是个癞皮狗,如今他才找到一块骨头啃而已,他绝对不能娶我的女儿!玛利亚,你是我唯一的掌上明珠,你这是怎么了?要是佛兰切斯科·罗萨纳泉下有知,他会何等的伤心啊!我的女儿,你是我的心肝啊,我的心受到了从未有过的伤害,因为你又一次被他们杀害了!"

"你大喊大叫什么?"尼古拉大叔一边用拐杖用力地敲着地一边斥责道,"她死掉的时候,你不哭。现在她要活过来了,你反倒哭了!"

"别折磨我这个死人了!"玛利亚说,"这样闹得满城风雨对大家都有什么好处!这么多年来,我一直都在考虑这件事,现在我拿定主意了。要是我对自己的事没有把握,我是不会开口说出来的。所以,请停止争吵吧,只要你们明白我的心愿就好了,我们很快就会结婚的。要是你们愿意,我们马上离开你们的视线,彼特罗的房子不久就要盖好了。"

"那别人呢?……那些街坊邻居会怎么说我们呢?……"老妇人哽咽着说道,"这可不是为了我……是为了我们整个家族,我们家族的尊严!"

"安静些吧！你这位自私的太太！"尼古拉大叔对她吼道，他往往用这样的称呼讥笑她，"玛利亚不属于任何人，她就该跟彼特罗·贝努结婚！因为他是个有作为，能做大事的年轻人。来，抽点鼻烟吧，打个喷嚏会让你感觉好一点的。"

路易萨大婶迅速地抓住那盒鼻烟，把它扔到了院子并大声吼道："你们俩闭嘴！有其父必有其女！哼，我们走着瞧，未来是证明一切的！"

但是，后来她还得忍受母亲的冷眼去请求他们照顾她两点：一是婚事要在绝对保密的情况下操办；二是彼特罗不能经常来找她。

在彼特罗第一次来看望他的未婚妻时就说得很明白：

"路易萨大婶，我知道，您不喜欢我，但是我还是依旧尊重着您。我希望，我和您女儿的婚事能尽快办起来。多少年来，我一直急切地等待着这个机会，等待着玛利亚的同意。现在，该怎么办呢？我的房子还没有盖好，但是已经可以住人了。再过几天，我就到卡利亚里那里，去给我的房子买家具和送给新娘的礼物，等我回来，我们就宣布结婚。"

"好极了，男人就该这样能给这样的保证。"尼古拉大叔叫道。

路易萨大婶一句话都说不出来了。

玛利亚坐在离彼特罗很远的地方，她几乎看都没有看他一眼，心想：

"他要是去卡利亚里去买东西，人家准会坑死他！"

但是，她没有敢说出来。

后来彼特罗看望过玛利亚两次，都是在夜里，每次都在谈一些老套的事。

有一天晚上，玛利亚偶然提起了她死去丈夫的名字，她发现彼特罗的脸上微微露出了厌恶的表情。当彼特罗离开时，尼古拉大叔就劝告自己的女儿："你该注意点，当着自己现在的未婚夫不要提自己那个死去的丈夫，以后绝对不能再这样做了。"

"可我以前总是在这样说啊！"玛利亚反驳道。

"那时候彼特罗还不是你的未婚夫啊！难道你认为，单身男子跟未婚夫一样吗？你要记住，男人就像一支枪，子弹不上膛的时候是不会伤人的，但是上了膛就危险了……未婚夫就是一支上了膛的枪，千万不要去碰它……"

当他第四次去看望自己的未婚妻时，就要求确定婚礼的日子。

犹豫不决和热恋的激情使彼特罗感到全身发烧，焦急不安。每逢见面的时刻，他都用贪婪的眼光注视着玛利亚，想从年轻美丽的面容上猜出她的心思。

她总是在回避着他渴望的眼神，因为每次看到她那婀娜的身姿，彼特罗就足以把任何事都抛在脑后，他的内心那种野性的欲望使他全身不停地颤抖。从第一次谈话之后，他们就不能再单独在一起了。彼特罗离开时，总是路易萨大婶送他到门口。她总是有意无意地在监视着他们，好像很乐于把这对恩爱的未婚夫妻给无情地分开。

一个周末的早晨，彼特罗突然来造访了，他很希望看到玛利亚独自一人待在家中。果不其然，路易萨大婶和尼古拉大叔已经去玫瑰经教堂做早弥撒了。

"我今天要启程了。"彼特罗说，"今晚我会在马科梅尔落脚，因为那里还有一件事等我去处理。四天之后，我就会回来。我亲爱的玛利亚，你请人准备好你的证件，我回来就去公布我们的婚事。"

253

四天时间很快就过去了，可他却没有回来，玛利亚感到伤心不已。她发现自己居然一直思念着他，这令她惊讶不已。她回忆起了从前，在她最初爱上他的那几个月里也没有像现在这样思念过他。更有几次，她的傲慢又重新出现在她的想法里。她一想到自己现在竟要嫁给一个做过用人的男人，而自己以前却是一位贵族老爷的妻子就感到懊恼不已。但是后来，狂恋的激情和欲望还是打败了傲慢和偏见从而占据了她整个的身心。深居简出了多年，现在的她仿佛又回到了年轻时候，充满了对生活的激情和对爱情的渴望。她体验过人间的种种欢乐和痛苦，却没有尝到爱情的滋味。她曾被人羡慕过，奉承过，并且对自己的谎言付出了沉重的代价。而现在，三十岁的她全身充满了对爱情渴望的烈火。

她渴望得到爱抚，渴望能得到属于自己的一切。那种渴望的程度已经到了发狂的地步。这所有的一切总是隐藏着某种令人冲动的东西。那春天的暖风，那甜蜜的微笑，那幸福的家庭，那不甘寂寞的心，都使她觉得自己身上的每个器官都重新开始运作，那沉睡已久的青春在自己身上慢慢觉醒了，她又活过来了。

不过，在烈火慢慢消退的时候，她又感到了一种模糊的慌乱，她感到自己灵魂深处有一种错综复杂的情绪在折磨着她。她始终无法接受彼特罗卑贱的出身，总是把他每一个微不足道的缺陷无限地放大再加以指责，仿佛只有这样，那种心理的折磨才会渐渐退去。这时，往日女主人的身份在她身上又苏醒了。

当他第四天还没有从卡利亚里回来时，她发怒了。"瞧，他又开始说谎！既然做不到，为什么还要给我诺言！现在，他还在那里干什么？他一定找到了另一份快乐不想回来兑现承诺了！一定是这样！可又有谁知道……"她胡思乱想着。

直到第六天，她开始坐立不安了。"彼特罗不回来，可他为什么连封信都不给我写呢？他是不是遭遇到什么不幸了？昨天夜里，我梦到了一封镶着黑框的信，可是我又无法打开它，梦里我都感觉到了一阵凄凉啊，醒来后的我一直在瑟瑟发抖。"

就在那天晚上，她就收到了彼特罗的来信。在拆开那封信之前，她把它放在手心里抚摸了半天，她内心深处一种强烈的感情迫使她这么做。接着，她快速走到了自己的房间，小心翼翼地拆开了那封信。信中，他请求她原谅这么晚才寄信，并且用一些淳朴而又热烈的言语向她吐露自己的爱意。"我要紧紧地抱着你，吻着你的红唇，就像那个难忘的星期日一样；我要贴紧你的每一块肌肤，用我的热情去融化你，我多么希望时间停止在这一刻，我多么渴望能立马飞奔到你身旁。"

这些感人的表白足以让她忘记了漫长的等待而重新陶醉在她那狂热的爱恋中。

"我的夫人，你看见了吗？"尼古拉大叔用手杖头轻轻地敲打着那份信新奇地喊道："他居然会写字了！"

"他是从哪里学会的？……"路易萨大婶惊叹道。接着，她又恢复了往日尊贵的样子，向在征求她意见能不能给彼特罗回信的玛利亚说道："你已经是嫁为人妻了，这是千真万确的事。你没有理由去回信，更不能让邮局的人看到你的信。我的女儿，至少你应该考虑一下你自己的身份。"

为了保持这一点身份，玛利亚没有去回信。

两天后，彼特罗回来了！他给玛利亚带来了很多礼物，还给路易萨大婶买了一件极其贵重的锦缎大衣,这一讨人喜欢的举行让未来的岳母软下了心。

"好了,"在他们的婚事公布出来的第二天,她对彼特罗说道,"现在我们商量一下如何去操办你们俩的婚事,你是不是应该把你的亲戚都请过来呢?"

他无奈地摇了摇头:

"我没有亲戚,你们要是想请什么人,就请过来吧。我只想简单地办一办就好了。"

"好极了!"路易萨大婶转过了身,把眼角的泪水顺势擦掉了。她想起了玛利亚第一次婚礼,不由自主地掉下了眼泪。

由于彼特罗的房子还没有修好,婚礼却已确定在五月底,尼古拉夫妇建议他们俩在娘家度过蜜月。其实,路易萨大婶是个善良的女人,她疼爱玛利亚胜过了金钱和家族的脸面。再加上,附近的妇女对他的阿谀奉承和彼特罗从未间断的殷勤举动都使她的态度变得十分和蔼可亲了。

邻居们常常对她说:"让我们看看彼特罗送给你的那件珍贵的大衣吧!""耶稣啊!这是一件多么漂亮的衣服啊!这是上好的锦缎做成的啊,这礼物可真配得上您啊!您的女儿和彼特罗什么时候举行婚礼呀?""啊,我们还没有确定呢。"路易萨大婶总是这么回答,同时又把那件锦缎大衣重新叠好,放在精美的包装盒里。

直到婚礼举行前夕,镇子里的人都不知道婚礼的确切日期呢。尼古拉大叔也是绝口不谈,因为他遵守着旧日的习俗:一个寡妇应该纪念自己的前夫而不是再举办第二次婚事。彼特罗是最难以捉摸的,他跟任何人都不谈他的婚事,只是催促着工人快点把他的房子修好，因为他非常不想在诺伊纳家中度过自己的蜜月。

"在那张床上……"他一想到这个就不由得打了个寒噤。

婚礼的前一天晚上，玛利亚温柔地望着他，问道：

"亲爱的，你做好准备了吗？"

"做好什么准备？"

"忏悔啊！"

他沉默了，而他的眼睛失去了往日的光彩，蒙上一层阴影。

"我已经很多年没有在复活节受戒了。"他的口气有些悲凉，"我受过的苦太多了，以至于我已不再相信上帝。"

"可你知道的啊，人不应该在犯了死罪的情况下再去结婚。"玛利亚别有用心地说，"这几年，你大概犯了不少罪孽！你应该做忏悔！求了你，别让我的母亲生气，我亲爱的彼特罗……"

他弯下了腰，接着又挺起身对着自己的未婚妻点了点头。

"好，我会听你的话。但是，你要帮我一个忙。在这之前，我是不敢向你提这个要求的。咱们度蜜月的这段时间，我想派人把我在卡利亚里买的床搬到我们的卧室。"

这时，玛利亚的眉头皱到了一起，变得愁容满面了。新房的卧床本来应该由新娘家提供的，而现在彼特罗却要求用他新买的床，这几乎惹得她生气了。但是，如果站在另一个角度，彼特罗也是对的啊！瞧，尼古拉大叔肯定没有料到这件事呢，而玛利亚被这种疯狂的感情和种种事件弄得神魂颠倒，她也不曾想过彼特罗会不乐意睡在佛兰切斯科·罗萨纳睡过的床上。

于是，他们俩达成了一个协议：彼特罗去做忏悔，而玛利亚安排在她的卧室放另外一张床。

到了婚礼的那天，早晨三点钟，他们在玫瑰经小教堂里举行了婚礼。

玛利亚彻夜失眠了。一点钟，她就起床了，脸色苍白，整个人看起来是那么疲惫。她感觉自己好像是在做梦。她想起了自己第一次举行婚礼时那喧嚣的场面，那么隆重奢华的排场和欢快的气氛，而如今一切都进行得悄然无息。小教堂里除了两位必要的证婚人之外，没有一个亲戚，没有一个朋友，甚至连房间都没有打扫，多么大的反差啊！

但是，这一次，她的心中却充满了喜悦和幸福。她用颤抖的双手整理着他们的婚床。她下楼蹑步走进了厨房，扫了地，生了火，准备烧咖啡，脸上泛起了微微的红晕，正是这点红晕使她那疲倦的面容看起来有了一点光彩和魅力。

等快到两点的时候，她又上楼来到了自己的卧室收拾自己的穿戴。她脱下了守寡时穿的衣衫，把这些衣服叠起来放进箱子里，忽而她又感到一阵莫名的兴奋，那是一种悲喜交加的情感。没错，她在脱掉丧服的同事也脱掉了令人痛苦的回忆。那些黑色的衣衫在她的生命中占有了太多的悲哀，而这些悲哀随着她的重生一点点消失了。她把一条宽大的布裙穿到羊毛紧身上衣的上面，把另一件紧身上衣叠好，当要关上箱子的时候，她却簌簌地流下了眼泪，她的内心发出一阵子的呼喊。

她跪了下去，臂肘放在箱子上面支撑着整个身体开始做祈祷。她的回忆又开始翻江倒海，那一幕幕触目惊心的景象又一次出现在她的眼前，是那么的令人害怕，可它又是那么的清晰，叫人难以忘却……

她打了个哆嗦。窗外的云雀在歌唱，将她从回忆中唤醒。在寂静的小房子后面，天开始透出了亮光。这时，院子里响起了一阵仓促的脚步声……

她重新站了起来，开始穿那美丽的新娘礼服。

新婚夫妇，彼特罗的一位亲戚，两位证婚人，和尼古拉大叔就是这场婚礼的全部成员。他们静悄悄地走在晨光熹微的小道上，每个人好像都很害怕吵醒熟睡的人们，生怕在路上遇到归途人。

突然间，正紧靠着彼特罗亲戚的玛利亚用一只手轻轻捂住了嘴，忍不住笑了一声。

"你这是太高兴了吗？"彼特罗问道。

"嘿，我只是觉得好笑，你看，咱们就像是一群贼。"她没有转身直接回答道。玛利亚缓解了这种压抑的气氛,大家开始有说有笑了。就这样，他们来到了那孤独的小教堂门前。

婚礼仪式拖沓得很长。教堂主教为这对新婚夫妇主持弥撒，旁边一个上了年纪的镇上的人协助着他，那光秃秃的头和一簇发黄的长胡须让他更像个使徒。主教说话不紧不慢，声音却很温柔，他的话语在这庄严又忧郁的气氛里荡漾着。散发玫瑰馨香的小教堂中，曙光和蜡烛的光辉融为一体，发出幸福的光芒。

新婚夫妇跪在祭坛那光光的台阶上，神情肃穆。彼特罗不时地抬起头，看一看玛利亚再看一看主教，像是在寻找着什么。接着他又陷入了沉思。这个庄严的时刻曾经是他整个青年时代使他奋斗的动力，那是他梦寐以求的。然而此刻，他却没有过分的激动。他觉得自己达到这个愿望是很自然的，就像任何一个新郎会理所应当地选择和他地位同等的女人一样。虽然，成功的喜悦没有让他乱了自己的心，但那一种全新的感觉和体验让他感到其乐融融。

嘿，他终于达成自己的心愿了，就像一个渴望安定的人在经历了充满重重艰难的森林后，精疲力竭地来到了一个平安可靠的地方。一切的负面情绪都不见了。点起灶火，香气四溢的葡萄酒给人一种温馨的感觉。终于可以休息了，是时候放下疲惫的心享受安定的生活。

那主教有节奏的声音和那年老的使徒深沉的声音把他从梦中唤醒。于是，零碎的记忆浮现在他的脑海里，那种熟悉又恐惧的心理又来侵袭他那略带伤感的幸福感觉。但是，只有他抬起头，看到自己所钟爱的新娘的美丽面孔，幸福的感觉又会再次战胜一切，将他的身心团团包围起来。

玛利亚在祈祷，她也陷入了回忆，仿佛又看见自己身边是那死去的丈夫的身影，但是，她并没有因此感到不安，她已经为他哭够了，她应该开始自己全新的生活了。她就那么注视着彼特罗的背影，虽然她并没有看到他的脸，可她知道他就在自己身边，他是那么的充满魅力。

真得感谢上帝！这一切都是按着上帝的意旨安排的。我们应该用平静的心去参加婚礼，只是为了感激那万能的上帝，这么美丽的夜晚，那令人伤心的回忆和忐忑不安的情绪都见鬼去吧！只有也只能让爱情，那神圣而又美丽的爱情永存！

从教堂返回的途中，大家还是很小心翼翼，一路上没有一个人看到他们。这对新婚夫妇走在队伍的最前面，低着头默默无语，而内心却在澎湃。东方吹来了一些微风，那温暖的气息令人心醉。

他们俩，早该结为夫妇，这样的结合真的是太完美了！新婚夫妇的伴随者——彼特罗的一个女亲戚和尼古拉大叔不停地在赞叹着，甚至那主教也不时地这样说道：

"愿上帝保佑他们，他们简直就是天造地设的一对！"

路易萨大婶在门外等候着，和上次不同的是，这次她既没有哭，也没有亲吻新婚夫妇，而是朝着他们俩身上扔了一把小麦并说道：

"愿主保佑你们，祝你们幸福。"

有个前来帮助路易萨大婶做事务的妇女也将一把小麦扔向了新婚夫妇身上，然后就跑去拿盘子上楼到了路易萨大婶的房间。

主教一走进新房，就朝卧床祝福，他以为那张旧床就是为新婚夫妇准备的，尼古拉大叔倚着拐杖，哈哈大笑起来。

"说不准,我老婆现在就会给我再生个儿子！哈哈,再生个儿子！"

大家都笑了起来，玛利亚把主教拉到了另外一张床旁边：

"主教，真在是抱歉。请跟我到这边来。"

23

　　八天时间很快就过去了。玛利亚和彼特罗的蜜月是世界上最热烈,最幸福的蜜月。

　　尼古拉大叔和路易萨大婶几乎每天都到农田里去,在那里从早上待到晚上,好给这对年轻的夫妇充裕的自由自在,享受彼此的时间。

　　五月马上就过去了,属于它的一切美好和甜蜜也即将随它消逝。但正是这个五月给予了这对新婚夫妇美满的生活境界。他们释放着那压抑已久的热情,无休止地体验着欢愉,他们相互迷恋,就像原始的夫妻,在鲜有人迹的神秘的森林中感受彼此。

　　有一次,玛利亚却有点害怕彼特罗了,因为他总是用一个危险的眼神注视着她。那双眼睛色彩斑斓,其中又流露出残暴的讯息。但是,这种对他的畏惧,对凶猛的捕猎者的害怕,使她全身酥软,但又喜欢着这种被人玩弄的欲念。她觉得自己越来越依赖这种感觉,而内心深处也因此变得狂野奔放了。她将身上那层薄薄的文明纱衣轻轻褪下,从而变成了赤身露体的仙女,在美丽的仙境渴望着等候着那充满野性的征服。

他果然来了。他们相互亲吻的那一刻,四周都垂下了纱幕,什么都看不见了,看不见了。有几次,彼特罗却显得焦躁不安,尤其是在他回来时看不到玛利亚动人的微笑和充满诱惑的眼神时,他开始四处寻找她的身影,总是在担心她是不是去找过别人。他不在家的时候,她开始怀疑,他这样是在嫉妒。但是更多时候,他却表现得很温存,甚至还有以前做用人时的毕恭毕敬,仿佛他还没有完全忘却当初的卑贱地位。不过她也喜欢他的这个样子,让她感觉似乎生活在以前,她的傲慢、虚荣也因此得到了满足,那时的彼特罗可不敢对她表示出他全部的狂野的热情。

经过一周如漆似胶的疯狂后,她开始感到厌倦。围绕在她周围那火热般的激情开始慢慢褪色,一切仿佛又回到了从前。

有一天,她坐着厨房门前,靠近房子的荫凉处,她在给她亲爱的彼特罗的衬衣绣花,家里只剩她一个人。尼古拉大叔和路易萨大婶去了葡萄园。她的丈夫正忙着监督工人赶快干完修理房子的最后工程。

那清新的、洒了清水的庭院像平常一样寂静,在那里可以感受到春天的暖风,更可以闻到石竹花和艾康草的气息,听到归来的燕子不断地歌唱。

她感到头有些沉重,但是,思维却依旧很清晰。她的呼吸很均匀,她一边做着家务,一边欣赏着周围这些美好的事物,却又想起镇子上那些妇女们的闲言碎语。

她更是大病初愈的病人,欣慰但又缺乏朝气。但是,幸运的一点是,她已经不再苦闷。

"是的,"她想,"我的母亲可能在忏悔把我撵走了。不过,彼特罗已经说过了,是该换一换房子,至少在那里过上一阵子。我总是觉得以后我们还是会回到这里来的。彼特罗和那个去世的人不同。如果我们再继续住在这里,用不了多久他肯定会和我妈妈大吵一架……昨天晚上,他就因为妈妈的一句话而动了气——'你们以后生了孩子,就叫他佛兰切斯科吧!'唉,亲爱的妈妈说话总是不经过思考,而我的丈夫还是对死者那么嫉恨。可我有什么办法呢?啊,厨房里出什么事了?"

她走进去看了一下,原来是一只猫把盖子弄掉了。她弯下身去收拾好被弄得一团糟的地板,完了又去追赶那只猫,猫却跑过了庭院。她停下了脚步坐了下来,看了看房子影子达到的地方,推测着时间的早晚。

"应该快十点了,彼特罗中午也许会回来呢。"

她又陷入了想象,仿佛看到了这样一场景象:他推开了大门,大步走了进来。如果他看不到妻子,就会立马呼唤她的名字。于是她迎了上去,两个人会含情脉脉地凝视着对方,就像刚刚认识的男女有了一见钟情的爱恋。接着他们开始忘我地拥吻。

玛利亚在思念自己的丈夫时总会陷入这种幻想中。这样的幻想一直都让她心神不宁,就像是有什么东西卡在她的喉咙里。她的思绪回到了现实里,她又开始缝纫,但是那根针却在她的手里颤动着。

一阵猛烈的敲门声着实把她吓了一跳。

她迅速地把衬衣放到地上,前去开门。

原来是邮差,一个红头发,有着一大把黄色胡须的矮个男人。这个邮差把她从头到脚打量了一番,像是在给自己保证,这就是玛利亚。在确信了这一点之后,邮差从包里慢慢地拿出了一封盖着五个大章的信件,在印章上面还可以看到一个镂空的纽扣的痕迹。

"罗萨纳的寡妇、玛利亚·诺伊纳太太的挂号信。"他抬头看了看玛利亚继续说道,"这是从阿尔及利亚邮来的。"

"我知道了,给我吧。"玛利亚伸出手来。她想这可能是萨碧娜寄来的,因为只有萨碧娜至今还待在那里。

"请在这里签个字。"邮差说,顺手把签收点递给了她。

她签了字,看到在她的签字后面还有着一个签名。她又开始思考:

"萨碧娜又要我做什么呢,是来要钱的吗?难道她不知道我已经结婚了吗?"

她迅速地关上了大门,打开了信件。这封信没有写署名,但是她认出了这是萨碧娜的笔迹。信的内容是这样子的:

我亲爱的玛利亚:

你应该知道我是谁。为了慎重起见,我没有署名,但是你知道我是一个很疼爱你关心你的人。今天,我从一个来自努奥罗的人那里得知你就要结婚了!我愿意祈求上帝,让这封信快点到你手里吧。不然,这对于你来说将是一个可怕的噩耗。而我写这封信,就是为了让你能避免这次不幸。听着,玛利亚,千万不要嫁给彼特罗·贝努。因为杀死佛兰切斯科·罗萨纳的凶手就是他!我要告诉你,他和他的同伙乔安尼·安蒂耐,无情地杀死了齐祖·科罗卡,然后,又用科罗卡的刀杀死了佛兰切斯科。图鲁利亚的尸体就藏在你那美丽的牧场与橡树林的岩石丛中,那个地方只有那些牧人才知道。我可以对天发誓,我说的是事实的真相,因为我曾经请人去了解图鲁利亚以前的那些秘密！附近的牧人——安东尼·佩拉、安德里亚大叔和其他人都知道这个秘密。他们曾经看到这两个杀人恶魔，同时他们还是恬不知耻的小偷，因为当时从努奥罗的羊圈丢了的所有牛都是他们俩偷的。彼特罗·贝努就是靠这个而发财的，即使现在没有证据证明他这桩令人唾弃的罪行，他也是不配娶你的！牧人都因为胆怯而不敢声张出去。如果不是你那么坚定地要嫁给他，我是不会告诉你这些的。

我向圣母玛利亚祈求，保佑这封信能及时地送到你手里。我已经告诉你所有的事实，你完全可以按你的意愿去做了，但是记住一定小心！因为要是彼特罗发现你知道了他的秘密，他也会杀死你的！

玛利亚不由自主地穿过庭院，六神无主地坐到了刚才的那把椅子上。她的面色瞬间变得死气沉沉，全身又开始瑟瑟发抖。她就这样目光呆滞地坐了一会儿，被这突如其来的噩耗压倒了，她好像又变得没有了知觉。然后她慢慢地抬起了头，惊讶地望了望周围。就在她发呆的时刻，她的灵魂仿佛脱离了她的躯壳，已离她远去。而她好像是到了一个从没有见过的地方，在那里，她看到了光怪陆离的景象，如今又回到了现实，却发现周围的一切都变了样，她不由得吸了一口冷气。

过了一会儿，她开始质疑，尽管那封信里讲的都是无情的事实。她好像和那封被自己紧紧攥着的信一样喘不过气来，那封信比一份死亡判决书更要残酷无情。在她不知所措、丧失了那份曾经的力量时，她急切地有了一个本能的反应：她是个弱者，她需要保护。她盼望着彼特罗的归来。

"要是他马上回来该多好啊!"她看着信自言自语道,"我要让他看这一封信……所有的一切都会结束的。这是萨碧娜在嫉妒。是啊,谁都知道她过去爱过他,而且他也喜欢过她……那么……"

刹那间,她回忆起自己全部的悲惨爱情遭遇:从诗情画意开始,到以悲剧结束。她回忆起了一切,她又看到彼特罗把他的大衣挂在了厨房的墙壁上,那个房门角落的后面……那会是昏暗无光的一天啊……她温柔地给他倒酒喝,用怀疑的眼光看了看他,因为他的名声真的很不好,尽管当时没有任何的证据证明关于他的流言蜚语。

一天又一天,时间就这样过去了,就像天空里飘浮的云朵,没有留下半点印记让人去寻找……这段时间,她总是在做梦。梦里的她是那么的楚楚动人,又那么喜欢捉弄他人,是的,她记得很清晰,她傲慢得就像是国王的女儿。

她不该再这样折磨自己。她听了用人的话,像个最没有价值的女人,一点一点地把自己交付给了他。可是当时,他还是老实的。她觉得他温柔、随和,就像是一个不懂事的小孩子,或者供自己消遣的玩物罢了……但事到如今,她才想起当初所说的话跟许的愿望了。

"我一定会走运的,一定要变得富有……为了你我什么都能做得出来!"

从那时候起,他就已经变成一个不折不扣的窃贼了,然而她却瞎了眼一样什么都看不出来,她耳朵聋了什么也听不见,只感到他亲吻的香味,却没感觉到这香吻是致命的,能毒化她的整颗心。

不过要是他回来该有多好啊!他要是回来就能用那热烈的吻抚平她内心所遭受的可怕折磨!

"难道我开始怀疑起他了?!"她那受到惊吓的灵魂深处发出了

一声惨叫。

正当这时,一个更为深沉的声音在她的心里回响起来:"不用怀疑,你应该持有主见,真理自在心中。"

她心潮澎湃起来,第一次破天荒地考虑着已成为过去的事情,使得她的思想不由得极度紧张起来。她觉得眼帘上的一块幕布跌落了下去。她不由得记起以前彼特罗回家的时候,没有看到她笑脸相迎时总是心神不宁。这些细枝末节现在都在她的脑海中重新浮现,她记起了彼特罗那个发财的朋友乔安尼·安蒂耐的形象,此人所做的见证和他对那用人的指控而今在她看来无疑在泄露天机。

"他就是彼特罗的帮凶!"她坚定地猜想着。

毫无疑问!的确,她一时间不再有任何怀疑,然后颤抖着重新打开那封信件,看了一遍,那上面的每一句话都像一把钢刀那样戳进了她的心。

当她最后一次读完这封信的时候,身体却不由得因害怕彼特罗回来而发抖。为了掩盖其他的罪行,他可是什么都会做的。

于是,她把信藏在怀里,用一种略显模糊的恐惧心理,望着地上阴暗的深色线条逐渐靠近脚边。时间在流逝,如同跟太阳一样赛跑,然而那缓缓移动的线条却又像是有生命的东西,又像一个逐步逼近自己的敌人……

最后,她低下头默默问自己:

"我为什么要承受这样的惩罚?为什么那道照亮我灵魂的光芒会在我身上消失?我究竟干了什么?"

在春天不可捉摸的天空下,她将双手交叉紧握高高举起,绝望地仰望着。这片天空,在刚才还承载着她幸福美丽的梦想。天空依旧沉默，只有几只呢喃飞舞的燕子似乎带着嘲讽的鸣叫在她头上轻快地飞过。

太阳在不可遏制地快速西沉，周围的阴影在疯狂地占据所有还带光明的角落，如同堕落的命运不可抗拒。

不需要等到中午，他可能就回来了。

我该怎么办？我该怎么办？我无法逃避他的眼神，我不能拒绝他的亲吻。玛利亚急促地在地上来回走动。

突然传来了梆梆的敲门声，有人来了！

是他吗？会是他吗？怎么办？玛利亚的呼吸顿时停滞，脚步沉重得似乎再也无法挪开。

"路易萨大婶，家里没人吗？你们都生病了吗？快开门啊！"一个女孩子的声音传入她的耳朵。但是玛利亚还是没有去开门，她依然处在极度紧张不安中，但那个女孩的话似乎提醒了她！

对，装病！只有这样才能掩饰自己的心神不宁，或许能打消彼特罗的猜忌。于是她去掉门闩，让大门虚掩着，慢慢地走回自己的房间。她的房间孤独而寂静，她害怕这样阴暗的寂静，她慢慢地靠坐在那张洁白的床铺上，不由得难过哭泣。

她感到绝望，多么宝贵的东西就这样丧失了，她已不再感到恐惧，因为没有恐惧的必要了。这样的折磨让她焦虑，也让她变得更为沉默。

玫瑰经圣母面容平静而宽容，似乎所有的苦难都会在她神秘的微笑下消失，并且得到救赎。玛利亚虔诚地双膝跪拜，闭眼举起双手，颤抖的双唇在语无伦次地祷告着。

圣母玛利亚，让彼特罗平安无事，请求慈祥的圣母帮助我复仇？帮助我逃离他的身边？她的祈祷如此矛盾重重，或许神灵都感到不知所措。

毕竟，神的救赎力量是伟大的。对神的倾诉让玛利亚收获了些许慰藉，仿佛这一切都是一场噩梦。她站起身拍打着裙子上的尘土，心情放松了很多。

她拿起手中的信件，拍打着说："好吧，把它撕碎扔掉，烧掉，这一切就结束。这一切都是谎言，都是污蔑。这个写信的小人，居然说我在守寡，这个恶毒的人，我不会被这个谎言吓到，我怎么会这么愚蠢呢！"

彼特罗在她家当用人之前名声不佳，小镇上很多人都说他是一个性格暴烈、野蛮无理的人。但在她家没有任何一件事能证明这些缺点，这是在诬蔑善良温柔的彼特罗。玛利亚的内心这样劝慰自己。

那封信似乎在她手中跳动，似乎在发烫，几乎要灼伤她的手指。她又开始感到恐惧了。

信纸上五个如凝固鲜血般的深红印章使她感到恐惧和迷惑。她似乎看见草地上、小路上、石头上佛兰切斯科凝固的鲜血，那卷曲褶皱的信封，似乎佛兰切斯科挣扎着伸向天空的手……

她不由得全身发凉，恐惧和焦虑又再次包围了她。

突然，玛利亚开始本能地高声喊叫："佛兰切斯科活着，死去的人复活了，他复活了，是他找人写的这封信，这只可怜的、待宰的羔羊！"

此时的回忆，比以往任何时候都让她感到痛苦和焦灼不安。佛兰切斯科的面容在她眼前晃动，她痛苦地大声哭泣，似乎内心深处的良知和正义，以及无法忘却的情义让她对佛兰切斯科是如此撕心裂肺地痛哭。这恐怖的时刻，这一切真相即将显露的时刻。

玛利亚像背诵赞美诗般重复着那两个哭丧女人的悼词，如同中了魔怔般，这些悼词在她脑海不断地浮现重复，她颤抖的双唇在不停地背诵，如同被灵魂深处的魔鬼驱使。

温柔、善良的佛兰切斯科，你就是一只羔羊，而就像羔羊般你就被宰了……玛利亚颤抖的双唇不停地重复着。

他的眼睛多么纯洁明亮，他的微笑多么淳朴，就算恶魔也会被感化，成为善良和正义的使者。但是，令人可憎的彼特罗，他就像瘟疫般给他周围的人带去厄运，并扩散到所有地方。

如果你活着，佛兰切斯科，我一定拼了命去爱你。玛利亚激动地想着，念着。我要用上帝赐予的爱，去爱你，我们的爱必将深沉而永恒，如时间般久远不变，却又激动人心。我不要那些肉欲之爱，我不要那肉体卑鄙的男人……玛利亚不停地哭诉着，泪水已经浸透了她手中的信件。

"妈妈，你救救我，的确是那个卑劣的男人毁了我，是他让我中了魔。玛利亚·诺伊纳，玛利亚·诺伊纳，是我毁了自己的一生，我居然变成了用人的用人。宽恕我的罪吧，妈妈。我让那个混蛋侮辱了我，让他夺取了我的贞洁，侮辱了我的家族。万能的上帝啊，你不能让你的子民承受这样的惩罚和苦难！"

一个沉闷的声音似乎从她心海深处不断地出现，在责备她，并且越来越响亮。她再绝望地为自己辩解，语无伦次地辩解，那个可怕的声音终于慢慢地沉默消失了。

彼特罗为什么会走上这条邪恶之路？是因为他爱上我吗？可是，当初我也爱上了他！就算我没有嫁给佛兰切斯科，彼特罗还是会变成一个卑鄙的小偷和一个杀人不眨眼的恶魔。他要的是钱财，要的是财富，这样才能娶我为妻。玛利亚心乱如麻地想着。她想起彼特罗曾给她许愿："为了得到你，我必须要有钱，为了娶你，我会做出任何事！"

对，就是他，这个可怕的恶魔彼特罗，他果然做了，我就像落入狼窝的羊羔！玛利亚大声哭泣着趴倒在床铺上。

她一直在哭泣，在回忆深处寻找希望。她在做本能的挣扎，想挣脱这糟糕命运强加给她的一切，她要主宰自己的生活。时间在她的哭泣声中不知不觉地流逝。

往往哭泣过后的女人总是要更清醒。她似乎有了自己的主意了，她再次恢复了意志和漂亮女人特有的精明。

"彼特罗，我终于知道你的真面目了！"她恶狠狠地说。

他只是个用人，之前是，现在还是，而且还是个小偷、强盗，是我的仇敌。而我，依旧是女主人，过去是，现在依然是女主人。对，他只是个盗窃主人家财产的用人，他是个为了夺取主人地位而杀害主人的恶魔。他是个粗暴的强奸犯，他在床上就是一只不折不扣的野兽。

一切怨恨此时都涌上了玛利亚的心头，悬殊的门第、差别巨大的家世，这些如同隐藏多年的病痛开始一起迸发了，似乎她终于得到了发泄的机会。

但随着痛苦的发泄，她也需要面临下一个问题。"我不会饶恕他，我也不能失去他，如果他真的有罪，我会去打击他吗？怎么办，我该怎么办？"玛利亚内心如同一场无法停止的暴风雨，搅得她的世界一片杂乱无章。

玛利亚想惩罚彼特罗，但是怎样才能取得他犯罪的证据呢？

女人的脆弱，让她只能做一个心理上的强者。她知道自己没有能力去追查彼特罗犯罪的证据。

莫非就要就此沉默不语，还是去寻找更强有力的援助，在那个恶魔逃脱之前，给他致命一击？玛利亚的脑海在飞快地闪现那些能给予她帮助的面孔。向母亲求助吗？不会的，路易萨不会援助的，虽然她对彼特罗充满怨恨，但她不愿让家族的名誉受到侮辱。向尼古拉求助？父亲已经年老了，他虽然坚强，但是没有心计和头脑，父亲只会责备她。责备她应该先嫁给彼特罗，而不是佛兰切斯科。

怎么办？谁能帮助我。我没有朋友，那些亲戚都不值得信任。

"哦，我有钱，对，有钱就可以得到救助了！"她想起了她的那个雕刻着长春花的木匣子，里面塞满了金币和银币。

她急忙翻箱倒柜地找出了那个珍藏了好多年的木匣子，打开一看，金币银币整整齐齐地码在盒子里。有了钱，可以让石头说话，可以让死去的人说出真相。但是，真相揭露之后呢？该怎么办？怎么办？我会彻底地失去亲人和朋友的宽容。

去向法官告状！这个念头让玛利亚心惊肉跳，如同远处闷沉的春雷，深沉而令人惊恐，她泪流满面地下定了主意。

平日里严肃不近人情的法官竟然成了她崩塌世界的唯一支柱。

法官就是我的保护人，就是我的再生父母，就是我唯一的朋友，就是我获得正义的唯一力量。只有他没有出卖我。玛利亚擦去眼泪，想着那位高大严肃的法官。只有他才能让死去的人说话，才能找出彼特罗犯罪的证据，才能让作恶者受到应有的惩罚，才能拯救无辜的生命。

他一定会保护我，理解我，一定会派人逮捕彼特罗，他一定会被判处极刑。玛利亚快速地分析着各种可能因此带来后果。但是，路易萨和尼古拉该怎么办？我们一家只会受到永久的嘲笑和侮辱，我们在这里将永远低着头生活，他们会幸灾乐祸地看我们的笑话，那些讨厌的小孩会向我身上扔石头。想到这些，玛利亚又开始犹豫不决了，紧皱着眉头站在地上走来走去。

法官也不会相信我的，几个小时前她和彼特罗还是如痴如醉的难舍难分的恋人。墙壁四周慈祥的圣母和圣者似乎也在劝慰她不要去找法官。过去的八天是多么的令人难以忘记，她依恋彼特鲁粗鲁有力的身体，她难以舍弃让她肉体颤抖的欲望。这份欢乐历经磨难，就这样把这份人生的欢愉抛弃吗？

玫瑰色的圣母依旧在微笑着注视她，拨弄着手中玫瑰色的珍珠念珠。她又一次虔诚地跪倒在圣母像前祈求明知不可为而为之的事。

"至圣至神的玛利亚啊，保佑那个恶魔是无辜的吧，拯救我们这一家可怜的人！""这一切都是谎言，都是造谣中伤，都是一场噩梦，都是假的！"她不停地重复着这句话。"我不会相信，除非我疯了！"

信件还在她胸口的衣衬里，她用手抚慰自己的胸口，感觉到信上那五个印章似乎已经印在了她的身体。

她站起来在房子里不知所措地转来转去，她看见墙上镜子里几乎陌生的自己，脸色发绿，头发凌乱，眼神惶恐。"不能让彼特罗发现，千万不能让他知道，要不然，我也会被他杀死。"她似乎又恢复了正常的理智。

她的内心无法摆脱各种猜疑的阴云，她刚才还在信任得无以复加的法官突然变得面目可怖，成为摧毁她生活的恶魔。她知道法官就像那些发疯的猎犬，不撕咬死猎物是不会放手的。她此刻不知道自己是为谁辩护，她害怕这一切，又害怕失去这一切。虽然她知道她为何而痛苦。

她似乎听见了彼特罗的脚步声从院子传来。她慌张地扑倒在床上，像个惊恐的孩子般浑身发抖。玛利亚想起了她还是个孩子时的一个冬夜，四周寒冷而寂静，月光苍白，神秘莫测，脑海中浮现出的种种恐怖骇人的故事。她感觉现在的自己就是那个冬夜里蜷缩在角落瑟瑟发抖的小女孩。

她一直最害怕的就是盗贼。在她小孩时起，她就觉得盗贼都像橡树般高大，有一双猫头鹰般的大眼睛和秃鹫般凶狠的手。她一直想象，这些可怕的盗贼就在山顶的洞穴里，那里堆满了抢掠来的金银财宝。每当夜晚来临，他们就从山上悄无声息地下来，背着七把钢刀闯进有钱人家中……

似乎彼特罗没有来，她已经做好了各种准备，决心和彼特罗同归于尽。似乎战斗是她的宿命，似乎她的宿命也是背叛。她背叛过亲人，背叛过她唯一的朋友萨碧娜，背叛过亲人，背叛过彼特罗，甚至也背叛过佛兰切斯科。如果佛兰切斯科知道真相，他也不会死。生活中的一切都充满了背叛的意义，这是人生必须背负的惩罚。阳光和大地总是有限的，活着，就要斗争，为了让自己有一方天地，就必须斗争。这一切就是为了保护自己，无罪可言。似乎原始的雌性力量在玛利亚身上恢复了，这个力量不是为了原始的交配做爱，而是为了战斗。她已做好一切准备，准备好了武器，这些武器就是女人的本能，原始的本能。曾经被意志压制的力量似乎在这片刻间苏醒了。她看见房间内到处都是黑色舞动的鬼魂，看不清他们的面容，只有令人压抑的黑色在缠绕着她的四周，那是死神的影子，是可怕的魔影。她似乎又化身成为一个女武士,在无尽的凄惨黑夜里穿越幽暗的森林去挑战那可怕的恶魔。她的双眼在不知所措地眨动,嘴角的呼吸不自然地急促起来,浑身剧烈地颤抖着。

"你在哪里,玛利亚?"院子里响起一阵脚步声,是彼特罗来了,他来了!玛利亚用颤抖的双手捂住自己的脸。咚咚咚,彼特罗快速地走上楼,脚步沉稳有力,如同一只老虎。玛利亚感觉到他已经伸开利爪,准备抓住蜷缩在床上的自己。

"玛利亚,你怎么了?你怎么白天还在床上睡觉?出什么事了?"彼特罗一进门看到玛利亚睡在床上就感觉到不对劲,他俯下身子,拉起玛利亚的手,亲吻了一下,关切的眼神就像尼古拉慈祥的眼神。

"我头很疼,似乎快要裂开了。现在我好多了,你……你放开我!"玛利亚说着狠狠地推开了彼特罗。

他不安地看了看周围,眼睛充满了莫名其妙的疑问。"你没有叫人去请大夫吗?简直像个调皮的孩子一样,我去给你拿点醋擦一下,就会好很多,等着我!"彼特罗边说边转过身出去。玛利亚犹如木偶般呆呆地躺在床上。"莫非是他害怕我了?他莫非跑了?"玛利亚眼睛盯着屋顶想着。

但是,出乎她的意料,彼特罗拿着醋和手帕回来了。他用手帕蘸了些醋擦洗着玛利亚的前额。她就像任人摆布的木偶,仍凭彼特罗去做。她看见彼特罗的神情疲惫而焦虑,他关心地看着她,一边擦一边温柔地说:"现在好些了吗?究竟发生了什么事?你头疼究竟持续多久了?早上谁来过了?感觉怎么样了?"他始终在重复着这些话语,他为了这一点点病痛似乎忙碌得过头了。

"让我一个人待会儿好吗?我好多了,去到厨房找点吃的吧!"

玛利亚催促着彼特罗。

但是，彼特罗今天似乎特别倔强。"我不走，除非你告诉我那天早上是谁来过这里，你的头痛是不是早就开始了？为什么会头痛呢？"彼特罗啰唆地问玛利亚。

突然，他的眼睛一亮。"亲爱的玛利亚，告诉我，你是不是怀孕了？"彼特罗激动地问玛利亚。

彼特罗提出的这个问题出乎意料，也让她更为愤怒痛苦：

"他的儿子，只能是一个盗贼或小偷，我不会要那样的孩子的！"

"没有怀孕，我只是不舒服！"玛利亚紧闭双眼，摇着头对彼特罗说。

突然，她又睁开眼睛，仔细认真地看着眼前这个关切她的男人。似乎他的脸成了另外一张脸，温柔、淳朴，目光充满了坚定，柔和中似乎要倾诉更多的情意。似乎他在祈求什么？是在祈求我吗？玛利亚开始恍惚着回忆在他们初次恋爱的很久以前，情窦初开的她渴望彼特罗的热情，但是他冷静地拒绝了她。或许是在那一天之前，他温柔地抱着她说："亲爱的玛利亚，我永远不会伤害你！"

但是现实和承诺恰恰相反，他干了太多伤害她的事。如果就此不能罢休，今后这种伤害还会持续，不知何日才是尽头。本来以为看见他，玛利亚就会有一种死亡逼近的感觉。可是奇怪的是，她不怕他，他对她永无止境的热情似乎让他成了唯一的守护神，她感觉那是一种灵魂深处的守护，她感觉他甚至可以为了保护她，去和自己战斗。为了得到她，他已经受尽磨难坎坷。

彼特罗仍旧俯下身体啰唆地问玛利亚的病情，似乎永远都不能确认她是否好了一些。他匆忙跑出去请了邻居大婶给玛利亚煮咖啡，并倔强地要她去看大夫。

她似乎无法抗拒他的热情，虽然她不停地说她不需要咖啡，不需要大夫，回答中还带着难以抑制的怨恨。但他仍旧不知羞耻地守在她的床边，似乎两块黏在一起的糖。她觉得只能跟他厮守在一起了，如同那个待在贼窝、不愿离开的小姑娘。

她支起身体坐在床上，双手捏了捏浸满醋水的手帕，醋水顺着额头流过她的脸颊，流过她的嘴唇。泪水和醋水混合在一起的味道，仿佛这就是耶稣受难时喝的胆汁和醋液。这让她感到无法抗拒的痛苦，他总是想办法紧紧靠在她的身边，像是自己身上的一种无法治愈的疾病，如同可怕的癌症。只能死亡才能治愈。

彼特罗又挪到玛利亚的面前，仍旧注视着她。他似乎明白了，玛利亚的病情没有自己想的那么严重。他眼中的不安和沮丧也开始慢慢地散去。

"哦，玛利亚，你哭了，你不让我去请大夫，我让邻居大婶去请吧，你可以单独待一会儿，好吗？亲爱的！"

玛利亚双手抱着前额，眼睛狠狠地盯着地板，似乎头痛已经深入她的骨髓，彼特罗再也不敢碰她了。

"让我去请邻居大婶吧，好吗？"彼特罗柔情地问道。

"好，你去，你自己去请大夫，别让邻居知道！"她咬着牙狠狠地说。

万能的上帝啊，我该怎么办？他害怕了，他不会去请大夫的，这个世界上没有一个大夫可以治愈我和他之间的病痛。

彼特罗的身影早已消失在门口，玛利亚仍在呆呆地看着地板。虽然他野兽般的身影令人厌恶，但是他看她的眼神始终如奴隶般忠诚，如罪犯般乞怜，她无法抗拒那种目光，透过那种目光，她能读懂许多东西。

"我们该怎么办？"经过噩梦般的两个多小时，她终于把自己和彼特罗的痛苦联系在了一起。

她柔弱的双手无力地垂下，她似乎看见了自己正在搜寻一名又一名受害者的遗体，在做一次又一次的忏悔。就像那一天，她鼓起最后的勇气走到佛兰切斯科的遗体旁一样。或许，她可以就此沉默，或许还有希望。

只要有钱，死人都会说话，何况活人。钱才是希望所在，她感觉到，此刻，她是如此挚爱金钱，甚至超过了爱自己。因为只有钱，才能支撑她发现最后的真相，才能给她以现实中最真实的安全。

"彼特罗比死人还沉默，就算死人说话了，石头说话了，他都不会说。"玛利亚嘴角一边咬着蘸满醋汁的手帕，一边思索着。就算彼特罗向她坦白了一切，她也不会向法官告发。如同他们无法治愈的病痛一样，因为任何的惩处和刑罚都不会比今天的痛苦更痛苦。

她隐约想起小时候遇见的那些罪犯，他们排成两队，两个一组被锁在一起，彼此无法分离。似乎就像她和彼特罗一样，被惩戒罪恶的锁链锁在一起，朝着命中注定的地狱走去。

在那条阴暗邪恶的道路上，到处都是飘荡的魔影。这么多年，他们始终在这条灰色的道路上漫无目的、不知所措地行走着。这似乎是一个十字路口了，周围都是一些大同小异的道路，崎岖坎坷，在狂风中伸向更为灰暗的远方。

无论走哪一条路，都是殊途同归，所有命运终结的地方，都叫惩罚！因为，我们走的，都是邪恶之路！

附录一　黛莱达年表

1871年　9月27日，出生在地中海上意大利撒丁岛努奥罗镇。
1888年　在罗马的一家报纸上，发表了第一篇作品——短篇小说《撒丁人的血》。
1890年　短篇小说集《在蓝天》出版。
1891年　小说《东方的星辰》出版。
1892年　比较有影响力的长篇小说《撒丁岛的精华》出版，小说《皇族的爱情》出版。
1894年　出版短篇小说《撒丁岛的故事》。
1895年　《正直的灵魂》《引诱》和散文集《撒丁岛努奥罗的民间风俗》出版。
1896年　成名作——小说《邪恶之路》发表，发表诗集《撒丁岛的风光》。
1897年　小说《宝库》出版。
1898年　小说《客人》出版。

1899 年　小说《正义》出版。

1900 年　小说《深山中老人》发表。与马德桑尼结婚。婚后，迁居罗马。

1901 年　小说《黑暗的女王》出版。

1902 年　小说《离婚后》出版。

1903 年　小说《埃里亚斯·波尔托卢》出版。

1904 年　小说《灰烬》出版。

1908 年　小说《常春藤》出版。

1910 年　小说《一定的限度》《我们的主人》出版。

1911 年　小说《沙漠》出版。

1912 年　小说《鸽子与老鹰》出版。

1920 年　代表作《母亲》出版。

1921 年　小说《孤独人的秘密》出版。

1922 年　小说《生者的上帝》出版。

1925 年　小说《逃往埃及》出版。

1926 年　获得诺贝尔文学奖。

1927 年　小说《安娜琳娜·毕尔西尼》出版。

1928 年　小说《老人与儿童》出版。

1930 年　小说《诗人的家》出版。

1931 年　小说《风的故乡》出版。

1936 年　在罗马逝世。

1937 年　传记小说《柯西玛》出版。

附录二 诺贝尔文学奖大系书目

年份	获奖者	作品
1901 年	苏利·普吕多姆（法国）	《孤独与沉思》
1902 年	特奥多尔·蒙森（德国）	《罗马史》
1903 年	比昂斯滕·比昂松（挪威）	《挑战的手套》
1904 年	何塞·埃切加赖（西班牙）	《伟大的牵线人》
1904 年	弗雷德里克·米斯特拉尔（法国）	《米赫尔》
1905 年	亨利克·显克微支（波兰）	《你往何处去》
1906 年	乔苏埃·卡尔杜齐（意大利）	《青春的诗》
1907 年	拉迪亚德·吉卜林（英国）	《丛林故事》
1908 年	鲁道夫·奥伊肯（德国）	《人生的意义与价值》
1909 年	拉格洛夫（瑞典）	《尼尔斯骑鹅旅行记》
1910 年	保尔·海泽（德国）	《骄傲的姑娘》
1911 年	梅特林克（比利时）	《青鸟》
1912 年	霍普特曼（德国）	《织工》
1913 年	泰戈尔（印度）	《新月集·飞鸟集》
1915 年	罗曼·罗兰（法国）	《约翰·克利斯朵夫》
1916 年	海顿斯坦姆（瑞典）	《查理国王的人马》
1917 年	彭托皮丹（丹麦）	《天国》
1917 年	耶勒鲁普（丹麦）	《明娜》
1919 年	卡尔·施皮特勒（瑞士）	《伊玛果》
1920 年	汉姆生（挪威）	《大地的成长》
1921 年	法朗士（法国）	《泰绮思》
1922 年	贝纳文特（西班牙）	《不该爱的女人》

1923 年	叶芝(爱尔兰)	《当你老了》
1924 年	莱蒙特(波兰)	《农夫》
1925 年	萧伯纳(爱尔兰)	《圣女贞德》
1926 年	黛莱达(意大利)	《邪恶之路》
1927 年	亨利·柏格森(法国)	《创造进化论》
1928 年	温塞特(挪威)	《新娘·女主人·十字架》
1929 年	托马斯·曼(德国)	《布登勃洛克一家》
1930 年	辛克莱·刘易斯(美国)	《巴比特》
1931 年	埃里克·卡尔费尔德(瑞典)	《荒原与爱情》
1932 年	约翰·高尔斯华绥(英国)	《福尔赛世家》
1933 年	伊凡·亚历克塞维奇·蒲宁(俄罗斯)	《阿尔谢尼耶夫的一生》
1934 年	路易吉·皮兰德娄(意大利)	《六个寻找剧作家的角色》
1936 年	尤金·奥尼尔(美国)	《进入黑夜的漫长旅程》
1937 年	马丁·杜·加尔(法国)	《蒂博一家》
1944 年	约翰内斯·延森(丹麦)	《希默兰的故事》
1945 年	加夫列拉·米斯特拉尔(智利)	《葡萄压榨机》
1946 年	赫尔曼·黑塞(瑞士)	《荒原狼》
1947 年	安德烈·纪德(法国)	《窄门》
1949 年	威廉·福克纳(美国)	《喧哗与骚动》
1954 年	海明威(美国)	《永别了,武器》
1956 年	希梅内斯(西班牙)	《小毛驴与我》
1957 年	加缪(法国)	《局外人》
1958 年	帕斯捷尔纳克(苏联)	《日瓦戈医生》